우리는 그렇게 달을 보며
절을 올렸다

우리는 그렇게 달을 보며
절을 올렸다

유용주 산문

교유서가

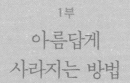

1부

아름답게
사라지는 방법

길 위에서

허리가 삐뚤어진 사람과는 살아도 마음이 삐뚤어진 사람과는 같이 살지 못한다.

희생자 304명을 생각하며 53일 동안 걸었다. 지도에 안 나오는 길까지 합쳐 850킬로미터는 넘을 것이다. 소금꽃 많이 피워 올렸다. 2014년 4월 16일. 세월호를 보고 멍하니 있었다. 작품도 못하고 멍청이가 되었다. 다들 그랬을 것이다.

정신을 차려보니 2주기가 넘어 3주기를 향하고 있었다. 그래, 내가 잘하는 방식으로 추모를 하자. 나는 수영을 택했다. 3주기에 맞추어 인천에서 제주까지 바다 수영을 하는 거야. 아이들이 못 간 수학여행을 떠나보는 거야. 먼저 배를 가진 친구와 상의를 했다. 고민해보겠단다. 다음은 사무총장과 부회장에게 말했다. 모두 반대했다. 제일 심하게 반대한 사람은 제주도 사는 시인이었다. 유가족도 반대했다. 목숨을 걸지 않으면 아무것도 이루지 못한다. 친구 배에다 철망을 달고 헤엄치면 되겠지, 단순하게 생각했다. 친구는 말했다. 서해는 조수 간만의 차가 커 그냥 붙들고 있어도 견디기 힘들다는 것, 느린 수영을 위해 배가 세 척이나 따라야 한다는 것, 무엇보다 돈이 많이 든다는 것.

깨끗하게 포기했다. 돈이 있다면 미망히 유가족들을 위해서 좋은 곳에 써야지.

하는 수 없어 걸었다. 몸은 적응하기 마련이다. 농담을 진담으로 알아듣는 분위기 속에서 걸었다. 우리 순례단은 아무 곳에서나 잤다. 코 고는 소리를 자장가로 들었다. 이 가는 소리를 클래식 음악으로 들었다. 방언을 설교로 들었다. 도서관, 절, 교회, 펜션, 폐교 터, 마을회관, 체험관, 모정, 집, 텐트, 가리지 않았다. 순례가 좋은 점은 지면에 넘칠 정도다. 현지에서 길안내를 도맡아 한 사람들, 무료로 밥을 주거나 잠깐 눈을 붙이게 해준 식당 주인들, 차를 멈추고 음료와 아이스크림, 목캔디, 박카스, 사탕, 찐빵, 얼음물, 커피를 준 사람들을 잊지 못한다. 밥과 잠자리를 제공했던 사람들은 하느님이다. 부처님이다. 도법 스님은 우리가 대접받으려고 온 게 아니라고 말씀하셨다. 맞는 말이다. 그러나 주지나 공양주 보살 같은 분들에겐 평생 한 번 있는 일이다. 언제 텔레비전이나 신문에 나오는 종단 어른을 직접 본단 말인가. 그냥 평소 먹는 대로 거기다가 반찬 한두 개 더

없는다고 힘든 일이 아니다. 무엇보다 걷는 행위는 자기 자신을 만나는 것이다. 올곧게 자연을 만나는 일이다. 바다를 보고 걸었다. 하늘을 보고 걸었다. 나무와 풀을 보고 걸었다. 밭과 논을 보면서 걸었다. 바람과 안개와 비를 맞고 걸었다. 길은 잘한 일과 잘못된 행동을 기억한다. 길은 자신과 하는 대화다. 무수히 많은 자신과 대면한다. 무엇보다 길은 사람을 겸손하게 만든다. 우리는 먼저 간 아이들을 생각하며 걸었다. 죽음을 생각하며 걸었다. 다시 살아나는 생명을 기억하며 걸었다. 몸에 좋은 약은 원래 쓴 법이지만.

아쉬운 부분을 지적하겠다. 먼저 '같은 말의 반복'이다. 물론 안전이 최고다. 만약 사고라도 난다면 순례에 지장이 있다. 피해자는 말할 필요도 없고, 가해자도 시간과 돈, 많이 들어간다. 차가 많이 다니는 도시 길은 엄격하게 통제하되 자동차가 안 다니는 길과 모래사장은 자유롭게 놔두면 안 될까? 좋은 일에 마가 끼면 안 된다. 다음은 같은 노래, 같은 시 낭송, 같은 조끼 디자인 설명(우리는 키가 크거나 작으나, 몸집이 크나 작으나, 여자나 남자나 똑같은 크기의 노란 조끼를 입었다. 나는 여기서 다리가 길면 자르고, 짧으면 늘이는 무슨 침대를 연상했다), 똑같은 의식을 반복한 것이다. 그것을 지적하자 집행부는 새로운 사람이 합류하면 어쩔 수 없단다. 우리가 걷기 전에 중학생들이 40일 넘게 걸었는데 똑같은 말을 해도 아무런 저항이 없었단다. 그것은 참고 견딘 거지, 이의를 제기하지 않았던 건 아니다. 고분고분하라고? 착하게 행동하라고? 참고, 말 잘 듣는 바람에 이런 큰 비극이 일어난 아이러니를 어떻게 설명해야 할까. 같은 말도 새롭게, 얼마든지 재미있게 할 수 있다. 말은 그 사람의 세계관이다. 왜 주례사 하면 갈비탕이 생각나고, 교장이 훈화하면 학생들이 쓰러지는가. 그것은 좋은 말만 골라하기 때문이다. 남이 하는 말을 흉내내기 때문이다. 주례사와 교장 훈화는 감동을 주지 못한다. 영혼이 없는 말은 길고 지루하다. 순롓길에서 나치와 아베, 박근혜와 그들의 부역자처럼 똑같이 말하는 것을 본다. 내일, 모레가 환갑인 어른들이(젊은 사람이라 할지라도) 정의가 사라진 군대 갔다 온 지 오래인데, 부당한 억압과 통제를 받았다. 오호통재라! 벽창호의 귀를 뚫고, 소귀에 경을 읽어야 한다. 실소를 자아내게 했던 것은, 하루 일과가 끝나고 나면 "사랑합니다" 한다. "사랑합니다 고객님!"이 떠올라 쓴웃음이 나왔다. 뭘 사랑한다는 거냐. 그만큼이나 형식적이고 진부하다. 한마디로 진정성이 없다(나는 그런 집행부의 간섭이 마음에 안 들어서 순례를 그만둘까 생각했다. 이틀 동안 따로 걷기도 했다).

두번째는, 날마다 하는 회의와 묵상이다. 회의하다 참을 수 없이 회의가 든다. 참외 먹고 참회하기 바란다. 진행 팀장이나 각 선생들이 사회자를 뽑는데, 사회자가 전권을 행사한다. 사회자는 진행을 매끄럽게 하기 위해 존재한다. 월권을 하면 안 된다. 사회자를 누가 뽑았나. 말을 끊으면 안 된다. 다 들어보고 이게 아니다 싶으면 다른 의견을 제시하면 그만이다. 더군다나 주제에 어긋나는 것도 아니고 시간을 잡아먹는 것도 아닌데 자기와 의견이 다르다고 묵살하면 민주사회가 아니다. 이건 좋은 일이니 너희들은 무조건 따라오라? 순례단 개인 의견을 무시하면 독재가 된다. 우리는 독재사회를 너무 많이 경험해왔다. 순례를 어떻게 하면 잘할 수 있나 하는 자리다. 다른 의견을 무시하면 누가 좋은 의견을 제시하겠나. 반성과 성찰은 각자 알아서 한다. 순례 사회자가 뒤풀이 사회까지 도맡아 하는 일은, 뭐 하자는 수작인가.

세번째는, 오는 사람들을(작가회의 회원들을 포함한) 대하는 태도다. 순례에서 1박 2일, 2박 3일, 3박 4일 걷는 사람들이 많다. 그들은 대부분 직장을 다니거나 부모가 아이들을 데리고 온다. 참 고마운 분들인데, 보이지 않는 장벽이 있다. '상근 순례'(이런 표현이 있다면)를 하는 우리들에 비해 손님 대접을 받는다. 나는 이런 분들이 진정한 의미에서 주인이라 생각한다. 소감도, 시낭송도, 좋은 말씀도, 노래도 이분들이 했으면 좋았으리라. 우리는 맨 마지막에, 오는 분들이 수줍어서 안 하면 그때 하면 된다. 주인 의식을 심어주지 않으면, 많은 사람이 참여하지 않으면 쓸데없는 길이 되고 말리라.

네번째는, 길에 대한 생각이다. '생명평화결사'가 인천에서 팽목까지 한국의 산티아고 길을 만든다고 했다. 좋은 생각이다. 전적으로 공감한다. 그런데 최근 제주 올레와 비슷한 길을 전국 지자체마다 만들었지만, 성공한 사례는 드물다. 늙은, 농사짓는 사람 입장에서 보면, 돈 걱정 없고 시간 많은 한량들이나 산천경개山川景槪 구경하며 걷는 것이다. 지리산둘레길도 마찬가지다. 통합 기행이나 체험학습 하는 학생들 외엔 걷는 사람을 보기 힘들다.

자존심을 위해 하는 말이다. 순롓길 중 서산 '태안해변길'과 '변산마실길'은 우리나라에서 손꼽히는 아름다운 길이다. 변산마실길은 원래 바다를 향해 철조망이 있고 초병이 경계근무를 서는 곳이었다. 대부분 아름다운 길은 일반인들이 접근하기 어려운 군사 철조망이 있었다. 우리 품에 오기까지, 길은 얼마나 오래 아파했던가. 아프지 않은 아름다움이 어디 있을까. 죽음이 그것을 증명한다. 그 외의 길은 아스팔트와 시멘트 포장길, 방조제가 대부분이었다. 차가 위협하는 도시는 걷기 힘들었다. 지금은 멈춰 선, 수인선 협궤열차가 오고 간 철로를 사람이 걸을 수 있게 만든 안산시가 유일한 대안이 된다고 할까. 아무리 산티아고 길을 만든다고 하지만 전 구간을 다 걸을 수는 없다. 다 걸을 수 없다면 부분으로 나누어 위에서 말한 아름다운 길을 짧은 시간에 걷는 방법도 있다. 그 길을 완주한 개인과 가족들에게는 메달을 걸어준달지, 복권처럼 뽑아 전통시장에서 마음껏 쓸 수 있는 상품권을 줬으면 좋겠다. 잠자리의 경우 우리가 제일 많이 잔 곳이 마을회관인데, 국민 세금으로 지은 거다. 넓은 곳도 있고 좁은 곳도 있었다. 새로 지은 회관도 있고 낡은 회관도 있다. 우리 돈으로 지은 곳이지만, 공짜로 이용한다는 우려가 있다. 공짜도 좋지만 최소한의 돈을 받으면 어떨까. 먹는 문제와 청소는 물론 순례자가 책임진다. 또한 화장실과 휴게소가 없었다. 급하면 남자들은 노상 방뇨 한다지만 여자들은 어쩌란 말이냐. 큰일을 볼 때는? 다음은 쉼터다. 아무 생각 없이 바다를 바라보고 그냥 앉아 있을 수 있다. 순롓길에 의자가 없다. 화장실과 의자를 친환경적으로 만들고 그 유지와 보수는 이장이나 마을 발전위원장이 맡으면 어떨까. 물론 보수는 나라에서 주면 된다. 노인 일자리 창출에 도움이 될 것이다.

다섯번째는 반대하는 사람을 어떻게 설득하느냐는 문제다. 어디라 말하기는 그렇지만, 우리가 걸을 때 가뭄이 심하게 들었다. 편의점에 앉아 있는 젊은 사람 여럿이 시비를 걸어왔다. 우리 때문에 가뭄이 들었으니 빨리 꺼져달란다. 우리 팀에 여든 두 살 어르신도 계셨다. 반말을 찍찍(쥐새끼 닮았다) 하는 녀석이 마음에 안 들고, 나도 한성질 하는 놈이라 박살 내려다 동료가 말려서 접은 적이 있다. 겨울에 걸을 때도 한 사람이 있었다. 걷는 사람이 자기 집에 와서 점심을 먹으란다. 아시다시피 걸으면서 주위 분들에게 피해를 적게 끼치는 게 원칙이었다. 하도 간절하게 얘기해서 갔다. '평화와통일을사랑하는사람들' 회원이 운영하는 어린이집이고, 메뉴는 떡국에 김치다. 이 소박한 음식이 하늘에서 내리신 밥상인 줄 모르는 사람은 없었다. 어린이들 재롱까지 잘 대접받고 나오는데, 초로의 사내가 조미료를 친다. 종북이니 빨갱이니(아직도 그 나물에 그 반찬이니?) 막말을 지껄인다. 아니, 무슨 피해를 주었다고? 음식 대접받고 어린이들 재롱잔치 보고 나온 게 전부다. 분풀이 대상을 찾고 있는데 우리가 딱 걸린 거다. 시간을 가지고 고민해야 할 문제다.

마지막으로는 도법 스님께 너무 의지한다는 것이다. 스님은 훌륭한 분이다. 사욕을 부린 적이 한 번도 없다. 그러나 스님 이후를 생각 안 할 수가 없다. 더군다나 한국의 산티아고 길을 만든다고 공언하지 않았나. 그 많은 음식과 잠자리와 후원금은 어디서 나왔나. 장담하건대, 스님이 안 계시면 이 모든 것이 공염불이 된다는 사실이다. 스님이 안 계셔도 순롓길은 영원하다는 것을 보여줘야 한다. 그러려면 사회의 동의가 필요하다. 유가족들이, 학생들이, 노동자들이 스스럼없이 걷고, 치유하면서 누구나 함께 걸을 수 있는 길을 만들어야 한다.

몇 년 전에, 한국작가회의에서 임진각을 출발하여 제주 강정 마을까지 걸었던 적이 있다. 해군기지를 반대하며 1번 국도를 걸었던 우리는 한 번도 회의를 한 적이 없다.

겨울, 1번 국도는 위험해서 일렬로 걸을 수밖에 없었고 추위서 침묵할 수밖에 없었다. 새참을 위해 간식을 준비한 회원이 있으면 쉬고, 배가 고프면 아무 식당이나 들어가 밥을 먹고 해가 떨어지면 여관에서 잤다. 아침 몇시, 어디에서 출발한다는 말이 전부다. 약간 성격이 다르지만 걷는 것은 똑같다.

먼길을 가는 것도 힘든데, 잘 모르는 사람이 한 수 가르쳐주겠다는 데는 할말을 잃었다. 반성은 왜 날마다 강요하나(삶에 대한 반성은 늘 한다). 학생들도 분노하는데 어른들은 말해 무엇하나. 짜증을 넘어 분노가 인다. 말을 반복한다는 것은 무지에서 온다. 무지는 침묵하거나 배우면 조금씩 나아질 테지만, 평생 언어를 공부한 시인을 능멸하는 것이다. 노래도 마찬가지다. 꼭 '민중가요'를 불러야 성이 차나. 실상사작은학교에서 온 학생이(변산공동체, 괴산느티울행복학교, 광주 청소년공간 날다 등 학생들도 많이 동참했다) 답이다. 흥겨운 트로트를 불렀다. 노래방에서 〈임을 위한 행진곡〉을 불러 젖힌 격이다(노래방 안 간 지 까마득하다. 소리 내어 울어본 적이 언제였던가. 하긴, 늘 울었다. 속으로 울면서 살아왔다). 〈임을 위한 행진곡〉은 뛰어난 노래다. 누구도 부인하지 않는다.

인천 연안부두에서 팽목항까지는 먼 거리다. 슬픔은(슬픔은 남은 자의 몫이다) 가슴속에 새기고 웃으면서 걸어도 부족한 길이다. 일렬로 걷는 것, 침묵하는 것, 설명 안 해도 안다. 이번 '4·16희망순례'는 너무 진지해서 탈이다. 진지는 밥을 높여 부르는 말이다. 물, 많이, 먹었다.

덧붙이는 말: 2017년 8월 16일 문 대통령은 유가족을 청와대로 초대하여 사과하고 위로했다. 이제 시작이다. 정부는 마땅히 그래야 한다. 9월 24, 25일은 조은화, 허다윤 양의 이별식이 있었다. 참석한 모든 분들이 울었디. 선체 수색은 10월까지 이어진다. 나머지 다섯 분들도 빠른 시일 안에 돌아오시길 빈다. 304명의 목숨을 앗아간 세월호 참사 관련 단체는 4·16연대, 4·16가족협의회, 일반인 희생자 유가족, 단원고 희생자 유가족, 미수습자 가족 등이 있다. 그리고 희생자들은 8개의 시설에 모신 것으로 안다.

나는 평범한 시인으로 2주기 때, 서울시청 잔디광장에서 추모시 낭송을 했다. 광화문에서 동조 단식을 하고 청와대 앞을 들렀다. 인천 일반인 희생자 가족을 만나 분향소에서 향을 피우고, 팽목항과 목포 신항을 몇 번 다녀왔다. 광장에는 겨울을 합쳐, 수십 번 나갔다. 나는 희생자와 가족을 잘 알지 못한다. 아무런 연관이 없다. 그저 아이 가진 부모 입장으로 함께 아파하고 울었다. 많은 부모들이 그러했으리라.

바라는 마음을 말해보겠다. 다섯으로 나뉜 단체를 하나로 통일할 수 없나? 물론, 미수습자가 아직 다 못 올라오셨다. 유골보다 가벼운 펄과 찌그러진 자동차와 철근이 많이 올라왔다.

어떤 단체는 다른 단체를 법정에 고소해 집행유예까지 나왔다고 한다. 유가족들 개인이 만나면 사이가 좋은데 왜 여러 사람이 만나면 분란이 일어날까. 자주 만나길 진정으로 바란다. 사람이 그렇게나 많이 돌아가셨는데 무슨 기득권을 따지나? 어떻게 있지도 않은 말을 할 수 있나? 흩어져 있는 분들을 한군데로 모실 수 없나? 세금은 모아 이런 데 안 쓰고 어디에다 쓰는가? 정권도 바뀌었는데 국가가 나서면 안 될 일이 어디 있나? 두고두고 아쉬운 대목이다.

안산에서는 정부 합동 분향소, '단원고 4·16기억교실', 단원고를 들렀다. 유가족들은 생각보다 씩씩했다. 다만, 단원고를 방문했을 때, 안타까웠다. 우리는 조용히 학교만 둘러보고 나오자고 의견을 모았다. 후배 학생들의 학습권 침해도 생각했다. 마침 쉬는 시간이었고, 운동장에서 공을 가지고 노는 학생들은 티 없이 맑았다. 조끼를 본 아이들이 인사를 했다. 우리도 고개를 숙였다. 그런데 학교 관계자가 나와 연락도 없이 왔으니 어서 나가라는 것이다. 그 사람은 줄무늬 양복을 입고 바지 주머니에 손을 넣고 있었다. 유가족 한 분이 몸부림을 쳤다. 슬픔은 숨겨두면 엉뚱한 데서 툭 튀어나온다. 유가족들이 못 올 데를 왔는가? 교장과 교감이 나와서, 약속을 안 잡고 오셔서 대접이 이렇습니다, 하고 겸손했으면.

지나가는 말인데, 만약 다음에 오는 순례자가 조끼를 입는다면, 디자인에 대해서 입이 마르도록 칭찬할 게 아니라(하루에도 몇 번, 조끼 이야기를 했다) 입기 편했으면 좋겠다. 사이즈를 상중하로 나누고, 여자와 남자 옷을 따로 제작하면 어떨까. 세월호 아이들을 위해 조끼를 디자인한 교수는 만나지 못했다. 공교롭게도 세월호가 떠오른 날 영감을 받아 디자인했다는 조끼 '푸렁이', 나는 솔직히 입을 때마다 불편했다. 마지막날, 행사할 때, 교수는 떡을 내놓았다. 그 마음도 훌륭하지만, 하루나 한나절 함께 걸었으면, 그것도 힘들다면 학생들하고 밥 한 끼라도 나눠 먹었으면, 더 훌륭하지 않았을까?

우리가 목포 신항 미수습자 가족 어머니 두 분을 만난 것은 여름 장마가 한창일 때였다. 좁은 컨테이너는 에어컨을 틀었는데도 더웠다. 두 분 어머니는 서럽게 말씀하셨다. 우리 순례단 일행은 울었다. 덧붙여 학생들에게 인천에서 여기까지 걷느라 고생했다고 한말씀 하셨으면 더 모양이 좋았을 것을. 거기까지는 여유가 없었을 거다. 백번, 참척의 마음을 이해한다. 우리와 함께한 중고생들이 많았다. 어른들은 아이들한테 석고대죄해야한다. 가시밭길 걷는 게 당연하다. 어른들이 잘못해서 이런 큰 참사를 불러왔다. 용서할 수 없는 어른들이 아직 살아서 떵떵거린다. 우리는 친일을 청산하지 못해서, 평생을 속죄하고 살아도 부족한 사람들이 큰소리를 치고 있어도 그냥 봐준다. 봐주지 말자. 이번 기회에 우리 사회 곳곳에 남아 있는 적폐를 청산

하자.

몇 번 강조하지만, 우리는 그냥 걸었을 뿐이다. 슬픈 이유는 각자 가슴속에 묻어두고 걸었다. 한국작가회의는 이번 순례 기간에 세 번, 문화제를 열었다. 보령문화의전당, 변산공동체, 목포 신항에서다. 김관홍 잠수사의 외로운 동상이 지키고 있는 기억의 숲은 나중에 얘기하자(우리는 돌탑을 쌓았다). 걸으면서 다짐한 게 아이들 죽음을 헛되이 하지 말자, 잊지 않고 기억하는 것을 뛰어넘어, 참되고 값지게 하는 일은 무엇일까 고민했다(팽목항에다 억울하게 희생된 아이들 조각상을 세우면 어떨까? 조각가는 재료비만 주면 작업한다고 했다. 작가회의 차원에서 모금하자고 말했지만 보류된 것으로 알고 있다. 그사이, 문재인 정권도 들어섰고). 문화제도 그 바탕에서 출발한다. 당연히 추모시 낭송, 추모 음악, 추모 공연이 주를 이룬다. 목포 신항에서 있었던 일이다. 문화제가 끝나고 막 숙소로 향하고 있었다. 미수습자 가족 어머니 한 분이 헐레벌떡 뛰어오셨다. 여기가 어딘데 북 치고 장구 치고 노느냐고 한 말씀 하셨다. 진도 씻김굿, 남도 액막이굿에 대해서 간절하게 설명해도 못 알아들으셨다. 문화제가 생각보다 늦게 끝났다. 미수습자 가족들이 잠이 오겠나. 누워 있다가 장구 소리에 놀라 나오셨단다. 사전에 가족 여러분께 양해를 구했음은 물론이다. 7시에 시작한 행사가 한 시간 조금 넘어서 끝났다. 시간을 넘긴 주최측도 할말 없지만, 여기서 다시 해명한다. 작가회의는 결코 노는 단체가 아니다. 그날 저녁 놀지 않았다. 참석했던 분들이 알 것이다. 우리 나름대로 최선을 다해 추모했을 따름이다. 오죽 마음이 아팠으면 이러겠나. 희생자 가족들은 피눈물을 흘려왔다. 간장이 끊어지는 아픔을 겪어오신 분들이다. 섭섭하지만 역지사지하는 마음을 갖도록 하자. 남의 아픔을 내 아픔으로 느끼는 것, 그것이 치유의 첫걸음이다. 소주는 달고 인생은 쓰다. ☾

부끄러움에 대하여

지금도 혼자 생각하면 낯이 뜨거워지는 장면이 있다.

국민학교 입학식을 교실에서 했다. 교장 훈화가 너무 길어서 오줌을 쌌다. 오줌을 싼 녀석은 나 한 사람이었다.

사학년인가, 오학년인가, 읍내에서 하는 글짓기 대회에 갔다. 글짓기를 잘해서 뽑혀 나간 것보다는 성적순이 아니었나 싶다. 어머니가 반바지를 새로 사줬다. 짙은 바다색 반바지는 너무 컸다. 나이보다 대여섯 위 치수로 사는 것은 자연스러운 일이었다. 나는 처음으로 짜장면을 맛보았다. 글은 입상을 못 했지만 나를 데리고 간 선생님은 점심시간이 되자 중국집으로 향했다. 내 영혼을 팔아도 그 짜장면 맛을 잊지 못한다. 커서 반드시 중국집 주인이 되리라. 짜장면 맛에 팔려 학교 앞 주막에 내릴 때, 반바지가 찢어졌다. 나는 어머니한테 맞을 걱정보다 누

가 볼세라, 찢어진 반바지를 꽉 움켜쥐었다. 어머니 바느질소리
와 한숨이 산골을 타고 넘었다.

학력 별무지만, 중학교 일학년 맛은 봤다. 도회지에서 식모
살이하는 누나 덕이었다. 입학식 날, 읍내 아이들은 크고 잘생
겼다. 교복을 다 맞춰 입고 왔다. 키 작고 꾀죄죄한 나는 교복
을 사 입었다. 그 차이는 엄청 컸다. 하필 입학식 날은 추웠다.
나는 코를 심하게 훌쩍거렸다. 참석한 누나가 손수건으로 코를
닦아줬다. 그뒤로 내 별명은 '코찔찔이'가 되었다.

제법 커서 공장에서 일을 했다. 그때는 타블로이드판이 신문
이라는 허울을 쓰고 젊은 여자들 낯뜨거운 비키니 모습을 자
주 실었는데, 사장 동생이 애용했다. 나는 신문을 못 견디게 그
리워했다. 신문은 일주일에 한 번씩, 사장 동생이 사서 가지고
왔다. 가게에 있던 신문을 고누고(겨누고) 있다가 공장 일이 끝
난 뒤, 드디어 독차지했다. 한번은 공장 바닥에 신문을 펼치고
막 속옷을 내리려는 찰나, 형이 크게 내 이름을 부르며 신문을
찾는 게 아닌가. 나는 들켰다. 형은 내 몸에서 돼지 냄새가 난
다고 말했다. 형이 음악을 좋아해서 독수리표 전축을 가지고
있었는데, 엘피판이 많았다. 형이 외출한 날, 킹 크림슨의 〈에피
타프〉를 크게 틀어 인근 파출소로 두 번 끌려갔다. 그때는 야
간 통행금지가 있던 시절이었다. 신원보증인으로 퇴근한 사장
이 왔다. 가게 야전침대에서 웅크리고 잠을 청했는데 수도방위

사령부, 일명 수방사 탱크가 부르르 몸을 떨며 지나갔다. 어디 쥐구멍이라도 숨고 싶었다.

하루는 군대 간 작은형이 찾아왔다. 아마 돈이 필요해서 찾아오지 않았나 싶다. 우리는 종로에 나가 영화를 봤다. 시내에 나갈 때, 버스를 탔는데, 잘 쓰지 않던 부산 사투리를 썼다. 부산에서는 형을, '새이야'라고 불렀다. 나는 태어나서 여섯 살까지 부산에서 살았고, 형은 전포국민학교 오학년 때, 전학을 했다. 그래서 형 별명이 '부산깡패'였다. 시절은 살벌한 박정희 시대였는데, 우리는 몸으로 알았나보다. 경상도 사투리를 써야 살아남는 데 유리하다는 것을. 시간이 지나 결혼할 당시에도 본적은 부산으로 되어 있었다. 아내는 나를 부산 사람이라고 알고 결혼했을까. 그렇지는 않았다. 아내는 충청도 사람이다. 지금도 그렇지만, 전라도 사람을 도둑놈 취급할 때였다. 부모님도 그렇고, 나는 뼛속 깊이 전라도 유전자를 지니고 있다. 자랑스럽지는 않지만, 그렇다고 피할 생각은 없다.

금은방에서 일을 할 때는 손재주가 뛰어났다. 기술도 늘고 봉급도 늘어 적금을 부었다. 겉으로 보기엔 착실한 청년으로 성장했다. 나는 반지, 귀걸이, 목걸이, 브로치, 못 만드는 물건이 없었다. 다이아몬드 같은, 알집에 고급 알을 넣는 기술이 없다고 할까. 아저씨는 꼬마를 뒀다. 강원도 산골에서 온, 눈이 크고 쌍꺼풀진, 입술이 도톰한, 여자애 같은 녀석이 들어왔다. 꼬마

1부 아름답게 사라지는 방법

는 라디오드라마를 즐겨 들었다. 나는 몸피로 따진다면 어른에 육박했다. 키 크고 늘씬한 애어른으로 성장한 거였다. 문제는 마음이 몸을 못 쫓아갔다는 거. 꼬마를 장난감으로 본 것이다. 가슴속에 비뚤어진 범죄를 키워온 거였다. 일이 끝나 아저씨나 직원들이 퇴근하면 꼬마 애한테 키스를 퍼부었다. 혀가 그렇게 부드러운 물건인지 놀랐다. 꼬마는 내 몸을 고스란히 받아줬다. 꼬마 입장에서는 큰 사람의 위압적인 기세에 짓눌려서 허락하지 않았나 싶다. 신문 연재할 때 꼬마를 찾아간 적이 있다. 용서받으러 갔다. 나는 죄의식에 휩싸여 속죄를 해야 한다는 강박과 어른으로 성장한 지금, 기록으로 남겨 자신에게 엄격해야 좋은 작가로 남을 수 있다는 마음이 있었다. 그 꼬마는 결혼을 해, 뚱뚱한 중늙은이가 되어 지금은 종로에서 공장을 경영하고 있다. 사십 년이 훨씬 넘은 사건이지만 부끄러운 모습이다. 아무리 십 대라지만, 내 안의 짐승을 제어하지 못했다. 무조건 사과한다. 칭찬과 비난이 모두 내 몸에서 비롯된다는 것을 안다. 죄책감과 벌은 죽을 때까지 내 몫이다. 어떻게 보면 1970년대에 〈브로크백 마운틴〉을 찍은 거였다.

나이도 그렇다. 내 초등학교 졸업장이나 상장에는 돼지띠로 기록되어 있는데, 주민등록 일제 단속 기간에 쥐띠로 바뀌었다. 그러나 생일은 여전히 돼지해에 태어난, 음력 오월을 쓰고 있다. 나는 돈이 없을 때, 나이를 속였다. 돈이 넉넉하면 제 나이를 밝혔다. 내 동창 중에는 두 살 많은 사람이 흔하다. 어떤 동창은 나보다 다섯이나 위다. 맞먹기 쉽지 않다. 그러다보니 같은 동네에 사는 두 살 위 동창의 동갑계 멤버가 나의 선배다. 말을 까자니 그렇고 올리자니 그렇다. 가끔 나이 많은 동창이 웃으면서 형님이라고 불러달란다. 그래, 면서기를 나무랄 수 없고 네가 형님이다. 술 취하면 넌지시 말을 까는데, 오죽하면 나이 가지고 유세를 떤다고 타박한다. 늙어가면서 두루뭉술하게 대처한다. 객지 벗 십 년이라는 말도 있지 않은가. 보험회사에서는 주민등록을 보고 양력 일월에 생일 축하 카드를 보내온다. 나는 그런 걸 제일 싫어한다. 앞으로는 주민등록은 무시하고 돼지띠로 살아갈 테다. 나를 다시 찾기가 이렇게 쉬운 줄 몰랐다.

야학 다닐 때는, 어떻게 하다보니 회장을 맡아봤다(중학교 검정고시는 쉬웠다. 잘 못하는 수학과 음악은 커닝했다). 하도 사람이 많다보니 반별로 반장이 따로 있을 정도였다. 아마 덩치가 커서, 숱한 직업을 가지고 있는 나이 많은 사람들 통제하라고 시킨 것 같다. 성적하고는 무관했다. 나는 그것도 감투로 여겨, 교회 맨 마지막 자리에 앉았다. 거기서 8반까지 있는 동기생들이 모두 보였다. 아주 가끔 친구가 옆에 앉는 것을 제외하곤 늘 혼자였다. 야학 선생이 봤을 때는 얼마나 목불인견이었을까. 소름이 돋는다.

나는 고시 출신이다. 종로에 있는 학원 옆에는 대학생 회수권을 야매로 팔아 떼돈을 번 사람이 많았다. 학원생들은 모두 대학생 행세를 했다. 이른바, '가짜 대학생 사건'은 사건 축에도 못 끼는 애교에 속했다. 나는 일간신문을 배달한 적은 있으나 식당이나 다방에서 주간신문을 판 적은 없다. 차마 남을 속이는 것은 양심에 꺼려 하지 못했다. 주간신문을 파는 사람들은 학생이 아닌데도 교련복을 입고 고등학교 모자를 썼다.

군대에서는 별별 일이 많았다. 나는 글씨를 잘 써서 중대 서무계를 보았다. 인사발령장이나 월급, 담배, 사단에 올리는 상벌을 모두 맡아봤다. 그러나 돈이 없었다. 약력이나 글씨는 엉망이었지만 집안에 돈이 많아, 중대장에게 청바지를 선물한 교육계에게 업무를 빼앗기고 말았다. 나는 시간이 많고 자유가 상대적으로 보장되는 취사장을 검정고시를 이유로 선택했다. 식당 주방에서 빛나는 솜씨를 발휘할 수 있게 된 계기가 군대 취사장이다. 방위병들이 퇴근하면 현역들만 잠을 잤다. 당시 군대 내 성폭력은 변소에서 모포 안에서 쓰레기 소각장에서 유격훈련장에서 사건이 벌어졌다. 곱상한 독신 장교 숙소BOQ나 대대장 당번병은 추행의 단골 대상이었다. 내무반, 화장실, 휴게소, 취사장, 위병소, 탄약고에서 강제 성관계는 이루어졌다. 교도소도 마찬가지다. 나는 삼 년을 양평에서, 그것도 모자라 남한산성에서 일 년을 더 복역했다. 성추행은 추악하고 은밀하게 도처에서 벌어졌다. 자신의 욕망 해소를 위해 약자를 괴롭히는, 전형적인, 상명하복의 드러나지 않는, 그러나, 모두 인정하는, 죄악이었다.

군대에서 불명예제대를 하고 갈 곳이 없었다. 사촌 형이 서민들에게 사기를 치는 서울유통에 들어가서 수금원으로 일을 할 무렵이었다. 형의 수금일을 돕다 서울 변두리, 대나무에 흰 깃발이 나부끼는 점집에서 당했다. 점집은 육십 대 초반의 사내가 운영을 했는데, 나보다 앞서 현역군인이 황급히 괴춤을 단속하고 나오는 것을 눈치채지 못했다. 점집 주인은 사내였고 반바지를 내렸다. 마지막 순간에는 마음과 다르게 몸이 사내를 끌어안았다. 죗값을 치른 셈이다. 쾌감은 짧았고, 기분이 찝찝하였다. 미수금이 있었지만 다시는 그곳에 안 갔다.

내게 문단 데뷔는 결사적이었다. 문화센터 동료들과 좋은 출판사를 통해 시집을 엮어낸 적이 있었다. 그러나 그것이 데뷔는 아니다. 앤솔러지를 낼 때, 시내에서 술을 많이 마셨다. 몇 차를 했는지 기억이 없다. 시내버스가 끊겨 택시를 잡는데, 운전기사가 합승을 거절하는 게 아닌가(아마 술 취한 사람을 태우면 골치 아프니까 거절한 것이겠지). 택시 운전기사와 실랑이를 하다 청와대 근처 파출소로 끌려갔다. 거기서 고래고래 고함을 질렀다. 대한민국에서 시인을 이렇게 대접하다니! 정식 데뷔는 아니었지만 다행히 동료들과 같이 펴낸 시집이 있었기에 부릴 수 있는 호기였다. 등단하지 못한 나를 안타깝게 여긴 희석이 형이

(원희석 형은 시집이 두 권 있는 시인으로, 〈한국일보 타임-라이프〉에서 과장으로 근무하고 있었다. 그 좋은 형이 일찍 저세상으로 갔다. 내 결혼식 날 축시를 낭송해서 빛나게 해주었다. 나는 형 무덤 앞에서 울었다), 지금은 없어진 〈민족문학〉이라고, 거기 지역 특집으로 내 시를 한 편 실은 게 전부였다. 그 전해에 전무후무한 잡지 신춘문예 결선에 여성 동인과 함께 오른 나를 격려해준 뜻깊은 마음이 있었다. 당선작은 당연하게 여성 동료에게 돌아갔다.

여기서 문단 얘기를 하자. 황석영이 공주교도소에 복역할 때다. "황석영을 석방하라!"가 주요 쟁점이었다. 나는 대전·충남작가회의 회원 자격으로 동참했다. 친구와 함께 플래카드를 들었는데, 지금은 유명한 서울 지역 소설가가, 내 손을 확 떼어내고 펼침막을 가로챘다. 너무 황당한 일이어서 억울했지만, 찰나의 시간이라 손을 쓸 수가 없어 가만있었다. 나는 뒤늦게 알았다. 소위, '포토 타임'이었던 것. 지금도 그때 사진을 보면, 모골이 송연하다. 나중에 그가 진행하는 프로에 게스트로 출연한 적이 있다. 그도 그 사실을 모르고 나도 얘기하지 않았다.

이윤택은 연극 연출도 하지만, 〈현대시학〉 출신의 시인이며 문학평론가이기도 하다. 그가 대학로에서 '가마골소극장'을 운영할 당시(30년이 넘은 일이다), 찾아가서 원고를 받아온 적이 있다. 이윤택은 기억 못하겠지만, 나는 어제처럼 떠올린다. 원고를 직접 손으로 쓰며, 펑크 낸 적이 없다. 성격이 시원시원하고 예

술계의 선수 같았다. 이백 자 원고지에 직접 쓴 그의 글은 고칠
게 거의 없었다. 그런 그가 괴물이었다니! 왜 그랬을까.

시간이 흘러, 이라크 파병을 반대할 때도 그렇다. 종묘에서
출정식을 열고, 피켓을 들고 종로를 통과하여, 세종문화회관에
서 성명서를 낭독하기로 되어 있었다. 그때 계단에서 알았다.
방송사 카메라가 돌아가고 잠깐 쉬다가 성명서 낭독할 순간이
오자, G시인과 또, 노벨상에 가끔 회자되는 원로 문인이 서로
먼저 낭독하겠다고 성명서 종이가 찢어지도록 경쟁하는 것이었
다. 지금 장관이 된 선배가 그러면 성명서를 사이좋게 한 장씩
읽으라고 중재를 했는데도 말을 안 들었다. 또하나는 명천 이문
구가 이사장으로 있을 때, 얘기다. 이문구 선생 집안은 소설에
표현한 그대로다. 사람이 좋아, 이사장 몫의 북한행을 상임 고
문에게 양보했다. 방송사 카메라에 잡힌 G시인은 김대중 대통
령과 김정일 위원장 사이에서 〈우리의 소원은 통일〉을 불렀다.
이 장면은 확인하면 금방 나온다. 해마다 G선생은 노벨문학상
후보로 이름을 올린다. 나는 처음부터 믿지 않았다. 문단이 이
런 곳이다. 그렇다고 모두 도매금으로 넘기지 말자. 미꾸라지 몇
마리가 흙탕물을 튀긴다.

91년도에 정식으로 데뷔했으니까, 25년이 훨씬 넘었다. 나는
G시인에 대해 M시인이 한 말에 동의한다(M시인은 박남준 때문
에 딱 한 번 봤다. 내가 말 섞을 사람이 아니었다. 나는 나에게 안 맞으

면 말도 잘 안 건다. 지독한 편견이다. 사람은 잘 변하지 않는다. 하지만 G는 진실로 사죄했으면 좋겠다). 나는 G를 싫어하여(그냥 느낌이다), 여태 말 한마디 붙여본 적이 없다. G를 비롯한, 잘나가는 사람들은 해외 문학 행사는 물론, 교과서에까지 작품이 실린다. 따뜻한, 노른자위 길을 걸어온 셈이다. 아시겠지만, 한국 문단에서는 교과서에 작품이 실리면 그것으로 거의 결판이 난다. 나는 교과서에 실린 작품보다, 교과서에 실리지 않은 작품이, 훨씬 뛰어나다는 것을 진즉에 알고 있었다. 이번 문단 성추행, 성희롱 사건은 자주 술자리를 가진, 나와 남자들의 만행이다. 적어도 가해자거나 공동정범이다. 백배사죄한다. 구차하게 변명하지 말고, "할말이 없다, 무조건 잘못했다, 앞으로는 절대 그런 일 없을 것이다", 이렇게 해야 한다. 법은 그다음 문제다. 나한테는, 권력과 돈이 없었다. 불행 중 다행이랄까. M시인 말에 의하면, 메이저 출판사와 편집위원들 눈에 들어야 문단 생활을 할 수 있다는데, 그 말은 반은 맞고, 반은 틀렸다. 내 경험을 이야기하겠다.

메이저 출판사, 존재한다. 편집위원, 있다. 각종 심사위원, 계신다. 나는 지난 십 년 동안, 한 번도 뭐가 되어본 적이 없다. 원고, 많이 냈다. 오죽하면 동료가 "거, 작품 질이 떨어지는 것 아녀?" 하고 참혹한 말을 한 적이 있다. 정말 작품의 질이 떨어졌나, 하는 의문도 들었다. 청탁, 받아본 적이 거의 없다. 오랜만에 청탁이 오면, 돈이 없는 출판사거나 정기구독으로 대체한다는 말을 들었다. MBC 프로그램 〈느낌표〉에 선정되었을 때, 선배가 말을 했다. 너는 앞으로 십 년 동안 상 받을 생각 하지 마라. 말에 씨가 있는지, 상 못 받은 지가 15년이 넘었다. 그때는 기고만장했다. 내 작품이 실력에서 온 줄 알았다. 대부분, 거품이었고, 끊임없이 공부하고 노력해야지만 진정한 시인이 된다는 사실을 늦게 깨달았다. 화려한 과거를 거부해야 거듭 태어날 수 있다.

잘나가던 시절이 있었다. 나를 따르는 사람들 중에 일부는 여성도 있어(내 작품을 좋아하는 사람은 노동자들이 많은데, 전기, 파이프, 조적, 용접이 그들이다), 경찰서 서장 부인도 팬이었다. 그 부인을 포함해서 지역에서 동인 활동을 하는 사람들과, 한 일 년 같이 공부를 한 적이 있다. 일주일에 한 번씩 서장 집에서 만나는데, 한 시간 하는 걸 두 시간 넘게 열변을 토하기도 했다. 서장 부인은 수업이 끝나면 간식을 정결하게 준비했는데, 떡과 빵과 과일과 술 등이었다. 음주 운전은 살인 행위다. 그걸 알면서도 술을 마셨다. 우리집에 오려면, 검문소를 통과해야 하는데, 그때마다 서장 부인은 전화를 했다. 오늘밤 근무를 누가 서느냐, 내 차 번호를 알려주면서 지나가면 무조건 통과시켜라, 전화를 끊고 술을 권했다. 많이는 안 마셨다. 물론 법을 어긴 것도 문제지만, 특권인 양 거기에 부화뇌동한 내가 더 문제였다. 그 행위는 남에게 큰 피해를 준다. 퇴직한 지 오래되었고, 세월이 많이 흘렀지만 그러면 절대 안 된다. 또 한번은, 어떤 지역을 관할하는 대장의 부인이 팬이었다. 장교들은 대부분 결혼을 잘한다. 그 부인은 빼어난 미모를 자랑했는데, 나는 일단 사람이 마음에 들면, 공중으로 들어올려 돌리는 습성이 있었다. 그때는 그런 '괴력'을 발휘했다. 그 행동을 안 좋아하는 사람은 얼마나 공포였을까. 밤새 술 마시고, 아침까지 모래사장에서 대장부인과 해장을 하고 있는데, 1호차를 타고 순찰을 돌던 대장한테 딱 걸렸다. 권총을 몇 번이나 빼었다 다시 넣기를 반복했단다. 총으로 쏴, 죽이고 싶었단다. 운전병 눈과 군법이 나를 살렸다. 몇십 년 전 얘기다. 그러나 과거의 얼룩은 쉽게 지워지지 않는다. 술자리의 구토 자국이 언제고 되살아나 발목을 잡을지 모른다.

무수하게 원고를 퇴짜 맞았다. 그러고도 가증스럽게 아직 살아 있다. M시인은 성추행과 성희롱을 일삼는 원로와 편집위원, 심사위원 눈에 나면, 시인으론 끝이라고 표현했지만, 좋은 작품을 못 알아보는 편집자는 없다. 내가 아는 어떤 시인은 명함 파는 인쇄소에서 시집을 자비로 출판한 뒤, 남은 책을 마대 자루에 넣어 방치했는데, 우연히 내 친구가 발견하여 세상에 알려졌다. 친구가 나눠 줘서 나도 읽었다. 장난이 아니었다. 기성 시인 작품보다 월등하게 좋았다. 그가 대학원 문창과를 뒤늦게 다닌, 우리나라 유수의 문학상을 탄 이면우 시인이다.

시인은 혼자다. 외로움을 재산으로 알고 작품을 쓴다. 패배할 줄 뻔히 알면서도 일상과 싸운다. 불의, 논리, 권위, 세속, 타성과 싸운다. 항상 자신과 싸운다. 타협하지 않는다. 비판할 것은 비판해야 마땅하다. 남들이 알아주든, 안 알아주든 글을 쓴다. 이곳이 바닥이라고 생각할 때, 견디는 게 시인이다. M시인은 작업실로 호텔을 얘기했는데, 아직 쓴맛을 못 본 거다. 꼭 책상이 있어야 시를 쓰는가. 출세를 위해 시는 존재하는가. 돈을 위해, 이름을 날리기 위해 시를 쓰는가. 꼭 서울에서 살아야 하는가(직장 가진 사람 빼고). 정 갈 곳이 없으면 창작촌에 들어가면 된다. 집필실은 훌륭하다. 거기서 일 년 내내, 글을 쓸 수 있다. 싫증이 나면, 다시 원래 자리에서 돌면 된다.

내가 보기에 한국 문단도 학연, 지연, 술자리에 자유롭지 않다. 유명한 출판사는, 계간지를 함께 내는데, 거기 편집위원들은 출판사 사장하고 연계되어 있다. 서울대는 서울대 후배를, 고려대는 고려대 후배를, 연세대는 연세대 후배를 심는다. 그러니, 한양대. 성대, 이대, 숙명여대, 광운대, 가톨릭대는 말해서 뭐 하겠는가. 지방대를 들먹거려 뭣에 쓰겠는가. 다른 대학을 나온 사람은, 그가 대학교수라도 그늘로 밀려난다. 이걸, 몰랐단 말인가. M시인은 상대적으로 좋은 대학을 나왔다. 그래도 실력이 있으면, 다른 곳에 비해, 통용이 되는 곳이 문학 아닌가. 작품이 좋으면, 언젠가는 알아준다. 작년에 세월호 아이들과 함께하려고 53일 동안 걸었다. 우리가 쉬고, 다시 만나는 자리가 질마재 미당시문학관이었다. 나는 이틀 동안 문학관에 들어가지 않았다. 질마재 문학관은 우리들의 수치다. 진정성이 없다. 애증어린 작가회의가 마음에 안 들어(먼저 간 아이들을 생각하며 팽목항이나 마포중앙도서관에 조각상을 설치하려 했었는데, 정권이 바뀌었다고 말도 못 붙이게 했다. 평화의 소녀상을 조각한 후배는 재룟값만 날리고 했다) 탈퇴하려고 했는데, 선배가 한마디했다. 유 아무개가 탈퇴를 하면, 우리 모두 탈퇴하겠다고. 모인 작가가 많은 것은 사실이지만, 물론 술이 거나해서 한 발언이지만, 든든한 버팀목이 된 것은 사실이었다. 국도를 따라 막 목포에 들어섰을 무렵, 한 방 얻어맞았다. 맨 뒤, 경광등을 들고 서 있는 나에게, 어르신이 한말씀 하셨다. 덕분에 살 좀 빼겠어.

M시인에게 아쉬운 걸 지적하자면, 그럴 힘으로, 문단 '미투 Me Too'운동과 친일을 한 문인들과 싸웠으면 좋겠다. 왜, '조중동'에는 한마디 말을 못 하는가. 일본군 성노예 문제는, 전두환·노태우 일당에게는, 광주에 대해, 부마항쟁에 대해, 일용직 노동자에 대해, 비정규직에 대해, 용산참사에 대해, 갑자기 문 닫은 공장주에 대해, 세월호에 대해, 제주 4·3에 대해, 강정마을에 대해, 소년소녀가장에 대해, 재심을 통해 무죄를 선고받은 간첩들에 대해, 무조건 빨갱이로, 종북으로 몰아세운 이명박, 박근혜 정권에 대해, 종편에 대해, 태극기를 앞세운 극우 꼴통들에

게, 통일운동에 대해, 신자유주의에 대해, 3대 세습에 대해, 북한 어린이 돕기에 대해, 일본에 대해, 미국에 대해, 중국에 대해, 러시아에 대해, 항의 한마디 못하는가.

문단 성폭력 사건이 터졌을 때, 나는 길 아래에 있었다. 나는 인터넷과 SNS를 못한다. 나중에 그 소식을 듣고, 곪아터질 게 터지고야 말았다는 생각이 들었다. 거기에 연루된 사람들은 선후배였다. 내 책에 격려 글을 써준 유명 작가도 있었다. 그러나 잘못한 것은, 잘못한 거다. 그들은 문단 권력자다. 사죄하고 반성하기 바란다. 힘없는 나도 반성하고 있다. 말도 행동도 폭력이다. 이 문제 때문에 사람이 죽었다.

진정한 작가는 자기 원고를 무덤 속까지 들고 들어가는 용기가 있어야 한다. G시인은 죽어도 노벨문학상을 못 탄다. 작품 수준과 심성이 부족하기 때문이다. G시인은 돌아가신 오랜 친구, 문학평론가 K선생에 대해 한말씀해야 한다. 또 K선생 사모님 소문도 해명하기 바란다. 노욕은 추하다. 짐승도 죽기 전엔 머리를 고향 쪽으로 향한다지 않는가. G의 문학은 과대 포장되어 있다. 노인네 병나듯 이게 뭔가. 그리고 노벨문학상 못 타면 어떠냐. 상을 받는다는 게, 그 사람의 문학을 판가름하지는 않는다. 작품 따로, 사람(행위) 따로는, 존재할 수가 없다. 안타깝지만, 미당과(우리는 '말당'이라고 부른다. 조국 광복을 위해 목숨을 아끼지 않은 문인들도 많은데, 나라를 팔아 호의호식한 문인이 있다는 사실에 분노한다. 일본에 부역했던 선배가 많다. 친일은 역사의식에 무지했다 치자. 광주를 피로 물들인 전두환에게 아부하여 환갑날, 축시를 써준 죄는 어떻게 할 것인가. 프랑스, 독일을 봐라. 베트남은 반면교사다. 끝내 자기 잘못을 인정하지 않고 죽은 사람을 고창군은 기린다. 적반하장이 따로 없다) 함께, 영원히 한국 문단에 부끄러움으로 남아 있어야 한다. 친일과 독재정권에 잘 보인 사람들은 똥통 속의 구더기보다 못하다. "악마와 천사 사이에 사람이 있다." (파스칼) ☾

시골살이

이병모가 나를 고발했다. 죄명은 상해죄(멱살을 잡은 것도 폭행이다). 전치 1주의 상해 진단서도 첨부했다. 아니, 적반하장도 유분수지, 그냥 허탈한 웃음만 나온다. 사건의 발단은 이렇다. 이장 선거가 있는 마을 대동회 자리였다. 나는 편찮은 장인어른 때문에 참석하지 못했다. 대동회에 참석한 동네 사람들 모두가 그런다. 자네가 진짜 그런 거여? 이병모 마누라를 건드렸다면서? 기가 찼다. 술에 약을 타서 이병모 마누라가 쓰러지자 실컷 주물렀단다. 어이가 없었다. 일흔이 넘은 이병모 마누라는 술을 못한다. 체질이 그렇다. 동네 사람들이 다 안다. 그러면 남편은? 자기는 화장실 갔었단다. 나는 화가 났다. 이런 뻔한 거짓말을 마을 사람들 모두 모여 있는 데서 하다니. 숨쉬는 것도 거짓일까. 입만 열면 거짓말이다. 그가 아무리 나를 장애물 같은 존재로 취급해도 그렇지, 없는 말을 지어내서 퍼뜨리다니. 나는 마을 골목에서 만난 이병모 멱살을 잡으면서 항의했다. 마을 사람들 모두 모여 있는 데서 거짓말한 걸 사과하라고. 이병모는 거부했다. 똑같은 말을 내게도 했다. 아아, 법이 좋구나, 때려죽이고 싶었다. 나는 명예훼손으로 맞고소를 했다. 무고나 모욕죄로 고발하면 안 되나.

그러면, 이병모는 왜 그런 것일까? 한마디로 이장 연임을 반대했기 때문이란다. 조그만 동네에서 알량한 이장이라니. 허나 이장은 입법권, 행정권을 두루 행사하는 막강한 권력을 가지고 있다. 더군다나 내가 사는 고장은 오미자나 토마토, 사과로 유명하다. 거름, 농약, 일꾼을 어디서 쓰느냐는 전적으로 이장에 달려 있다. 꽃이나 열매를 솎아낼 때, 일꾼을 부리는 브로커가 존재할 정도다. 동창은 사과농장을 운영하면서 마을 작목반에서 부부 동반으로 중국에 다녀왔다. 농약 회사에서 현금 1억을 줬단다. 시골에서는 천만 원도 큰돈이다. 하물며 내가 평생 만져보지 못한 큰돈을 껌값으로 생각한다. 사과가 돈이 되는 모양이다. 어쨌든 이병모가 이장을 볼 때, 궂은일을 도맡아 했다. 내가 사는 동네는 차가 다니는 길이, 해발 5백 미터가 넘는 고지대다. 처음에는 계곡에서 먹는 물을 취수해서 해결했다. 뒷산에서 나는 보약을 공짜로 즐기니 얼마나 좋으랴. 맑은 공기 아래에서 장수하는 어르신들이 많다. 하지만 취수구에 낙엽만 걸려 있어도 물이 안 나온다. 개구리, 심지어는 뱀이 걸려 있기도 했다. 하루에도 다섯 번 이상 마을 뒤 취수원에 올라간 적이 있다(군청에 항의해서 지금은 상수도가 들어온다). 탱크 청소도 내 몫이다. 우리나라 시골은 비슷하다. 마을에는 늙은이들만 남았다. 나도 나이가 만만찮은데 가장 젊은 축에 낀다. 비슷한 연배는 산판일이나 막노동을 가니 동네에서 유일한 시인은, 남이 볼 때, 시간 많은 한량 취급받는다.

취수원 청소, 물탱크 청소, 골목길 풀베기, 모든 게 무료 봉사다. 한번은 어떤 업자가 이장 허락 안 받고 앞산 산판일을 할 적에 장비의 흙이 마을길에 떨어졌다. 이장은 노발대발했다. 나는 업자를 마을회관으로 불러 조곤조곤 얘기했다. 그날 저녁 마을 어르신들은 막걸리에 수육으로 포식을 했다. 백수가 과로사한다고. 또 이런 일도 있었다. 우리 동네 한가운데에 형제가 공동등기를 한 전원주택이 있는데, 형은 벽돌 연구원, 동생은 아파트 지하 보일러공이었다. 은퇴를 하고 집에 있던 동생이 취수원 청소하러 올라오다 죽었다. 나는 심폐소생술을 했다. 그는 다시는 숨을 쉬지 않았다. 사망신고부터 장례식장 모시기까지 모두 내가 했다.

마을 공사나 어르신들 모시고 화전놀이 갈 때를 포함해서 어딜 가나 이병모는 나를 데리고 다녔다. 말을 논리 있게 잘한다는 이유였다. 다음 이장은 나보고 하라고 권하기도 했다. 대통령이나, 국회의원이라면 모를까, 마을에 퇴거가 안 되어 있으니, 마을 일은 사양하겠다고 머리를 흔들었다. 이병모는 퇴거가 안 되어 있어도 이장을 볼 수 있는 사례를 찾아보기로 약속까지 한 사람이다. 나는 사양했다. 뭘 맡기 싫었다. 그렇게 부려먹더니, 똥 눌 때 마음하고 나올 때 마음하고 다른 모양이다. 이장을 중간에 그만둔다고 입에 달고 살았다. 마을에 너무 똑똑한 사람이 많아서 이장 보기가 어렵단다. 아니, 그러면 마을 사람들 모두 어리숙해, 이장 말에 순종하길 바랐단 말인가. 그때마다 이병모를 달랬다. 어르고 달래고 추어주고 숱한 고비를 넘기면서 임기를 채웠다.

그는 황해도 사람이다. 마누라는 서울 신당동에서 초등학교를 졸업했다. 박근혜 친구란다. 같은 마을에 살기는 살았다. 나는 외지인, 토박이 그런 거 따지지 않는다. 마을 발전을 위해 봉사하면 그 사람이 진짜 동네 사람이지, 안 그런가. 그렇지만 시골 인심은 은근히 텃세가 있다. 나는 그때마다 이병모 편을 들었다. 나보고는 대놓고 빨갱이 시인이라고 한다. 언제 뻘겋게 물들었나. 그리고 이병모 직업이 조폭이란다. 전화 한 통화로 아우들을 불러 마을을 쑥대밭으로 만든단다. 아니, 팔십이 넘은 노인들이 수두룩한 마을에 조폭이라니, 겁을 주는 건가. 이장을 선거로 뽑을 때는 면 파출소에서 경찰이 출동하기도 했다. 작은 마을 이장을 선거를 통해 뽑다니, 창피한 일이다. 지금은 다른 형님이 이장을 본다. 이병모는 내심 마을 사람들에게 존경받기를 원하고, 연임을 기대했나보다. 자기 마음대로 안 되었다고, 나에게는 퇴거가 안 되어 있으니, 발언권도 없다고 마을 사람이 아니라고 했다. 은혜를 원수로 갚는군, 쓰면 뱉고 달면 삼키는구나, 내가 그런 사람인가. 나는 딱 하나, 거짓말한 걸 마을 어르신들한테 사과하길 바랄 뿐이다. 다른 사람은 몰라도 자기는 알 것 아닌가. 대한민국 시인이 자기 욕심에 이용당할 사람인가(이병모는 2022년 10월, 시골살이에 적응 못하고 팔십 줄에 서울로 이사갔다).

아무리 시인이 문학하는 사람이지만 해도 너무한다. 문학이 사실은 사실대로, 거짓은 거짓대로 기록한다지만, 이 이야기는 기록하기 싫다. 그나저나 경찰서에서 조서를 받으러 오라 한다. 무혐의나 기소유예가 나오겠지만 그는 끝내 고소 취하를 안 할 모양이다. 끝까지 가보자. ☾

1부 아름답게 사라지는 방법

남원

아련하다. 꼭 첫사랑 같다. 남원에는 기차역이 있다. 외가에 가려면 기차를 탔다. 비둘기호, 완행이다. 온갖 행상물을 보따리에 담은 아줌마들하고 같이 탔다. 기차를 타면 바다 냄새가 났다. 벌써 여수에 온 느낌이다. 완행열차에서 만난 여인하고 불꽃같은 사랑을 했으니 옛 맛도 아련하다. 용산에서 밤 열차를 타면 그 이튿날 남원역에 내릴 수 있었다. 친구들은 중학생이 되었는데 나만 공장에 다녔다. 고무공장에서 가위질을 하는데 손가락이 짧아 일을 못하고 되돌아왔을 때도 남원역에서 내렸다. 무엇을 할까, 나는 누구인가, 어디로 흘러갈 것인가. 피곤하면서도 고향에 왔다는 설렘이 마음속에 가득했다. 고향은 가난밖에 더 있느냐. 보리밥밖에 더 있느냐. 버스를 기다리면서 그래도 좋았다.

1981년 12월 1일, 남원역 옆 초등학교 운동장에 젊은 청년들이 모였다. 군 입대를 앞에 둔, 장정들이었다. 천 명에 가까운 청년들은 줄을 지어 인원 점검을 받았다. 인원 점검은 느리게 진행됐다. 때마침 눈이 내렸다. 그해의 첫눈이었다.

아침부터 줄을 섰으나 오후까지 변함이 없었다. 남원에는 먼 친척이 살고 있었다. 그전날 어머니가 따라와 하룻밤 신세 졌다. 어머니와 먼 친척 아주머니는 학교 울타리 너머에서 서성거렸다. 싸라기눈은 어느새 함박눈으로 변했다. 울타리 밖에 있던 친척 아주머니가 불렀다.

"아재, 넘어오시오."

나는 잽싸게 울타리를 넘었다. 근처 중국집으로 간 아주머니는,

"여기 짬뽕 곱빼기 하나, 그리고 소주 좀 주시오."

그렇게 맛있는 짬뽕은 처음이었다. 물컵에 따라준 소주는 달았다. 훈훈했다. 장정들은 가끔 울타리를 넘었다. 저녁 늦게 인원 점검이 끝나고 열차는 서서히 출발했다. 망월사역에서 내렸다. 지금은 없어진 101보충대, 짧은 의정부 생활이 시작되었고, 3년의 군대 생활이 이어졌다.

남원은 후배 시인이 산다. 내외가 학교 훈장이다. 내가 집도 절도 없을 때, 고향에 와 벌초를 하면 후배 집에서 잤다. 밤새 술을 마시고 아침이 오면, 해장국 대신 신문이 먼저 오고 지리

산은 안개가 밀려오기 시작했다. 후배는 출근하기도 바쁜데 꼭 해장국을 끓여 내놨다. 무슨 벼슬이라고 나는 해장국보다 술부터 찾았다. 그뒤로 만덕사지, 광한루, 교룡산성, 동편제의 고향(그래서 한량이 많다. 노랑목도 많고, 방석집도 있었다. 득음한 소리꾼도 많고, 춘향제를 하면 벚나무 아래로 수많은 사람들이 몰려왔다), 농학농민전쟁, 『혼불』의 최명희, 우리 동네에서 발원하는 요천까지 모두 후배랑 둘러보았다.

그리고 불알친구가 공기업에서 퇴직한 곳이기도 하다. 그는 은퇴한 뒤에, 웃다리골에서 오미자 농사를 짓고 있다. 친구는 요천이 보이는 임대아파트에 살았는데 최근에 분양받았다. 국민학교 동창회를 유명한 리조트에서 했으며, 맛집과 찻집을 친구 소개로 알게 되었다. 특히 국수를 좋아해 남원에 유명한 국숫집을 많이 알고 있었다. 친구는 담배를 물고 지내면서 커피믹스를 하루에 스물다섯 잔 이상 마셨다. 나는 믹스커피보다 블랙커피를 마셨다. 친구 따라 강남 간다고 그렇게 알게 된 커피집 사장과 친해졌다. 친구랑 관광단지에서 밥을 먹고 싸구려 커피를 들고 국립국악원 학생들을 바라보기도 했다. 추어탕 잘하는 집과 빵으로 유명한 집, 짬뽕 잘하는 집, 냉면 잘하는 집, 콩국수 잘하는 집, 칼국수와 막국수 잘하는 집, 돌솥비빔밥을 잘하는 집을 어떻게 잊을 수 있단 말인가. 하나밖에 없는 영화관에서 화장실 냄새를 맡은 것은 덤이다.

지금은 남원 작은 도서관 상주작가 신분이다. 매일 출근한다. 준공무원이다. 4대 보험도 낸다. 상주작가는 '북 큐레이터' 역할도 하고 글쓰기 지도도 한다. 집필실이 있고 문학 애호가들에게 멘토 역할도 한다. 그런데 말이다, 근무시간이 문제를 일으켰다. 사실 개인적인 얘기는 여기서 하기 싫은데, 작년에 큰처남이 교통사고로 죽었다. 대기업 구매팀장으로 성실하게 근무했다. 처남은 교대역에서 택시를 기다리다 사고로 그 자리에서 즉사했다. 또한 장인어른은 방광암에 암세포가 폐까지 전이되어 오늘내일한다. 장인은 2남 2녀를 두었다. 나는 큰딸하고 결혼했으니 맏사위다. 삼십 년 됐다. 금요일 오후, 아내 직장이 있는 서산, 거기서 장인이 입원한 병원이 있는 논산까지는 먼 거리다. 그래서 일찍 퇴근했더니 관장이 근무시간을 들먹인다. 뒷말이 많단다. 출근한 지 열흘도 안 되었는데 누구에게서 무슨 말이 나온단 말인가. 그거 관장의 마음 아닌가. 일이 있으면 늦게 출근할 수 있다. 더군다나 인간의 병이나 죽음 앞에서는 누구나 자유롭지 못하다. 문학을 지향하는 관장은 누구보다 약자 편에 서야 하지 않는가.

 전국 도서관, 서점, 문학관엔 상주작가 제도가 있다. 이 사업은 문체부에서 시행하는 한시적 복지제도다. 물론 서류상 근무시간은 하루 8시간이다. 하지만 어떤 상주작가도 하루 8시간 근무 안 한다. 또한 근로계약서상 상주작가는 도서관에 고용된 몸이다. 맞는 말이다. 그런데 작가는 자기 자신 빼고 어디에고 고용된 적이 없다. 나는 계약서에 쓰여 있는 그대로 8시간 근무한다면 못한다고 그랬다.

7개월간 상주작가에게 월 2백만 원씩, 인건비를 지원하는데 인건비는 우리가 낸 세금이다. 상주작가는 세금 떼고 나면 180이 조금 넘게 받는다. 나는 한심하다고 본다. 물론 도움은 된다. 북한을 비롯한 공산주의국가에서는 작가에게 월급을 준다. 우리는 없다. 은행에서 대출을 받으려고 해도 신용이 막노동을 하는 사람보다 낮다. 꿈도 못 꾼다. 언 발에 오줌 누듯, 180 조금 넘게 주면서 할일은 많다. 어른을 대상으로 글쓰기교실을 운영하는데 작품을 내면 집에 가서 꼼꼼히 읽고 멘트를 일일이 단다. 이거 시간 많이 걸린다. 그런 시간도 근무시간에 포함해달라. 소위 재택근무다. 그리고 한 시간을 근무하든, 두 시간을 근무하든 온통 도서관 생각이다. 매여 있다는 사실이다. 다른 일 하다가 시간 나면 룰루랄라 출근하는 대한민국 상주작가는 한 명도 없다.

작가는 책을 읽고 글 쓰는 사람이다. 좋은 글을 쓰기 위해 머리를 쥐어짠다. 취재를 가면 사나흘, 일주일 넘게 사람을 만나 취재한다. 어찌 공무원처럼 제시간에 출근하여 제시간에 퇴근한단 말인가. 그러면 공무원처럼 신분보장을 해달라. 한시적으로 시행하지 말고 영원히 인건비를 지원해달라. 작가는 노는 사람이 아니다. 보통 사람보다 모자라기 때문에 엄청 노력한다. 책 한 권을 내기 위해 온몸을 바친다. 팔리지 않는다. 알아주는 사람도 없다. 이 외로운 싸움을 알기 때문에 정부에서 인건비를 지원하는 걸로 안다. 다시 한번 도서관 관장에게 얘기한다. 상주작가는 공무원이 아니다. 계약서상 8시간 근무하기로 되어 있으니 그대로 하라면 깨끗이 포기하겠다. 그동안 가난하게 버텨왔다. 조금 더 가난하게 살겠다. 출근하지 않겠다.

지금은 관장하고 사이가 틀어졌다. 처음에는 무슨 밴드(컴퓨터에 무슨 친목 단체인가) 하는 사람이 여럿 보고 있다고, 보는 사람이 있으니 서류상 계약관계대로 행동했으면 좋겠다고 말했다. 관장은 상주작가 편인가, 밴드 하는 사람 편인가. 나는 서류상 계약에 나오는 고용인과 피고용인의 관계, 그리고 출근 시간을 지켜야 한다면 안 하겠다고 말했다. 못하겠다고 말했다. 작가는 글 쓰는 사람이지 회사원이나 교도소 죄수가 아니다. 어떻게 출근부에 도장을 찍고 하루하루 일지를 써서 제출하란 말인가. 그런 것은 군인이나 공무원들이 하는 일이다. 누구 생각인지 몰라도 탁상행정의 전형이다. 작가에게 제출할 것이 있다면, 작품이다. 상주작가로 근무하는 동안 장르를 구분하지 않고 쓴 미발표 작품을 제출하면 된다. 중국 같은 경우, 작가연맹 주석을 장관을 넘어 총리급으로 예우한다. 천박한 우리나라에서는 요원한 일이다. 그러니 작가에게 출근부에 서명하라느니 일지를 쓰라느니 모욕을 주는 것이다.

관장은 상주작가 제도를 통한 도서관 활성화에 방점을 찍는다. 당연하다. 나는 문인 복지에 방점을 찍는다. 당연하다. 상주작가 제도는 7개월이면 끝난다. 도서관은 영원히 남고 작가는 떠난다. 관장은 주인이요, 작가는 지나가는 과객, 즉 손님이다. 일반적으로 주인이 더 책임감 있게 일을 잘 진행한다. 손님은 제아무리 진정성 있게 행동해도 형식적일 수밖에 없다. 누가 주인이고 누가 손님인가.

내가 상주작가로 근무하는 동안 유명한 작곡가(처음에는 성인가요를 작사, 작곡했으나 현재는 동시 작곡) 겸 시인을 모셨다. 너무 유명하여 출연료를 많이 지불해야 하는데 도서관 사정도 있어 싸게 모셨다. 안면으로 여러 번 전화하여 어렵게 모셨다. 그런데 관장은 수고했다는 말 한마디 없이, 코로나19로 어려운 과정에 있어 한마디 들었단다. 누구에게 무슨 말을 들었단 말인가. 도서관 활성화는 코로나19와 배치되는 현상 아닌가.

심지어, 안동에 있는 '권정생 문학관'으로 문학기행 가는 일도 취소했을 정도다. 관광버스 다 대절해놓았지, 학생들 모두 들뜬 마음으로 기다리고 있던 사업이었고, 안동에 있는 권정생 어린이문화재단 사무처장 출신, 유명한 시인에게 안내를 부탁해놓은 상태였다.

그리고 매주 목요일마다 문학창작교실을 운영했다. 그 자리에 나오는 사람들 후원 문제를 제일 먼저 꺼낸 사람도 관장이었다. 커피 한 잔 값인데 후원을 안 한단다. 그러면 상주작가가 악역을 맡아 해결하겠다고 공언했다. 도서관 재개관을 앞두고 남원의 유력 인사가 오면 기부 서류를 들고 내가 직접 사인을 받겠다고 말했다. 시간이 지났다. 관장은 목요일 문화창작교실을 위해 오는 사람은 후원보다 더 도서관에 도움을 주는 사람들이라고 말했다. 어느 장단에 춤을 추란 말인가. 지금 환갑 진갑 모두 지난 늙은 사람을 두고 장난을 하고 있는가.

관장과 틀어진 결정적 사건은 장인어른 때문이었다. 장인어른은 말기암이어서 나는 자주 도서관을 비웠다. 주말에는 병원 모시고 가기 바빠 하루 전에 먼저 갔다. 오늘내일하던 장인어른은 내가 생각하기에도 오래 버티다 돌아가셨다. 그 전에 관장 시아버지가 먼저 돌아가셨다. 나는 멀리 군산에 있는 장례식장까지 문상을 갔다. 다 관장 보고 간 거였고, 장인어른 때문에 자리를 자주 비워서 미안했기 때문이었다. 그런데 관장은 장인어른 때문에 자리를 비운 내게, 사적인 일이라고 말했다. 그래, 엄격하게 따지면, 사적인 일이다. 죽음 앞에서 막말을 하면 안 된다. 그렇다면 군산까지 관장 시아버지 장례식장에 문상을 간 것도 사적인 일인가. 관장 시아버지하고는 장례식장에서 처음 만난 사이였다.

나는 상주작가를 그만두었다. 어떻게 날마다 출근부에 도장을 찍고 근무 일지를 쓰나. 굴욕이고 치욕이며 모욕이고 수치다. 근무 일지는 사십 년 전, 서무병으로 근무할 때 쓰고 처음이다.

문단 동료 중에, C와 O가 있다. C는 항구도시에, O는 내륙에 산다. 나는 유서 깊은 동쪽 지방에서 행사를 끝내고, 남원역까지 C와 O를 바래다주었다. 역에 도착하기 전에 냉면을 먹었다. 우리는(여기서 우리는 C와 나를 얘기하는 거다) 늘 술 마시고 나면 해장을 냉면으로 했다. 그러면서 더 많이 마시지만. 소주를 마시면서 O가 어떻게 해서 사내들이, 특히 문학을 하면서 삼십 년을 친하게 지낼 수 있나, 물었다. 친한 적 없다. 우리는 안 보면 그립고, 보면 이 갈리는 사이(이 말은 죽은 큰형 평소 지론이었다)다. 그전에, 행사 뒤풀이 자리에서 C가 한 말이 떠올랐다. 막역한 S와 N이 합석한 자리였다. C는 새로 시작하기 귀찮다는 것이었다. 나이 먹고 새로운 인연을 만들려면 처음부터 다시 시작해야 한다는 사실. 그 말은 맞다. 그래서 술하고 친구는, 오래 묵은 물건이 낫다는 진리다.

C가 답변을 했다. 내 마음속에서 유용주는 이미 죽었어. O가 대답했다. 그러면 우리가 음복을 한 거네. 그래, 음복이 길었어. 어둠이 내린 남원역에서 C와 O를 내려줬다. C는 하행선, O는 상행선을 탈 거였다. 나는 차 안에서 흘러간 유행가를 읊조렸다. 너는 상행선, 나는 하행선, 인생은, 남원역은 그런 곳이었다. 차창 밖으로 밤이 두텁게 내려앉았다. ☾

아름답게 사라지는 방법

할일도 많은데 이런 글까지 써야 하나, 자괴감이 든다. 문학을 하면서 한 삼십 년 밥을 벌어왔지만 대한민국예술원 회원이 이렇게 많은 줄 몰랐다. 다른 장르는 모르겠으되, 문학 분야는 다 아는 선생님들이었다. 이영희 선생님은 새는 좌우로 난다고 말씀하셨지만 균형이 안 맞는 건 누가 봐도 사실이다. 이쪽은 S선생밖에 없다. 젊은이들에게는 골고루 먹으라고 해놓고 편식을 몸소 보여주고 있다. 건강이 좋지 않은 것은 말할 것도 없고 사회에 끼치는 해악도 만만치 않다. 단체에 이름만 걸어놓고 활동은 전혀 안 하는 분들도 계신다. 신입 회원은 기존 회원 3분의 2 찬성이 있어야 가입할 수 있다. 그러니 줄을 안 서겠는가. 누구는 누구 라인이라는 말이 나돈다. 무슨 대학입시라고 5수, 6수 끝에 회원이 된단 말인가.

회원의 임기가 4년이고 연임이 된다. 여태까지 중도에 그만둔 분들은 한 분도 없다. 사실상 종신제다. 감히 제안을 드린다. 4년 임기 동안만 했으면 좋겠다. 우리 단체는 전체 회원 수가 2천5백 명쯤 된다. 문인협회, 펜클럽까지 포함하면 만 명은 훨씬 넘을 것이다. 또하나는 월 180만 원씩 지급한다는 데 문제가 있다. 무보수 명예직이면 어떨까. 예술원 회원, 그 타이틀 하나만 하더라도 '명예' 아닌가. 회원들 얼굴을 보니 모두 잘사는 분들이다. 문학 분야 상위 1%에 드는 선생님들이다. 뭘 바라는가. 그래야 줄을 안 선다. 누구 라인이라는 말이 사라진다. 무보수 명예직이 마음에 걸리면, 1년에 40, 50명씩 젊고 가난한 작가들에게 당신들 이름으로 천만 원씩, 창작지원금을 주면 어떨까. 얼마나 아름다운 일인가. 노벨상을 탄 것보다 훨씬 의미 있는 일이다. 정 아까우면 그 반만이라도 안 될까. 내가 속해 있는 단체에 어떤 젊은 작가는 연회비 12만 원도 부담스러워한다. 문학 분야 예술원 회원 한 해 예산이 4억 2천만 원, 젊은 작가들을 위한 한 해 예산이 4천4백만 원. 이건 너무한다. 가난 때문에 죽은 사람도 있다. 창고에 양식과 재화와 금을 쌓아놓고도 나눌 줄을 모른다. 오병이어의 기적은 나눔을 의미한다. 나도 연봉이 2백만 원이 채 안 된다. 그래도 아직까지 살아 있다. 정부에서 수당 형식으로 주는 돈은 공짜가 아니다. 우리가 낸 세금이다. 벼룩의 간을 빼내 자기들 배를 불리는 셈이다. 그 외에 몇 가지 혜택이 있는데 그것만 받으면 안 될까. 대부분 선생님들 연세가 70, 80대이다. 나를 포함해 곧 땅보탬할 거다. 꼭 하나를 더 빼앗아 백을 만들어야 성이 차는가. 무덤 속까지 돈을 끌고 들어갈 셈인가. 다시 한번 노욕은 추하다. 더군다나 작품으로 교과서에도 실리고, 일가를 이루지 않았는가.

직선제를 했으면 좋겠다. 한국문학을 위해 평생을 헌신하신 존경받는 선생님들 대상으로, 한국작가회의는 작가회의 투표 방식으로, 한국문인협회는 협회 차원에서, 펜클럽은 펜클럽 나름대로 투표해 뽑았으면 좋겠다. 누가 누구를 지명하지 말고 투표로 뽑으면 뒷말이 없을 것이다.

낙엽이 아름다운 것은 아무런 대가를 바라지 않는 것에 있다. 썩어 거름이 되어야 이듬해 봄에 꽃피울 수 있다. ☾

고통 앞에서 중립은 없다

우리 동네 이장은 북한이 고향이다. 이장하고 한 침대를 쓰는 부인은 서울 사람이다. 박근혜하고 친구란다(안 봐서 모른다). 자기 남편이 동네 사람과 자주 싸우는 것도(이장이 전화 한 통 하면 조폭 아우들이 마을을 쓸어버린다고 겁박을 한다. 아니, 노인들만 남은 조그만 마을에 깡패까지 동원한다?), 적을 많이 만드는 일도 어떤 대통령과 닮았다. 한마디로 불통 이장인 것이다. 남편이 이장을 맡기 전까지 13년 동안, 단 한 번도 회관에 나오지 않았다. 다시 말해 마을 대소사에 참여하지 않았던 사람이다. 박근혜는 이 사람을 기억이나 할까.

헌법재판소에서 대통령이 탄핵당했을 때, 정치인들이 한마디씩 얘기했다. 화합이니 소통이니, 이제 하나가 될 때가 되었다고 말이다. 이미 네 명이 죽어나갔고, 또 많은 사람들이 사경을 헤매고 있다. 그런데도 방을 빼지 않고 그를 위한 집회에서 사람이 죽어나가는데 한마디도 하지 않는다. 겨우 둘러댄 이유가 도배와 장판, 보일러를 얘기한다.

헬기 날아다니는 것이 두려워 일요일 밤에 옛집으로 옮겼다. 삼성동과 삼성은 공교롭게 닮았다. 인두겁을 쓰고 어찌 이런 상황까지 만든단 말인가.

나는 글 쓰는 사람이다. 절대로 화합 못한다. 포용하거나 소통할 생각이 없다. 어떻게 전직 대통령과 화해하나. 국무총리나 집권당 대표, 친박 국회의원, 비서실장, 경호실장, 일당벌이 관변 단체, 재벌 회장하고 상생할 생각 전혀 없다. 보안 손님이나 주사 아줌마, 기 치료사, 운동 선생은 죽을 때까지 용서하지 않을 것이다. 나도 할아버지 소리 듣지만, 아스팔트 할배나 할매를 이해하기 싫다. 연정이나 대통합을 들먹이는 사람은 정치인이거나 다음 대통령을 염두에 둔 분들이다. 진실하지 않은데 무슨 용서냐. 인간은 여러 다양한 생각을 표출한다. 잘 변화하지 않는다. 변화하길 싫어한다. 전직 대통령과 부역자들은 그 길로 가고, 나는 내 길을 가면 그만이다. 생각이 다른 게 아니라 나쁜 것이다. 나쁜 습관은 반성하며 고쳐야 산다.

탄핵 사유가 안 된 것 가운데 하나가 세월호 대참사다. 다른 사유보다 세월호 참사는 인용될 줄 알았다. 이정미 재판관의 헤어롤과 박근혜의 올림머리를 비교해보라.

절박한 세월호 일곱 시간을 검찰 조서 검토하듯 꼼꼼하게 챙겼더라면 아이들은 죽지 않았을 것이다. 생때같은 아이들이 차디찬 바닷속에서 고통스럽게 몸부림칠 때 무력했던 부모들은 죽어도 잊지 못한다. 돌아가신 탁월한 문학비평가 김현 선생이, 기형도가 스물아홉 살로 죽었을 때 한말씀하셨다. 그 죽음을, 그가 기억하는 사람이 살아 있을 때는, 죽은 사람도 아직 죽지 않았다는 것이다. 쉽게 얘기하자면 죽은 사람을 기억하는 사람이 살아 있다면, 죽은 사람도 여전히 살아 있다는 것이다. 죽은 사람을 기억하는 사람이 죽었을 때, 그제야 죽은 사람도 온전히 죽는다는 것이다. 부모는 자식이 먼저 죽으면 가슴에 묻는다. 기억은 그만큼 힘이 세다. 사람의 생명은 그 무엇보다 앞선다. 성실은 추상적인 개념이라고? 2014년 4월 16일 아침, 급박한 순간 본관에 출근 안 하고 태연하게 관저에 머문 행태는 어떻게 해석해야 하나. 그러고도 웃음이 나오나. 청와대가 이렇게까지 썩은 줄 몰랐다. 오죽하면, 이진성, 김이수 재판관이 의견을 냈을 정도인가. 하늘의 뜻에 따라 수명을 채운 동네 어르신들도 삼년상을 치른다. 하물며 자식을 앞세운 부모들의 마음을 헤아려봐라. 참척의 아픔 앞에 이건 도리가 아니다.

지난해 늦가을부터 올 3월 둘째 주까지, 광화문에 올라갔다. 수술 뒤엔 아픈 몸을 이끌고 갔다. 한겨울엔 핫팩과 담요를 준비했어도 추웠다. 일부러 동상 옆으로는 가지 않았다. 아는 사람들을 만나고 싶지 않아서였다. 그런데도 청와대 앞에서 화가를 만나고 사진가를 만나고 건널목에서는 기자를, 잔디광장에서 시인을, 소설 쓰는 후배를 만났으며, 목사와 오랜만에 해후했다. 교육감 부부를 만나기도 했다. 꽃으로 성공한, 신지식인으로 선정되어 상을 탄 고향 동창은 모르는 척했다. 힘들게 시골에서 올라온 독거노인 소리를 듣기도 했다. 만나지 않으려고 피하면 더 만나게 되는 삶의 아이러니. 진정한 봄은 아직 멀었다.

경찰서장 하다가 지방청 보안과장으로 간 친구가 있다. 친구가 서장으로 왔을 때, 맨 먼저 음주 운전과 안전띠 얘기가 동창들 사이에서 나왔다. 이건 서장하고 아무 상관이 없는 얘기다. 법과 원칙 문제다. 불알친구가 서장으로 왔으니 음주 운전이나 사소한 벌칙은 봐주겠지 하는 동창들 마음이었나보다. 나는 한번도 찾아가지 않았다. 내 동창 중에는 왜 안 찾아가나, 혀를 차다, 제풀에 먼저 전화를 끊은 놈이 있다. 나는 자존심 하나로 살아가는 사람이다. 누구를 찾아간단 말인가.

그가 법과 원칙에 따라 국민의 심부름을 잘하나 감시하면 끝이다. 작품을 쓰는 사람은 높은 지위에 있는 사람과 가까이하면 안 된다. 왜 공무원과 친하게 지낸단 말인가.

그건 정치인들에게 맡기면 된다. 정치를 하려면 악수를 잘해야 한다. 예술을 잘 못하는 사람이 그것을 채우려고 서장이나 군수, 도지사를 이용한다. 대통령을 이용한다.

최순실 같은 인간이다. 사기꾼의 전형이다. 그리고 그들은 내가 안 만나도 잘나가는 사람들이다. 내가 만나야 할 친구는 막노동을 하거나 지체장애를 가진 약자들이다. 내가 없으면 약간 불편한, 못 나가는 친구들이다. 글 쓰는 사람이 잘난 게 뭐 있냐. 항상 마지막에 가라앉는 존재가 시인이다.

대통령은 국가원수다. 공무원들 가운데 가장 높은 봉급을 주고 권한을 위임했다. 그 대통령이 불법을 저질렀다. 임명한 것도 우리고 끌어내리는 것도 우리다. 이건 평범한 사실이다. 어쩌다보니 블랙리스트에 세 건이나 올라가게 되었다. 살아가면서 올바른 길이라고 생각했기에 서명한 것이다. 누구는 한 번만 올라가도 영광이라는데, 나에게는 치욕이다. 영광은 최소한 부역자들의 재판에서 사형 정도는 언도받아야 할 만한 말이다. 블랙리스트에 이름을 올렸다고 해서 안 죽는다. 그런데 영광이라고?

내 이름이 나올 때마다 능멸당하는 느낌을 지울 수 없다. 촛불이 승리했다고 한다. 백번 맞는 말이다. 그런데도 씁쓸하다. 우리는 원래 있어야 할 그 자리로 되돌린 것뿐이다. 원래부터 이랬어야 했다. 뭐가 이겼다는 말인가. 누가 누구를 이겼다는 말인가. 그냥 상식에 맞게 되돌린 것뿐이다. 상식에 맞는 일이 이렇게 어려울 줄 예전에 미처 몰랐다. 법은 만인 앞에 평등하다고? 유전무죄, 무전유죄란 외침은 왜 나왔나.

사람들이 나를 좌파라고 부른다. 북한을 대놓고 비판해도 종북이라고 한다. 삼부자와 강성군부를 욕해도 빨갱이라고 부른다. 힘없는 북한 주민들이나 꽃제비를 볼 때 한심스럽다. 그래서 금강산이나 백두산, 개성공단을 빨리 열어야 북한 주민들의 삶이 조금이라도 피지 않을까 노심초사한다. 이런 말을 하는 사람이 종북이라면 대한민국에서 종북 아닌 사람이 몇 명이나 될까.

친박 단체 시위에서 일장기나 성조기를 들 게 아니라 고민을 먼저 해보란 얘기다. 아베의 극우 행보나 트럼프는 비판 안 하면서 야당이나 우리 국민을 욕한다. 그렇게 좋으면 일본이나 미국 사람 똥구멍을 빨던지, 이민 가서 살지 그러냐. 계엄령 선포라니? 꼭 계엄령 밑에서 안 살아본 사람처럼 행동한다. 얼마나 많은 고문을 받아야 얼마나 많은 사람들이 죽어나가야 정신 차릴까. 우리는 아직도 친일이나 친미 역사를 청산하지 못했다. 왜 사드 설치 때문에 중국이나 러시아가 반대하는지, 왜 무역 보복을 하는지, 왜 관광까지 위협하는지, 온종일 종편만 봐서는 알 수가 없다. 1년 내내 책 한 권 제대로 안 읽고, 1년 내내 신문 한 쪼가리 안 읽는 사람에게 무슨 비판 정신이 생길까. 그렇게 늙으면 안 된다. 그렇게 무의미하게 시간을 보내면 안 된다. 그러면서 어른 대접을 받길 원하면 허풍으로 나이를 먹은 거다. 모두 세상을 읽을 순 없다. 그럼 생산에 관여해보라. 거름을 내고 텃밭을 가꾸고 나무를 키워보라.

하긴, 가해자들은 피해자들을 조금도 이해 못한다. 나치스나 파시스트, 군국주의자들은 아우슈비츠를 이해 못한다. 홀로코스트를 모른다. 히틀러나 무솔리니, 아베는 프리모 레비, 엘리 위젤, 즈덴카 판틀로바, 한나 아렌트나 빅토어 프랑클, 장 아메리, 로버트 위스트리치, 안네 프랑크, 프란츠 파농, 파울 첼란, 한스, 조피 숄 남매와 서승, 서준식, 서경식 삼 형제를 이해 못한다. 케테 콜비츠나 펠릭스 누스바움의 화풍을 모른다. 홍성담이나 임옥상, 신학철, 박재동을 이해 못한다. 윤이상을 모른다. 박정만, 한수산을 이해 못한다.

어떻게 보도연맹, 인혁당, 여순 사건, 제주 4·3, 광주 5·18을 알겠는가. 똑같은 이유로 전태일과 노조 탄압, 비정규직과 '칠포 세대', 장애인을 이해하겠는가. 남영호 침몰, 화성 씨랜드 청소년 수련원 화재, 춘천 봉사활동 산사태, 여수 국가산업단지 대림산업 폭발, 태안 해병대 캠프 참사, 장성 효사랑 요양병원 화재, 서해훼리호 침몰, 성수대교 침몰, 삼풍백화점 붕괴, 대구 지하철 화재, 제천 화재 참사, 참치잡이 배 보령호 침몰, 남대서양에서 원인을 알 수 없는 침몰로 희생된 스텔라데이지호를 기억하겠는가. 수많은 잘못된 국책사업과 외교를 알겠는가. 제대한 지가 오래인데 현역처럼 군복을 입고 태극기를 흔드는 사내와 엄마부대는 무엇 하는 곳인가. 돈을 대는 기업가협회(전에는 전경련)

는 또 어떤 곳인가. 새마을운동과 자유총연맹, 바르게살기협회는 무엇 하는 곳인가. 바르게 선 사람은 아무도 없다. 한 번 바르게 서 있으려고 무수하게 넘어졌다.

그게 인생이다. 나는 헌 마을이 좋고, 자유가 없는 시대에 성장했으며 삐딱하게 살아왔다. '바르게' 살아온 너희들이 나라를 망쳐놓았다. 이스라엘은 팔레스타인을 절대 이해 못한다. 이게 중요하다. 아예 공감 능력이 없다. 양심도, 염치도, 영혼도 없다. 어떻게 일본 육사를 나오고 일왕에게 충성 혈서를 쓴, 일본 이름으로 개명을 한, 일본을 형님으로 모신, 지역 차별의 원조, 박정희를 이해할까. 남로당원인 박정희 때문에 죽은 사람들, 유가족들은 지금도 울고 있는데 말이다. 저 먼저 살겠다고 도망길에(나라가 위태로운데 인조, 선조도 도망갔다) 한강철교를 끊은 이승만이나 자국 시민을 학살한 전두환, 노태우, 4대강 사업과 자원외교로 혈세를 낭비한 이명박을 어떻게 용서할까. 일제 식민지 시절, 강제로 끌려간 징용자나 보국대원들, 성노예자들이 엄연히 살아 있는데 나라 팔아먹은 어용들을 용서할 수 있겠는가. 일본과 미국이 우리에게 얼마나 나쁜 짓을 많이 했나. 친일자, 친미자들은 기억을 빨리 지우고 싶어한다. 요즈음 박근혜와 그 부역자들, '병신오적'을 보면 쉽게 알 수 있다. 생긴 것도 다르고 생각도 다르고 태어난 곳도 다른데, 말은 똑같다. 마치 짠것 같다. 모른다, 기억이 안 난다, 왜 유독 2014년 4월 16일만 기억이 안 날까? 국민 모두가 텔레비전에서 생중계한 304명의 죽음을 생생하게 기억하는데, 박근혜와 부역자들은 하나같이 기억이 안 난다고? 혹, 선명하게 기억이 떠오르는 게 싫은 것은 아닌지. 지금 검찰이 수사중이니 말하는 것이 적절치 않다? 이들은 말하는 법을 모른다. 말은 곧 그 사람의 세계관인데, 뻔뻔한 거짓말을 하는데도 '아니오'라고 말을 못 한다. 고시를 헛것으로 패스한 거다. 대입 예비고사 전국 몇 등, 법대를 수석으로 졸업한 사실이 거짓말 같다. '윤똑똑이'들이다. 왜 '아니다'라고 한마디도 못할까. 한국의 괴벨스나 아이히만이다. 그러니 겨우 도배나 보일러를 들먹인다. 내 돈 들여 전기장판이나 담요를 사줄까. 얼마나 유치한 개그인가. 조금이라도 상식을 갖고 있다면, 인간의 자존심을 가진 자라면, 그러면 안 된다. 시간이 지나면 진실은 반드시 밝혀진다고? 누구를 위한 진실이냐? 단 한 번이라도 진실하게 살아봤느냐? 적반하장, 피가 거꾸로 선다. 불복 선언한 거 모르는 사람이 없다. 자기가 약속한 수사도 안 받고 법원의 수색영장도 무시한 철면피다. 아직도 정신 차리려면 멀었다. 그를 대통령으로 뽑은 사람들 잘못 때문에 우리가 이 고생을 하고 있다. 관저에서 억지로 끌려나오면서 새롬이와 희망이 가족을 버린 잔혹한 박근혜. 염병을 심하게 앓고 있으면서도 증거인멸에 가담하는 허수아비들은 누워서 침 뱉는 격이다. 감옥에 들어가서 반성과 참회, 많이 하길 바란다.

2017년 4월 16일은, 세월호 아이들 삼년상이다. 음복할 시간도 없이 지나가고 말았구나. 바다는 멀고 파도는 높다. 제주도까지 헤엄쳐서 갈 수도 없고(장비와 돈이 많이 든다), 아이들 조형물도 세울 수 없고(모금하면 세울 수 있다), 어린 죽음 앞에 무엇을 할 수 있나. 내 인생은 깨끗이 실패했다. 내 작품은 속울음이자 비명에 가깝다. 우리는 끝까지 기억하고 참여할 뿐이다. 탈상했으니 그만 잊고, 산 사람은 살아야지, 말하는 책상물림도 있다. 어떠한 갈등도 해결하지 못했으며 어떠한 상처도 치유하지 않았다. 나는 부모 입장에서 절대로 잊지 못한다. 그래서 저항한다. 숨이 붙어 있어도 죽은 목숨이다. 죽음을 기억하는 것이(역사는 왜 존재하나?) 민주주의 기본이다. "고통 앞에서 중립은 없다."(프란치스코 교황) ☾

1부 아름답게 사라지는 방법

2017년 3월 23일

상처투성이 세월호가 침몰한 지 1073일 만에 그 모습을 드러냈다. 진실과 정의는 침몰하지 않는다. 녹슬고 깨지고 구겨진 바깥보다 안이 더 참혹할 거다. 몇 번이나 죽어야 집에 갈 수 있나. 펄이 가득 찼을 것이다. 마치 내가 살아온 세월하고 닮았다. 미수습자 아홉 명을 떠올리니 가슴이 미어진다. 환자가 되어 울었다. 오래전에 샘이 말라 물이 흐르지 않는 기괴한 눈물이었다. 제3자 마음도 이런데, 유족들과 미수습자 가족들은 말해서 무엇 하나. 혹, 0.1퍼센트라도 작가가 되어보겠다고 내 인생을 따라 하지 마시라. 가끔 영화에 나오는 큰 트럭 운전사였다가 복싱선수, 지금은 인명구조 훈련을 마저 받아 잠수사가 되는 게 꿈인 그런 사람으로 변했다. 기록하는 일이 의미가 있다고 믿어왔다. 시인이 되어 기록하는 데 앞장서고 싶었다.

봉건왕조 시대에도 없었던 일이 청와대에서 벌어졌다. 기가 막힌다. 3월 30일, 삼성동 집을 나올 때, 박근혜는 구속영장 실질 심사를 받으러 가면서 아무 말도 하지 않았다. 여덟 시간 사십오 분이 흘러 검찰청사로 옮길 때도 일언반구가 없었다. 기대하지 않았지만, 괘씸하기 짝이 없다. 저 뻔뻔한 모습이라니! 국민은 애초 안중에도 없었다.

그러니 죽은 안산 단원고 아이들이나 세월호를 탔던 일반 사람들이 보이기나 했겠나. 공직자가 젊게 보이려고 사사로운 주사를 맞고 머리를 매일 손질하는 것을 이해할 수 없다. 대통령이 아니라면 비아그라 처방을 받든 기 치료를 받든 야매 주사를 맞든 올림머리를 하든 상관이 없다. 속으로 비난은 받겠지만 자기 꼴리는 대로 살아가는데 누가 시비를 걸겠는가. 문제는 박근혜가 사인이 아니라 공인이라는 데 있다. 증거가 차고 넘치는데도 모조리 부인한다.

3월 31일 새벽, 박근혜는 서울 구치소에 수감되었다. 소장 면담 자리에서 지병이 있어 힘들다고 호소했다는데 박근혜 정권에서 억울하게 죽어간 사람들을 생각하면 속이 뒤집힌다(소장은 친절하게 주말도 반납하고 면담을 해주었다). 남의 아픔에 대해서 손톱 끝만한 이해라도 있다면 이런 발언을 할 인간이 어디 있겠는가. 구치감을 새로 도배하고 의료용 침대를 준비한 소장이다. 이것은 보이는 거고 눈에 안 보이는 '배려'는 말로 표현 못

할 것이다. 전직 대통령이라고 특혜를 베푸는 일은 분명 불법이다. 누가 잉크도 마르기 전에 사면을 얘기하는가. 새 머리 아닌가. 부정한 돈을 나눠 먹었던 호위 무사들에게 미안하다고 했지만 지지했거나 표를 준 사람들에게 사과 한마디 없었다. 마지막까지 이런 식이다. 애완견들은 확성기로 짖어댄다. 짖는 개는 물지 않지만 삶을 피곤하고 어렵게 만든다.

수인 번호 503, 범죄 피의자에게 마마라고 엎드려 절하고 사약이나 부관참시를 들먹인다. 그들의 조상이 궁궐 속에서 마마를 외쳤는지 사약을 받았는지 부관참시를 당했는지 나는 모른다. 지금이 어느 시대인가, 저 북쪽의 한심한 김정은이 비웃는다. 이제 머리카락은 누가 손질해주나. 그 시간 세월호는 목포 신항에 눈물로 안착했다. 역사의 아이러니다.

출장조사를 나온 검사 앞에서 무조건 모르쇠로 일관한 박근혜는 '종범실록'이라 이름 붙인 수첩을 두고 다른 사람에게 듣고 적은 것이라고 강변했다. 회의를 열면 바로 옆에서 'VIP' 지시 사항이라고 메모를 한 안종범 수석을 참을 수 없이 능욕하고 우롱하는 것이다. 빼도 박도 못하는 증거를 들이대도 기억이 안 난다고 허수아비질이다.

어디서 많이 듣던 녹음기다. 손가락으로 하늘 구름을 가려도 유분수지, 다른 사람이라면 최순실인가? 자신도 피해자라고 선의의 의도였다고 정치적인 희생양이라고 다음 정부에서 사면을 노린다. 졸개 변호사 일곱을 자른 사람이 뭘 못 하겠나. 박근혜는 춤을 출 줄도 모르지만 춤에 대해서 아예 생각하지 않는다.[*] 듣기 좋은 말만 듣는다. 대접을 가지고 다니지도 않는데 대접만 받으려고 한다. 철없는 어린아이도 어른이 되면 생각이 깊어져 말수가 준다. 이건 아이도 아니고 어른도 아니고 짐승도 아닌 '쓴소리 거부 증후군'을 앓고 있는, 다른 생각을 가진 사람들을 끝까지 괴롭히는 나쁜 캐릭터의 전형이다. 부역자들 가운데 내시 두 명과 환관 한 명을 구속하지 않은 검찰은 개 버릇 뭐 못 주는구나. 보통 사람은 9급에서 3~4급 공무원이 되려면 일생을 바쳐야 하는데, 온갖 불법을 저지르고도 버젓이 행세하는 피라미 두 마리를 그대로 놔두는 건 뭔가?

지저분하다고 여자 당직실을 기꺼이 내준, 특혜는 아니라고 우기는 법무부와 구치소는 뭐하는 곳인가. 야비하구나, 마음껏 슬퍼지도 못하게 하다니. 그러니 블랙리스트를 만들지. 4월 12일 재보선 결과를 보라. 억장이 무너진다. 박근혜는 부인으로 일관하다가 기소되고 말았다. 오래 살려고 소식과 운동, 열심히 한단다. 죽은 아이들에게 미안하지 않은가. 미안한 감정이 있다면 그렇게 특별조사위원회 활동을 막지 않았을 것이다. 바야흐로 카네이션 대선이 시작되었다.

---

[*] 영화 〈독재자The President〉(감독 모센 마흐말바프, 2014)의 대사.

여러 우여곡절 끝에 뭍으로 올라온 세월호는 처참한 몰골에도 선체 수색 작업을 시작했다. 이렇게 큰 배가 속절없이 가라앉다니! 동물 뼛조각, 충전기, 화장품, 지갑, 스마트폰, 여행용 캐리어, 등산용 배낭, 슬리퍼, 넥타이, 청바지, 운동복, 신발, 빨간색 구명조끼, 디지털카메라, 아직 쓰지도 못한 수학여행 용돈 5만 원(아프다), 안경들을 비롯한 유류품이 나왔다. 선체 수색이 계속되면서 미수습자 아홉 분 중에 박인영 군의 단원고 교복이, 남윤철 군의 학생증과 가방, 권혁규 어린이의 장난감이 나왔다. 언제 그 모습을 볼 수 있을지, 3년을 하루같이 기다렸다. 결국 세월호 5층 전시실 일부를 절단하기로 했다. 유해 수습을 위한 통로 확보 차원이다. 이젠 목이 메어 눈물이 마를 만한데 여전히 흘렀다. 흐르고 흘러 대한해협의 파도가 되었다.

살아가면서 의무와 책임을 다해야만 자유를 누릴 수 있다. 그러나 박근혜는 어두운 유신시대로 후퇴해 사기꾼을 등에 업고 나라를 말아먹었다. KBS나 MBC 같은 공영방송에 전화를 건 내시는 잘 알려져 있고, 아이들이 죽어가는 급박한 시간에 'VIP'에게 보고해야 한다며 사진 촬영부터 요구한 졸개들이 승진해서 활개를 치고 있다. 시간이 많이 지났는데도 환관 나부랭이들이 사퇴를 안 하고 세금을 축내고 있는 현실이다. 세금 도둑은 이런 부류들이다. 언론을 길들이기 위해 사주를 독대하거나 정부에 껄끄러운 앵커를 바꾸라고 압력을 넣지 않나 광고를 끊으라고 치졸한 짓을 한 절지동물이다. 언론의 자유를 말하기에는 너무 많은 억압이 있었다. 정권에 잘 보이고 호가호위한 부역자들은 여전히 살아 있다. 대선이 한참 진행되는 새벽 시간에 계엄령 내리듯 몰래 배치한 사드를 못 막아내고 있지 않은가. 언제까지 미군의 비웃음을 쳐다보아야 하는가.

구치소에 사는 박근혜는 졸개들을 시켜 삼성동 집을 팔고 내곡동으로 이사를 한다. 그 돈이 어디서 나왔는가. 출처가 불분명한 돈이다. 또한 경호를 위해 뒷집을 21억 원에 샀다. 이 자금은 우리가 낸 세금이다. 국민들은 셋집에서 허덕이는데 전직 대통령은 범죄자인데도 군림하고 있다. 잘못된 것 아닌가. '이명박근혜'는 그렇게 닮았다. 주위에 있는 것들은 떡고물을 바라고 있는 모기떼이다.

40억은 서민들에게 그림의 떡이다. 우리들이 1억을 모으려면 평생을 걸어야 한다. 집을 팔아 40억을 남겼는데 전직 대통령은 기부를 안 한다. 기부 행위를 아예 모른다. 많은 친박 단체 회원들이 부스러기를 주위먹으려고 존재한다. 변호사도 마찬가지다. 그들이 무료 변론하는 이유를 모르는 사람이 없을 것이다. 소설가 김동리의 아들 김평우를 보라. 가만히 앉아서 수억 원에 이를 광고효과를 본 것이다. 자기 아버지를 욕보이고도 남았다. 탄기국(대통령 탄핵기각을 위한 국민총궐기 운동본부) 집회나 헌법재판소 앞에서 태극기를 둘렀던 서석구는 어디에 있는

가. 구속된 박근혜를 위해 의리로 뭉친 짐승들은 보이지 않는다. 내가 보기엔 똥파리보다 못한 벌레들이다.

망가진 세월호 선체를 보면서 슬픔은 눈물을 보이지 않을 때 더 깊게 나타난다는 말을 가슴 깊이 새긴다. 우리는 너희들이 생각하는 개돼지가 아니다. 가만있지 않겠다. ☾

제주도를
그냥 그대로 둬라

4대강을 파괴한 이명박식으로 얘기를 하자면, 내가 가봐서 아는데, 우리나라 섬들은 모두 아름답다. 섬들 중에 울릉도와 거문도가 가장 기억에 남지만, 제주도 역시 보석 같은 존재다. 보석은 한정되어 있기에 귀하고 비싸다. 제주는 여러 번 들렀으나, 처음에는 술 먹느라 바다를 보지 못했다. 술이 깨면서 맨정신으로 본 제주는 입을 다물지 못하게 했다. 이렇게 아름다운 섬이 우리 국토란 말이지, 그러면 샅샅이 훑어보자.

섬을 한 바퀴 돌았다. 육지는 겨울이었지만 일찍 당도한 봄은 제주를 휩쓸고 있었다. 가는 곳마다 탄성을 질렀다. 특히 남원포구에서 쇠소깍까지는 말을 할 수가 없었다. 아, 이런 곳이 있구나, 자라나는 세대에게 물려줄 땅이 있으니 얼마나 좋은 일이냐. 이래서 제주는 한반도의 허파야, 중얼거리면서도,

우리는 함부로 대하는 마음을 가지고 있다. 아름다움이 그저 공짜로 주어진 것으로 착각한다. 분명히 치러야 할 값을 치르고, 앓아야 할 시간을 앓아야 아름다움은 온다. 자연이 우리에게 물려준 것을 두려운 마음으로 받들어 모셔야 올바로 살 수 있다.

작가들은 강정마을 해군기지를 반대하면서 1번 국도를 걸었다. 그때는 겨울이어서 추웠다. 자동차들이 사납게 소리를 지르면서 지나갔다. 그렇게 많은 사람들이 반대를 했으나 끝내 해군기지는 들어서고 말았다. 제주도가 다시 한번 파괴되었다. 구럼비와 비자림의 말로를 보라. 인간은 편리함만 좇지 자연을 그대로 안 둔다. 한번 파괴되면 다시는 되돌릴 수 없는 것이 자연이다.

그런데 제2공항이라니, 이건 아니다. 그렇게 돈이 좋나. 설문대할망이 흙을 뿌려 만들었다는 전설이 깃든 오름들은 모두 깎여 나갈 것이다. 그 많은 파도와 해녀와 바람과 흙이 빚어놓은 제주를, 한라산의 산굼부리와 호수와 물고기와 짐승들을 쫓아내고 제2공항이 들어선다니! 인간의 편리함 밑에 죽어가는 나무와 풀과 작은 넙궤와 큰 넙궤, 돌(현무암)은 어떻게 하나. 슬프지 않나. 우리나라 정치는 후진국형이다. 미국의 눈치만 본다. 제주도를 그저 돈으로만 본다. 자유민주주의 시장경제는 사기다. 녹색성장은 없다. 수구 꼴통들과 조금 진보적인 정당이 거짓말로 나라를 말아먹고 있다. 아직 녹색당이 원내로 진출 못하고 있는 현실이다.

제주도를 그대로 둬라. 조금 불편하게 살자. 그동안 제주는 너무 많이 아팠다. 중병을 앓아왔다. 신음하는 제주를 이대로 그냥 두고 볼 수는 없다. 나는 몇 가지 대안을 그려보았다. 제주도를 둘러보고자 한다면, 인터넷에서 추첨해서 당첨된 사람만 한정해서 받는다. 제주도에 가족이 있는 사람은 예외다. 일정액의 비싼 입장료를 내야 입도가 가능하도록 한다. 휴식년제를 도입한다. 꼭 보존해야 할 가치가 있는 곳은 출입을 금지한다. 그리고 방문해서 발생하는 쓰레기는 모두 되가지고 간다. 그래야 쓰레기 발생을 최소화할 수 있다. 제주도는 아름다운 섬이다. 어디에 쓰레기를 묻으란 말이냐.

제2공항은 제주를 한번 더 짓밟는 짓이다. 4·3영령들을 두 번 죽이는 행위다. 얼마나 많은 신들을 묻어야 정신 차리는가. 제2공항은 제주를 오염시킬 것이다. 제2공항은 더 많은 인간들을 불러모을 것이다. 세계문화유산 어쩌고저쩌고하지 말라. 인간이 지나가는 곳에는 쓰레기만 남는다. 성산일출봉과 우도의 매연을 봐라. 우선 섬에서 내연기관부터 몰아내자. 곳곳에 관광지를 둘러봐라. 지금도 넘쳐나는 게 육지 사람과 외국인이다. 나는 성산일출봉에 뾰족구두를 신고 올라가는 사람을 봤다. 설문대할망이 화를 낸다. 아름다운 제주를 목숨 걸고 지켜내어

자손만대에 물려주자. 제발 좀 가난하게 살자. 인간 없는 세상
이 오면 제주도는 다시 살아날 것이다. ☾

인간 없는 세상

금강 천리 물길은 신무산 정상 바로 밑에서 발원한다. 강태등골을 지나 수분리 한복판을 흐른다. 나는 거기서 의무교육을 받았다. 수분리. 믿거나 말거나 향토지에 실릴 만한 얘기가 있는데, 어느 날 동네 주태백이가 막걸리를 먹고 오줌을 누었다. 오줌 줄기는 주막 추녀 끝을 따라 하나는 북쪽으로 흐르고 하나는 남쪽으로 흘렀다. 북쪽으로 흘러간 오줌 줄기는 금강이 되었고 남쪽으로 흐른 오줌 줄기는 섬진강이 되었다. 나는 이 모든 말씀을 믿는다. 수분리 원래 이름은 '물뿌렝이마을'이었다. 물의 뿌리라, 그러면 흙의 뿌리는, 해와 달의 뿌리는, 구름의 뿌리는, 바람의 뿌리는, 별의 뿌리는? 우주와 은하의 뿌리도 있겠군, 굉장히 시적이군. 70년대, 강운구 사진에 나오는 그곳. 운이 좋아 (아버지 술빛 때문) 그곳에서 학교를 다녔다. 전설에 의하면 이성계가 왕이 되기 전에 전국에 좋은 산을 찾아 치성을 드렸는데 신무산에서 하룻밤을 자면서 꿈을 꾸었다. 꿈에 봉황이 한 마리 날아갔다. 나중에 이성계는 조선의 왕이 되었다. 금강이 발원하는 조그만 우물이 '뜬봉샘'이다. 한강의 발원지 검룡소도 아니고 낙동강 발원지 황지연못도 아니고 섬진강 발원지 데미샘도 아닌, 영산강 발원지 용소도 아닌, 촌스럽게 뜬봉샘이다.

금강은 우리나라에서 유일하게 북쪽으로 흐른다. 무주, 진안 산골 물을 받아들이고 영동, 옥천을 거쳐 대전에서 휜다. 강경, 부여, 공주를 아우르고 서천을 지나 군산으로 흐른다. 바다로 가기 위해 전라도와 충청도 산천을 노래한다. 누가 그랬던가, 전라도가 반역의 땅이라고, 혹자는 금강 때문이라고. 하긴, 금강 모양새가 한양을 향해 활을 쏘는 형국이라 그런 말이 나왔나 보다. 고려, 조선을 거쳐 수많은 인물들이 명멸했으나 전라도 사람들을 관리로 등용하는 걸 꺼렸다. 그것은 이승만, 박정희, 노태우, 김영삼, 이명박, 박근혜 정권도 마찬가지였다. 편견은 무서웠다. 친일 만주군관학교를 졸업하고 남로당 당원 신분이 들통나자 동료를 밀고해서 가까스로 살아남은 박정희가 지역색을 더 심화시켰다. 박정희는 일본 이름이 두 개나 있다. 많이 옅어졌지만 지금도 전라도 하면 한 수 밑으로 본다.

어쨌든, 나는 학교 다닐 때 공부한 적이 별로 없다. 고학년 반장이었는데도. 전라북도 장수, 60년대는 전주에서 시외버스를 타도 6시간, 선생들은 유배지로 생각해서 빨리 세월이 가기만을 기도했다. 도회지로 나가는 꿈을 꾸었고 술과 폭행으로 임기를 채웠다. 나는 선생 대신 시험지 채점을 하고 교감 심부름으로 왕복 4킬로미터의 주막에 가서 소주와 달걀을 사 왔다. 애향단을 조직하여 마을 도랑을 치고 깃발을 들고 일렬로 늘어서서 등하교를 했으며, 조개탄 난로를 위해 솔방울을 주웠고 장작을 날랐다. 차돌이 깔린 신작로가에 코스모스를 심었으며 상전비배桑田肥培를 위해 풀을 베어 거름을 만들었다. 산골 학교는 전국 학교림 최우수 학교였다. 때마다 물을 주었으며 벌에 쏘여가며 잡목을 베었다. 해발 9백 미터, 도로가 5백이 훨씬 넘었다. 급식으로 나오는 빵을 나누어 주었다. 우리는 금강에 빨간 손과 발가락 뗏물을 보냈다.

나는 지천명을 넘어 천신만고 끝에 옛날 집터에 집을 지었다. 나름 공부를 열심히 해서 통계를 내봤는데 만공이나 경허 공부방이 평균 다섯 평이 안 되었다. 해서, 돈도 없는 참에 작업실을 아주 작게 설계했다. 나중에 그 꼴을 본 아내가, 그러면 우리 여자들은 옷을 어디서 갈아입어, 큰소리를 쳤다. 나는 외동딸을 두었으며, 기가 죽어 조그만 방 한 칸을 첨가했다. 동창들은 까대기를 지었다며 웃었다. 까대기는 잡동사니를 보관하는 허청虛廳을 말한다. 집이 완성되자 미친듯이 고향땅을 걸어다녔다. 읍내까지 산 따라 걸으면 4시간 남짓, 강 따라 걸으면 2시간이 조금 넘게 걸렸다. 비가 오나 눈이 오나 걸었다. 걷다 보니 모든 게 보였다. 심지어 어떤 동네 아주머니는 내가 걷는 시간에 맞추어 아침을 짓기도 하였다.

그러나 강은 오염되어 있었다. 내 어린 시절처럼 물고기와 수달이 살았지만 개체수가 현저히 줄었다. 못 잡아봤지만 뱀장어도 마찬가지일 것이다. 어릴 적에는 배고파 잡아먹던 가재와 개구리도 구경하기 어려웠다. 환경에 적응한 중고기와 고둥은 여전했다. 내 어렸을 적에는 누나들이 치마를 걸고 댕댕이 소쿠리에 고둥을 주워 담았다. 차돌이 깔린 신작로를 걸어 동네로 돌아오면 별똥별이 사선으로 흘러갔다. 간혹 혼불이 나가기도 했다. 그때가 좋았지만 되돌아갈 수가 없다. 너무 함부로 살았다. 돈을 좇아 막살았다. 뗏장 이불 덮을 때, 지고 갈 수 없는 돈, 그렇게 좋나. 이건희, 정몽구는 아홉 끼 먹나. 교도소에 갇혀, 치를 만큼 치르고도 반성과 후회가 없구나. 하긴, '황제노역'도 있지.

최근에 등이 굽은 숭어가 잡힌 한강 하류를 보라. 이건 빙산의 일각이다. 농사꾼들은 강가에 함부로 버린다. 대신, 자신을 좀 버려봐라. 절대로 손해 안 본다. 소탐대실이다. 그 알량한 이익 때문에 자기 자손이 병들어 신음하며 죽어가는 미래를 생각 안 한다. 마구 태운다. 수분리에서 시작된 농약병과 비닐 포대, 스티로폼, 거름으로 쓴 소똥, 각종 생활 쓰레기는 몰래 새벽 시간에 태우거나 버린다. 내가 사는 다리골에서 멀지 않은 소쿠리봉에는 순환자원센터라고 근사하게 똥공장이 세워졌다.

보름이나 한 달에 한 번, 아내가 사는 서산에 다녀오곤 한다. 가면, 새벽에 정주영이 바다를 막아 거대한 논을 만든 A지구를 걷는다. 겉으론, 맑은 바람이 불고 하늘은 높고 나락은 익어간다. 숭늉 냄새가 난다. 서산 시내 한복판을 가로지르는 청지천 하류를 끼고 도는데, 눈을 뜨고 똑바로 볼 수 없다. 그런 똥물이 없다. 각종 생활 오폐수가 악취를 풍기며 흘러간다. 스며드는 땅까지 오염된 지 오래다. 중늙은이들이 서산 하수종말처리장 가기 전, 그 똥물에다 낚싯줄을 드리우고 낚시를 한다. 강태공처럼 미끼 없는 낚싯줄을 드리우고 세월을 낚았으면 좋겠다. 예수 그리스도는 사람을 낚는 낚시꾼이 되라고 말씀하셨다. 오병이어의 기적은 나눔이다. 기부다. 우리나라 사람은 나눔이나 기부에 인색하다. 죽을 때 짊어지고 가려는가. 병이 깊구나. 사람들은 썩은 물에서 잡아올린 물고기를 먹는다. 개나 고양이도 고개를 돌린 고기를 사람들은 먹는다. 아아, 이건 현실이다.

비가 오면 오염된 물이 강으로 스며든다. 강물은 결국 바다에 다다른다. 얼마나 많은 댐이 썩은 물을 가둬놓고 있나? 물은 흐르지 않고 고여 있으면 썩는다. 악취를 풍긴다. 썩는 물보다 고약한 냄새를 풍기는 사람을 보라. 대표적인 인물이 '이명박근혜'다. 녹색성장이 어디 있는가. 지속가능한 개발은 없다. 왜 그렇게 암 발생이 많아지나. 이명박은 한마디로 사기꾼이다. 이 쓰레기들은 청소차가 제격이지만 어떻게 치우나? 묻으면 토양오염, 태우면 공기오염, 바다에 버리면 수질오염이다. 바다에 한반도보다 큰 쓰레기 섬이 생겼다.

대한민국은 플라스틱 소비 세계 1위 국가다. 미세플라스틱은 사라지지 않는다. 돌고 돌아 우리 몸속으로 들어온다. 해답은 딱 하나다. 오염원을 줄이면 된다. 이대로 가면 인간이란 종은 멸종한다. 마치 멸종 안 할 것처럼 행동한다. 그러나 북극, 남극 빙하가 녹고 적도에 눈이 내리고 해수면이 상승하여 섬들이 없어지고 시도 때도 없이 태풍이 불어 막대한 피해를 입히고 있다. 얼마나 많은 사람이 죽어야 하나. 지진과 해일, 핵발전소를 봐라. 뭐, 배달의 민족이라고? 배달을 없애야 일회용품이 사라진다. 버리고 버리다보면 망하는 것은 당연한 결과다.

예를 한번 들어보자. 보통 우리나라 바다 쓰레기는 연간 17만 톤가량 유입된다. 대부분 페트병, 일회용 음식 포장용기, 플라스틱이 83.21퍼센트, 유리 4.68퍼센트, 목재 3.48퍼센트, 종이 1.59퍼센트, 고무 0.63퍼센트 순이다. 이 물건들을 분해하는 데 걸리는 시간은, 신문 6주, 섬유 장갑 1년, 스티로폼 80년, 플라스틱병 1백 년, 알루미늄 캔 5백 년, 스티로폼 5백 년, 낚싯줄 6백 년 이상, 유리병은 추정 불가다. 이 모든 것은 결국 연안에 사는 생선, 굴, 전복, 홍합, 김을 통해 우리 입으로 들어온다. 한 사람이 일주일간 섭취하는 미세플라스틱을 2천 개라고 집계

한다면 음용수 1769개, 갑각류 182개, 소금 11개, 맥주 10개이다.* 분해한다고 옛날로 되돌릴 수 있나. 어머니 고향은 여수 바닷가고 친구가 사는 거문도를 열두 항차 넘게 다녀왔다. 주로 배는 벙커시유를 땐다. 각종 줄과 어구와 바다 쓰레기는 뱃사람들이 모두 버린다. 양식은 왜 그렇게 많이 하는가. 두바이를 상선과 유조선을 타고 갔다 와서 이 사실을 잘 안다.

기름유출은 어떤가. 2007년 태안 앞바다, 유조선 허베이스피리트호에서 다량의 원유가 새어나와 서해안을 오염시켰다. 기름 범벅으로 고통스럽게 죽어가는 가마우지와 거북이 사진을 본 기억이 날 것이다. 영국 하수관에서 발견한 '팻버그fatberg'는 무엇인가. 우리가 별생각 없이 변기나 싱크대를 통해 버린, 기저귀나 면봉, 생리대, 화장지가 괴물이 되어 돌아온 것이다. 전 세계를 강타하는 태풍과 허리케인, 거대한 회오리바람(토네이도), 산불을 보라. 곧 석유가 고갈되는데 인간의 욕망은 한도 끝도 없다.

인간이란 종이 없을 때는 지구라는 별이 깨끗했다. 인간은 마땅히 망해야 한다. 그래야 번뇌가 없어진다. 벌레와 짐승들은 뭐 하나 남기지 않는다. 인간이 지나가면 남는다. 흔적이 생긴다. 자손을 위해서라도 아름답게 사라져야 하는데 욕심이 너무

---

* 김재홍 기자, "[신음하는 바다] ④ 스티로폼 분해 시간 500년, 낚싯줄 무려 600년", 연합뉴스, 2019년 10월 8일〈https://www.yna.co.kr/view/AKR20191002148100051〉

1부 아름답게 사라지는 방법

많다. 늙어 욕심부리는 것을 노욕이라고 한다. 사람들은 너무 편하게 산다. 좀 불편하고 가난하게 살아야 그나마 멸종을 늦출 수 있다. 아무도 자발적으로 가난하게 살기를 바라지 않는다. 우선 육류라도 줄여야 조금 늦출 수 있다.

인간이 모두 없어진 지구를 상상해보자. 우선 집과 건물이 없어진다. 방파제와 방조제가 터진다. 도로와 철도가 없어진다. 항구가 없어진다. 섬이 섬다워진다. 핵발전소가 없어진다. 자동차와 배와 비행기와 드론이 썩는다. 석유를 더이상 채굴할 필요가 없다. 컴퓨터가 썩는다. 무덤과 비석이 사라진다. 모든 무기가 잠든다. 거기에 시냇물이 졸졸 흐르고 강이 깨끗해지고 강이 깨끗하니 바다가 청정해지고 수많은 물고기들이 뛰어논다. 빙하에 다시 얼음이 얼고 사계절이 뚜렷해지고 눈비가 오시고 구름이 흘러 다니고 바람이 제멋대로 불고 해와 달이 제시간에 뜨고 진다. 노을이 기가 막히게 아름답고 별들이 노래한다. 나무와 풀이 자라고 이슬과 안개가 춤을 춘다. 거기에 벌레와 짐승이 뛰어논다. 우주와 은하가 장엄하게 자유로운 그림을 그린다. 어떤 음악이 있어, 이 황홀한 연주를 막겠는가.

인간이 사라지면 지구라는 마을은 다시 아름다워진다. ☾

2부

작가는
무엇으로 사는가

작가는 무엇으로 사는가 1

나는 20사단 61연대 신병교육대대에서 군 생활을 했다. 잘 알다시피 20사단은 광주 투입 사단이다. 솔직히 말하면, 나는 병兵으로 입대하는 것을 치욕으로 여겼다. 장교가 되려고 했으나 사관학교를 갈 수 없어 공수특전 하사관 시험을 봐서 합격했다. 병 기본 훈련을 받으러 논산에 입소했는데 옴에 걸린 사실을 알고 귀향 조치를 당했다. 시험에 합격하여 입대를 기다리는 동안, 지하 술집에서 웨이터 생활을 하다 걸린 것이다. 결국 나는 소총병으로 끌려간 것인데 잘못했으면 공수특전 하사관으로 광주에 투입될 뻔했다. 여담 한마디 하자. 이완배의 『한국 재벌 흑역사』를 보면 한국 남성 일반인들의 병역면제율은 6.4퍼센트다. 그런데 재벌가는 33퍼센트로 껑충 뛴다. 무슨 마술을 부렸는지 5배 이상 높아진다. 그리고 이 수치는 10대 그룹으로 대상을 좁히면 56퍼센트로 치솟는다. 돈이 많을수록 면제율이 높아지는 셈이다. 그렇다면 한국 재벌 1위인 삼성으로 국한하면 어떨까? 놀랍게도 삼성 가문의 군 면제 비율은 73퍼센트나 된다. 10명 중 7명이 군대를 가지 않는 기적이 삼성 가문에서 벌어지는 셈이다.

3개 연대 중에 우리 61연대가 유일하게 광주에 투입됐다. 나는 81년도 군번이라 아슬아슬하게 피했다. 대신, 고참들의 '자랑스러운 무용담'을 들으며 군 생활을 했다. 사단장 이름은 박준병, 최세창, 이종구다. 왜 이름을 아직까지 기억하느냐고? 눈만 뜨면 직속상관 이름을 외웠다. 다들 아시다시피 박준병은 옥천 출신으로 국회의원까지 지냈고, 최세창은 3공수여단장에서 사단장으로 진급했다. 20사단과 3공수여단은 광주를 진압하는 데 '혁혁한' 공을 세웠다. 그 공로로 훈장과 진급과 표창장이 주어졌다. 최세창과 박준병, 이종구는 피의 대가로 달콤함을 즐긴 자들이다. 1개 연대에는 4개 대대가 있는데 1, 2, 3대대는 소총대대고 4대대는 신병교육대대. 나는 61연대 신병교육대대 소속으로 대대장은 김익성이었다. 저 북쪽의 김일성과 비슷하여 똑바로 기억하고 있다. 4대대는 신병과 분대장을 교육해 배출하고 공수교육대에서는 전국 특수부대의 공수지상훈련을 담당했다. 김익성은 육사 출신으로 나중에 보안사령관까지 올라간 인물이다. 그 김익성 형이 김준성이다. 김준성이 누군가?

이수화학 회장이다. 이수그룹이 주관하는 이수문학상(처음에는 김준성문학상이었다)이 있다. 저 위에서 열거한 이름들은 김준성만 빼고 전두환 오른팔들이다. 나는 합리적인 의심이 들 뿐 김익성이나 김준성을 비판할 생각은 없다. 또한 김준성이 전두환 도움 없이 이수화학을 일으켜 작가들에게 순수한 마음으로 도움을 준다고 생각한다. 믿고 싶다. 집필실을 제공해주고 상을 주는 행위는 아무나 못하는 보살행이다. 그렇지만 나는 작가들에게 무조건 받지 말고 한번 의심해보고 받자, 이렇게 권고한다. 주는 대로 덜컥 받지 말고 의심부터 해보자.

우리 문단에는 이태준문학상이 있다. 아니, 있었다. 그 상을 후원하고 상금을 준 사람이 양진호다. 작가들은 아무 생각 없이 상을 받았다. 나중에 사건이 터졌을 때, 작가들은 아연실색했다. 아니, 우리가 피 묻은 돈을 받았구나. 이태준문학상을 여러모로 뛰어난 김성동도 받았다. 아마 안재성 때문에 받지 않았나 싶다. 안재성은 한 시절, 양진호와 함께 일을 한 얄궂은 인연이 있다. 그때는 양진호가 후원한다는 사실을 몰랐을 거다. 김성동은 아버지를 대전교도소에서 잃었다. 박헌영 비선으로 활발하게 활동했던 아버지는 예비검속 때 검거되어 시신도 찾지 못했다. 어머니는 여맹위원장이었다. 젊은 김성동이 홀로된 어머니를 모시고 이사한 게 한겨울이었다. 기름도 없는데, 방이 뜨뜻했다. 이상하게 생각하여 보일러 잘 보는 기계공학 교수를 불렀다. 교수는 기름이 없는 거 빼고는 아무 이상이 없다는 거였다. 어머니가 말씀하셨다. 너희 아버지가 가난한 우리들을 불쌍히 여겨 하늘나라에서 우리 얼어죽지 말라고 방을 덥혀주시나보다. 불가사의한 사실이다. 김성동이 이사한 곳은 아버지가 묻힌 산내 골령골(뼈재)이었다. 아무리 후회해봐도, 이미 상금은 썼고 상은 없어졌다.

전두환은 광주를 피로 진압하고 체육관에서 대통령이 되어 20사단에 헬기를 타고 왔다. 팀스프릿 사격훈련 참관이었다. 이웅평이 미그기를 몰고 남쪽으로 귀순할 무렵이었다. 취사장 옆은 사격장이었다. 김익성은 혹시 전두환이 들를지 모른다고 며칠 전부터 난리를 피웠다. 힘없는 우리들은 위에서 시키는 대로 푸세식 화장실까지 치약으로 닦았다. 드디어 전두환이 왔다. 4대대는 신병, 기간병 할 것 없이 모두 취사장으로 들어갔다. 공수교육대도 올라왔다. 두꺼운 '갑바'(방수포)로 창문을 내리고 정윤희가 나오는 영화를 틀었다. 전두환이 갈 때까지 이런 상황은 계속 이어졌다. 위병소는 빈총, 24시간 비워서는 안 되는 탄약고는 아예 근무자를 세우지 않았다. 광주를 피로 진압한 전두환이 자국 군대의 군인들을 믿을 수 있었겠나.

그 전두환 아들이 출판사를 차렸다. 보통 매출이 400억 정도란다. 진보 성향을 가진 한국작가회의 회원들이 시공사에서 책을 많이 냈다. 아주 인기 있는 시공주니어에서는 동화작가들이 경쟁하듯 서로 먼저 펴냈다. 이 상황을 무엇으로 설명할 수 있나. 전재용이가 땀 흘려 돈을 벌어본 적이 단 한 번이라도 있었던가. 이사회 열리는 현장에서 그것을 지적했더니, 출판사를 펀드에 팔았단다. 아버지 전두환도 살인마더니 그 아들 전재용도 다르지 않구나. 참 나쁜 놈이구나. 머리가 나쁜 것은 이해하지만 마음이 나쁜 것은 용서할 수 없다. 벌레보다 못한(진화 관련 책을 읽다 보면 벌레는 얼마나 위대한 존재인가) 놈이다. 뭐 이순자가 전두환을 일러 민주주의 아버지라고? 악화가 양화를 지탱하는구나. 지만원, 김진태, 이종명, 김순례(미래통합당 최고위원이 되었다)가 하는 5·18 관련 헛소리를 들어보라. 가짜 뉴스와 그 온상, 태극기부대를 신줏단지 모시듯, 끌어안고 있다. 거기에 태극기를 온몸에 두르고 나오는 서석구, 김동리 아들 김평우가 있다. 조원진은 나하고 나이가 같다. 인간이 이럴 수 있나, 아무리 이해를 하려고 해도 이해할 수가 없다. 소위, 합리적인 보수가 없다. 용산참사의 주범, 김석기를 볼 때마다 혈압이 치솟는다. 청년 최고위원 후보로 나왔다가 떨어진 김준교, 당대표 황교안을 보라. 교활하구나. 도로 박근혜당이 되었구나. 축하한다. 이완영, 최교일…… 그게 자유한국당 수준이다. 김무성 아버지는 김용주다. 전남방직 회장이었다. 언젠가 김무성이 광주에 가서 광주의 아들이라고 말했다. 기가 막혔다. 아니. 마당은 삐뚤어졌어도 장구는 똑바로 치자. 아버지 고향이 부산인데, 왜 전남방직을 운영했을까. 일본인들이 전쟁에 지고 도망갈 때, 공장과 건물은 못 가져가고 현금을 품 안에 넣고 밀항을 했는데, 혹시 그때 도움을 주지 않았는지. 그러니까 적산 공장을 싼 가격으로 매입하지 않았는지, 연구해보자. 미군정은 직원에게 헐값으로 넘기거나 뿐만 아니라 장기로 갚으라며 돈을 적극 빌려주기까지 했다. 『친일인명사전』에는 김용주가 세 명 뜨는데 김무성은 아버지가 절대 친일을 하지 않았다고 말했다. 나경원 국회 연설을 들어보라. 차마 일본 '자민당 수석 대변인'이라고 부를 수는 없겠지만, 얄팍하고 멍청하게 전국에 걸쳐 표를 구걸하거나 아니면, 무지에서 오는 습관이 켜켜로 쌓여 있는 모습을 더 이상 보고 싶지 않다. 공부 좀 똑바로 하자. 거슬러올라가면 전두환이 만든 민정당이 중간에 나온다. 물론, 발원지는 박정희가 만든 민주공화당이다. 둘 다 쿠데타로 정권을 잡은 공통점이 있다. 아주 일본으로 떠났으면 좋겠다. 어쩌면 그렇게 아베와 그 똘마니들이 내뱉는 망언과 똑같나. 성노예로 끌려간 할머니들이, 독도가 시퍼렇게 살아 있는데도 말이다. 일본 공장으로 억지로 끌려간 노인분들이 아직 살아계시는데도 말이다. 이렇게 친일은 뿌리가 깊다.

2017년에 304명의 억울한 죽음을 추모하며 53일간 걸었다. 우리는 해안선을 따라 바닷가를 걷다가 고창 땅에 들렀다. 이름하여 미당시문학관. 폐교한 선운분교 자리다. 터는 좋은 곳에 자리잡고 있었다. 더군다나 돈을 들여 리모델링을 한 문학관은 공원처럼 쾌적했다. 거기서 이틀 동안 모임을 가졌다. 나를 포함하여 뜻있는 사람들은 안 들어갔다. 뭐, 사람 따로 작품 따로 해석해야 된다고? 친일을 한 짓은, 역사의식이 없었다 치자. 이승만 전기를 책으로 펴내고, 새파란 전두환에게 아부하여 작품을 쓰고 낭송한 미당이다. 서정주가 전두환한테 써준 축시를 보자.

한강을 넓고 깊고 또 맑게 만드신 이여
이 나라 역사의 흐름도 그렇게만 하신 이여
이 겨레의 영원한 찬양을 두고두고 받으소서.

새맑은 나라의 새로운 햇빛처럼
님은 온갖 불의와 혼란의 어둠을 씻고
참된 자유와 평화의 번영을 마련하셨나니

잘 사는 이 나라를 만들기 위해서는
모든 물가부터 바로 잡으시어
1986년을 흑자원년으로 만드셨나니

안으로는 한결 더 국방을 튼튼히 하시고

밖으로는 외교와 교역의 순치를 온 세계에 넓히어
이 나라의 국위를 모든 나라에 드날리셨나니

이 나라 젊은이들의 체력을 길러서는
86아세안 게임을 열어 일본도 이기게 하고
또 88서울·올림픽을 향해 늘 꾸준히 달리게 하시고

우리 좋은 문화능력은 옛것이건 새것이건
이 나라와 세계에 떨치게 하시어
이 겨레와 인류의 박수를 받고 있나니

이렇게 두루두루 나타나는 힘이여
이 힘으로 남북대결에서 우리는 주도권을 가지고
자유 민주 통일의 앞날을 믿게 되었고

1986년 가을 남북을 두루 살리기 위한
평화의 댐 건설을 발의하시어서는
통일을 염원하는 남북 육천만 동포의 지지를 얻으셨나니

이 나라가 통일하여 흥기할 발판을 이루시고
쉬임 없이 진취하여 세계에 웅비하는

이 민족기상의 모범이 되신 분이여!

이 겨레의 모든 선현들의 찬양과
시간과 공간의 영원한 찬양과
하늘의 찬양이 두루 님께로 오시나이다
_서정주, 「처음으로」(전두환 대통령 각하 56회 탄신일에 드리는 송시) 전문

이건 시가 아니다. 낯뜨겁고 역겹다. 우리는 한자를 비틀어 '말당'이라고 부르는데, 작가는 진정성이 있어야지, 이것이 뭔가. 더구나 서정주는 한국을 대표하는 시인 대우를 받고 있는 사람 아닌가. 나는 한국을 대표하는 친일, 아부의 달인 서정주로 평가한다. 전두환은 축시를 써주면서 아양을 떨어대는 서정주를 어떻게 생각했을까. 치가 떨린다. 정의로 하루를 살아왔나 모르겠지만 불의로 백년을 살았다. 참고로 말당의 일본 이름은 다쓰시로 시즈오다.

임종국 선생이 쓴 『친일문학론』과 장호철이 쓴 『부역자들, 친일문인의 민낯』을 읽어보면 피가 거꾸로 치솟는다. 대한민국을 대표하는, 교과서에서 작품을 만나는 대부분의 작가들이 친일을 했다. 우리가 〈조선일보〉(동인문학상 심사위원은 종신제다)나 〈중앙일보〉〈동아일보〉를 미워하는 이유가 여기에 있다. 일일이 다 까발릴 수야 없지만, 대표적으로 친일을 한 문인은 이광수

와 최남선이다. 한국문인협회와 동서문화사는 춘원문학상이나 육당학술상을 제정해, 몰래 수상한 적이 있다. 많은 시민단체와 한국작가회의에서 반대운동을 벌여 중지시켰다. 그러나 조선일보사에서 주관하는 동인문학상과 중앙일보사에서 제정하고 운영하는 미당문학상은 남아 있다. 여담 한마디 하자. 미당문학상을 수상하고 심사위원으로 활동했던 사람이 한국 최고의 진보적 출판사에 시집 검토위원을 하는 아이러니를 어떻게 설명할까. 그는 우리가 '조선일보미술관' 앞에서 동인문학상 반대를 외치자, 친일 문학상을 반대하는 무리라고 하면서 반대운동을 해서 이권을 얻는다고 했다. 이게 현역 시인이 할 수 있는 말인가. 글로벌 시대라는데 일본으로 건너가, 오카모토 미노루이자 다카키 마사오인 박정희(박정희는 창씨개명을 해서 일본 이름을 두 개나 가진 것은 물론, 만주군관학교를 나오고, 일본 왕에게 혈서로 충성맹세를 했으며, 형 박상희에게 영향을 받아 남로당원으로 활동하였다. 나중에 남로당원으로 활동한 게 드러나 사형을 언도받았으나, 같이 활동한 사람을 밀고한 끝에 가까스로 살아남았다. 쿠데타로 집권한 박정희의 공을 산업화의 아버지라고 부르는데, 지나가는 소가 웃을 이야기다. 60, 70년대 저임금에 걸렸던 노동자들의 목숨과 피와 땀으로 이룩한 부와 경제를 박정희가 가로챘을 뿐이다)나 춘원 이광수(가야마 미쓰로)처럼 일본 이름으로 개명을 하고, 일본말로 시를 짓기를 권한다. 적반하장도 유분수지, 우리가 이권을 찾아 헤매는 무리인가. 손해를 보면서도 정의와 진실을 위해서 하는 일이다. 친일 문인은 셀 수 없이 많다. 총독부 기관지인 〈매일신보〉에 그 사실이 모두 나온다.

미당문학상이 문제가 되자, 후원하던 LG가 2017년부터 후원을 끊었다. 상은 더 이상 주지 않는다. 팔봉비평문학상*이나 채만식문학상, 동인문학상도 없어져야 할 문학상이다. 친일 문학상은 주로 가난한 작가들에게 거금을 주고 영혼을 팔라고 주는 상인데 안 받았으면 좋겠다. 상을 받으면 기록으로 남는다. 수상자는 배우자의 강권이나 생활을 위해 받은 것이지만, 늘 똥 누고 뒤 닦지 않은 것처럼 불편하기 마련이다. 자식들이나 후손들 보기에 부끄러운 사실이다. 한때 쪽팔리는 것을 감수하느냐, 부드러운 생활을 위해 불편함을 참느냐는 작가 개인의 문제다. 가난하게 살아도 자존심을 지키는 게 작가 아니냐고 얘기해봐야 생활을 책임져주지 않는 이상, 공염불에 불과하다. 그것을, '기레기'들이 밥을 버는 꼴통 신문은, 교묘히 이용한다. 데뷔 연도나 책 발간을 기준으로 가난한 작가들에게 국가에서 최소한의 생활자금을 주면 좋겠다. 아니면, 여태까지 해온 그대로 굶든지, 죽든지, 가만 내버려두라. 지금까지 제2의 안중근이나 이봉창, 윤봉길, 조명암, 전명운, 김구, 안창호, 신채호, 김원

---

* 팔봉비평문학상을 제정한 한국일보사는 2022년 주최측의 사정으로 시상하지 않았다. 폐지가 답이다.

2부 작가는 무엇으로 사는가

봉은 찾아보기 힘들다. 물론, 친일 문학상을 거부한 작가들도 있다. 그리고 전두환의 정치적 아들인 노태우에게 돈을 받아 〈문학정신〉을 창간하고 신인상을 남발한 노작가들도 아직 살아 있다.

한국작가회의는 노무현 정권 때, 이라크 파병을 반대했다. 종묘에서 출정식을 하고 세종문화회관 계단에서 성명서를 낭독하노록 판을 짰다. 시위는 잔치 분위기로 치러졌다. 오랜만에 보는 작가들 얼굴에 웃음꽃이 만발했다. 성명서 낭독이 끝나면 뒤풀이 자리가 기다리고 있었다. 성명서 낭독을 위해 방송 3사 카메라가 돌아가자 G와 H가 성명서 종이가 찢어지도록 서로 먼저 읽으려고 장난이 아니었다. 휴식 시간에 형님, 아우 하던 작가들이다. 보다못한, 지금은 장관을 그만두고 국회의원을 하고 있는 도종환 시인이, 그러면 성명서 한 페이지를 G가 읽고 나머지는 H가 읽으라고 충언을 했다. 뒤에 H는 이명박의 중앙아시아 순방길에 특별수행원 자격으로 동행한 후 유라시아 특임대사에 내정된다. 이거 욕심 아닌가. 그렇게 잘나가고 싶은가. 작가들이 이러면 안 된다. 작가들은 이름 없이 사라질 줄 알아야 한다. 사라져도 책은 남을 거 아닌가. 좋은 작품이 여럿 있고, 뛰어난 소설을 쓴 분이 왜 그럴까. 우리를 즐겁게 하는 구라 외에 뭘 또 바라는가. 하여튼 이런 서글픈 현실은 많이 봐왔던 장면이다.

G 얘기를 조금 더 하자. 국민의정부 때, 여러 단체가 북한에

올라갔다. 작가회의는 순리대로 하자면 이사장이 북한에 가는 자리였다. 당시 이사장은 이문구였다. 그런데 상임고문인 G를 보냈다. 이문구는 자기검열이 엄한 사람이다. 아버지가 남로당 보령지구당 위원장이었다. 군산에서 배를 아홉 척 가진 선주였다. 천신만고 끝에 출범한 김대중 정권에 누가 안 되려고 상임 고문을 보냈다. 그다음은 모두 아시는 바다. G는 김대중과 김 정일 사이에서 〈우리의 소원은 통일〉을 불렀다. 노시인은 카메 라가 가장 잘 잡히는 장소에 있었다. 나는 총회 자리에서 G를 여러 번 봤다. 한 번도 인사하지 않았다. 그는 우리와 따로 떨 어져 혼자 앉았는데, 그것은 나는 너희들과 다른 족속이야, 그 런 뜻으로 읽혔다. 떨어진 대통령 후보나 재벌, 우리나라에서 잘나가는 법관과 의사, 국회의원, 장관들은 이 터무니없는 선민 의식이 있다. G 옆에는 C가 있다. C는 개인적으로 만나면 더없 이 좋은 사람이고, 림, 웅, 서, 영, 식, 성, 시, 모두 메이저 출판사 계열 사람들이거나 뿌리를 두고 있다. 이분들은 후배들이 닮고 싶은 문인이며 한국 문단의 영원한 자산이고 보석같이 빛나는 귀한 존재들인데, 출판사를 보면 한쪽으로 기울어진 느낌을 지 울 수 없다. 어떤 조직이든, 단체든, 한쪽으로 쏠리면 위험하다. 2018년 작가회의 이사장에 오른 이경자 체제를 보아라. 우선 거대 출판사가 후원금을 끊었다. 나는 잘됐다 생각한다. 드디 어 작가회의가 거대 출판사를 떠나서 객관적으로 존재할 수 있겠구나. 모든 단체는 회원들의 회비로 운영해야 한다. 출판사는 좋은 뜻으로 기부금을 냈지만, 후원을 받으면 후원사에 자유로울 수 없는 게 사실이다.

G의 성추문이 터졌을 때, 나는 백 장이 넘게 글을 써서 G를 실명 비판(그에 관한 소문은 문단 전체에 퍼져 있다. 강의료로 받은 돈은 왜 찢나. 잘난 척하지 마라. 그 돈을 모아 기부를 하든지, 가난한 작가들 창작지원금으로 내놓든지, 후배들 술 더 사주지, 현금을 찢는 행동은 허세다. 과장이다. 목도리도마뱀이다)했다. 마침 책을 엮을 때가 되어 원고를 보냈는데 출판사 사장이 간곡하게 만류했다. 법원을 수없이 들락거릴 각오를 해야 한단다. 접었다. 귀찮기도 했다. G는 죽어도 노벨문학상을 못 탄다. 소위 작품과 인성이 미치지 못하기 때문이다. 그리고 꼭 노벨상을 타야 훌륭한 시인인가. 또한 그는 '화려한' 여성 편력을, 시인이 가지고 있는 천재성(시인도 보통 사람이다)으로 착각하는 기발한 상상력을 가지고 있다. 그는 선배가 후배를 수없이 상처 줘도 상관없다고 착각한다. 누가 보더라도 치졸한 행동을, 그는 위대한 광기로 포장하고 있다. 보아라, G의 손해배상청구소송에서 법원은 M의 손을 들어줬다(나는 M시인에 대해 관심 없다). 또한, 박 아무개 시인은 벌금 천만 원을 내야 한다고 판결받았다. 늙은이는 항소했다. 노욕이다. 노추다. M은 정의와 진실이 이겼다고 말했다. 노벨상 시즌이 오면 집밖에서 진을 치고 밤을 새우는 방송사 기자들이

안타까울 따름이다. 나는 성추문 훨씬 전부터 그 사실을(노벨문학상을 못 탄다는) 알고 있었다. 시인은 작품으로 평가받아야 한다. 연예인처럼 기사나 가십거리로 관심을 끌면 죽음이다. 조선시대 이덕무를 봐라, 그렇게 앞을 내다보는 눈이 없나. G는 '말당'의 제자였다.

늘 개똥모자(도리구찌)를 쓰고, 바바리코트를 걸치고, 파이프를 물고 다닌, 편운 조병화는 전두환한테 이런 시 같지 않은 시를 바쳤다.

새시대, 새역사의 통치자
새로운 대한민국을 이끌어 갈
새 대통령
온 국민과 더불어 경축하는
이 새출발
국운이여! 영원하여라

청렴결백한 통치자
참신과감한 통치자
이념투철한 통치자
정의부동한 통치자
두뇌명석한 통치자

인품온후한 통치자
애국애족, 사랑의 통치자

온 국민의 이러한 신뢰
그 여론의 물결을 타고
새시대, 새나라, 새역사를 전개하시는
새 통치자
온 국민의 소망이
온 나라에 가득하여라

보다 새로이
보다 강력히
보다 철저히
보다 공정히
보다 신속히
보다 밝게, 따뜻이
보다 공평히, 골고루
온 국민과 더불어 함께
다시 시작하는
새 질서
새 이상

새 건설

오, 대한민국이여, 사천만 국민이여

그 평화, 그 번영

그 약속, 더욱 부동하여라

썩은 재물

썩은 치부

썩은 권세

썩은 허세

썩은 양심

썩은 위선

썩은 권위

썩은 언어

냄새나는 온갖 거래

다시는 있을 수 없는 부정, 부패

말끔히 씻어버리고

한가족, 혹은 두서너가족, 모여 사는 섬에서부터

8백만이 운집하고 있는 대서울까지

골고루

온 겨레가 나라 혜택 받을 수 있는

복지국가

부강한 나라 만들려는

이 새로운 영도

오, 통치자여! 그 힘 막강하여라

실로 역사는 인간이 만드는 거

그 이끄는 힘이 만드는 거

아, 이 새로운 영도

이 출발

신념이여, 부동 불굴하여라

영광이여, 길이 있어라

축복이여, 무궁하여라

_조병화, 「청렴·온순溫厚·참신한 새 출발出發····· 국운國運이여 영원永遠
하여라—새 대통령 당선을 경축하며」 전문(《경향신문》, 1980년 8월 28일 자, 3면)

　유신정우회 소속으로 국회의원을 하면서 평생 호의호식한
꽃의 시인 김춘수는, 내가 문청 시절에 강동구 명일동 집으로
원고를 받으러 갔었다. 집은 사람에 비해, 깨끗했다. 그가 쓴 시
는 1988년 전두환 퇴임 기념 환송회에서, 성우 고은정의 목소
리로 낭송되었다.

님이 태어나신 곳은 경상남도 합천군 율곡면 내천리 내동
마을

한반도의 등줄기 소백의 긴 매 뿌리 뻗어내려 후미지고 아
늑한 분지를 이룬 곳

천구백삼십년대의 어느 날 님의 일가는 일본 제국주의의 그
악마의 등살을 견디다 못해 정든 땅

이웃을 버리고 머나먼 남의 땅 만주 벌판으로 내쫓기는 사
람들처럼 억울하게 억울하게 떠나가야만 했으니

그때 가족들의 간장에 맺힌 한과 분은 아직도 여리고 어린
님의

두 눈과 폐부에 너무도 생생하게 너무도 깊이깊이 박히었을
것입니다

님이 헌헌장부로 자라 마침내 군인이 된 것은 그것은 우연
이라고 할 수 없습니다

천구백칠십구년 가을에서 팔십년 사이 이 땅 이 겨레는 더
할 나위 없는 위기를 맞고 있었습니다

발등에 떨어진 불은 우선 그것부터 끄고 봐야 하듯이 우선
치안을 바로잡고

우선 인심을 안정시키고 우선 경제의 헝클어진 운행을 궤도

위에 올려놓아야만 했습니다

이런 일들을 해내기 위하여 천구백팔십일년 새봄을 맞아 마
침내
제5공화국이 탄생하고 님은 그 방향을 트는 가장 핵심의
자리에 앉았습니다

그리고 보십시오 님께서 단임으로 평화적 정부 이양을 실천
한 일 그것입니다
건국 이래 가장 빛나는 기념비적 쾌거라 아니할 수가 없습
니다
님은 선구자요 개척자가 되었습니다

그 자리 물러남으로 이제 님은 겨레의 빛이 되고 역사의 소
금이 되소서
님이시여 하늘을 우러러 만수무강하소서

_김춘수, 「님이시여 겨레의 빛이 되고 역사의 소금이 되소서」 전문

이게 시인인가. 하늘을 우러러 낯부끄러운 줄 알라. 이 외에
도 친일을 한 시인은 숱하고, 독재자한테 아부한 시인은 김광
섭, 수주 변영로 등 많다. 모두 교과서에 나오는 유명한 시인들

이다. 원래 똑똑한 사람은 잘 휘어지는가.

　이런 사람도 있다. 시인 Y는 P선생 때문에 알았다. P선생 완간 잔치에 노가다를 해서 알게 된 사람이다. P선생만큼은 아니었지만 Y를 존경한 건 사실이다. Y가 변절하기 전까지 말이다. 나는 Y를 주인공으로 한 산문시를 쓴 적이 있다.

　Y는 부인과 자주 다퉜다 싸우고는 자기 성질을 못 이겨 며칠 피신을 했는데, 이번에는 대구 제자에게 간다는 것이다 터미널 근처에서 설렁탕을 사주었다 표를 끊었다 어이, 목수, 부탁이 있는데, 포도맛 사탕 한 봉지와 콜라 큰 병이 필요해(왜 단것만 먹지?) 나는 군말 없이 비닐봉지에 넣었다 평소 알사탕을 좋아하고 페트병은 버스 안에서 오줌 눌 때 꼭 필요하단다 천재도 별수 없군 하긴, 많이 배울수록 잘 휘어지는 법이지 나는 병 입구 사이즈와 발등과 무릎을 적시고도 남을 물건 각도를 떠올렸다

　꽃피는 봄날, Y가 밥을 먹자 하여 S선생과 K와 함께 유명 한식집에 들렀다 우리는 곱돌 정식을 시켰다 그 자리에서 Y의 말이 시작되었다 북극과 남극의 얼음이 녹고 적도에 눈이 내렸다 사막에 비가 오셨다 증산과 수운, 해월이 춤추고 여성성과 율려가 노래를 불렀다 밥이 탔다 가

만 듣기만 하던 S선생이 형님! 밥 먹고 합시다 추임새를 넣자, S야, 형이 말하는데 밥이 넘어가냐, Y는 밥알을 튀겼다 거품을 물었다 아니, 그러면 왜 밥 먹자고 한 거여, 나중에 Y는 S선생께 사과했다 밥은 모래알이었고 말씀은 파도가 되어 몰려왔다 그날은 Y친구 최○림 시인이 돌아가신 날이었다 Y는 우체국에 들러 조전을 부쳤다.

_졸시, 「問喪」

　산문시(자주 다툰 부인은 2019년 11월 25일 먼저 가셨다)의 내용에는 나오지 않지만 Y는 부자다. 민주화 유공자로 선정되기 전에 그는 가난하다고 실토했다. 컴퓨터의 대가인 아들을 영국에 유학 보낼 돈이 없다고 엄살부렸다. 이명박식으로 새빨간 거짓말이다. 새로 조성한 어느 시청 옆에 넓은 아파트도 있다. 그가 〈조선일보〉와 인터뷰하고 근황을 이야기했다. 그때까지는 외로워서 그런가보다 했다. 그런데 율려를 얘기하면서 박근혜를 지지했다. 더이상 참을 수가 없었다. 그렇잖아도 분신정국에 죽음의 굿판을 걷어치워라 어쩌고저쩌고하지 않았던가. 학생들한테 미안하지 않은가. 중학교 후배인 황이 신문에서 비판할 정도다. 아아, 이건 아니다. 작가는, 시인은 이래서는 안 된다. 장모인 P선생을 욕보이는 행동이다. 그렇게 해서까지 이름을 알리고(공명심에 사로잡혀) 유명해지고 싶은가. Y는 너무 유명해서 탈이다.

산문시 중 Y는 김의 본명 영문 이니셜이다(김은 2022년 5월 사망했다).

이건 내 얘기다. 어떤 선배가 3·1절 100주년 기념 시집에 시를 한 편 달라고 했다. 나는 완곡하게 거절했다. 그러자 인연을 끊자고 극언을 했다. 인연을 끊고 사는 것은 쉬우나 억지로 시를 쓰는 것은 어렵다. 야학 선생님이 국립대 교수로 정년퇴임했다. 퇴임 기념 논문 봉정식이 열리는데 그 자리에서 나보고 축시를 써달란다. 고개를 저었다. 교수는 야멸찬 제자라고 욕을 했다. 친구 아들 결혼식장에서 흔히 낭송하는 축시, 지방에서 공무원 하는 국민학교 동창들의 정년 자리에서 하는 답사, 모든 글을 거절했다. 되는 것은 되고, 안 되는 것은 안 되는 것이다. 가수한테 아무때나 노래 한번 해봐 하듯이 시인에게 개나 걸이나 시낭송 한번 해봐, 한다. 와, 이것들이 조용히 잠자는 사자 코털을 건드려? 왜, 이런 무례한 청탁을 하지? 내가 그러려고 글을 썼나, 자괴감이 든 게 한두 번이 아니다.

짤막한 일화를 소개하겠다. L선생과 S선생은 신춘문예 심사를 봤다. 최종심에는 두 사람이 올라왔다. 두 사람 중 누구를 뽑아도 상관없을 정도로 작품이 뛰어났다. L선생은 선배인 S선생에게 공을 돌렸다. S선생이 한 작품을 지목했다. 기다리고 있던 문학 담당 기자에게 당선자를 통보하고 후배들과 술집으로 향했다. 술잔을 앞에 놓고 L선생은, 사실 지목받지 못한 이가 대학교 제자라는 사실을 밝혔다. L선생은 대학교수였다. 시인이라면 이 정도 자존심은 가지고 있어야 한다.

이 글은 누워 침 뱉기다. 내가 독을 마시고 남이 죽기를 바라는 마음에서 쓴 글인지도 모른다. 내가 스스로 벌통을 걷어차고 남이 쏘이기를 바라는 짓이다. 이 두 문장은 내가 쓴 게 아닌데, 출처를 모르겠다. 또한, 이덕무는 말했다. 다른 사람의 잘못과 실수를 언급하는 것은 마치 입안에 피를 머금었다가 다른 사람에게 뿜는 것과 같아서, 반드시 먼저 자신의 입을 더럽히는 법이라고. 모난 돌이 정 맞는다. 화난다고 돌부리를 걷어차면 자기 발부리만 아프다. 흠결 없는 영혼이 어디 있으랴. 여기서는 최소한의 양심에 대해서 생각해보련다. 이제 화살을 좁혀보자. 화살은 안으로 겨눌 때, 힘을 받는다.

나는 대전·충남작가회의 발기위원회부터 얼굴과 옷에 맥주, 소주 세례를 받아가며 청소 및 설거지를 했다. 선배들은 목숨을 바치며 독재에 항거했다. 후배는 당연히 참으며 뒤치다꺼리를 해야 한다. 세월이 흘렀다. 예산 문제로 대전·충남작가회의에서 충남작가회의로 떨어져나올 적에 초대 충남작가회의 지회장을 했다. 생기는 거는 없고 돈과 시간을 투자해야 한다. 나이 먹은 순서대로 누구나 무한대로 책임과 희생과 봉사가 기다린다. 그때 삼고초려한 선배가 있다. 선배가 초대 회장을 하면 유용주는 기꺼이 다음 순서가 돌아오면 하겠습니다, 선배는 끝까지 고개를 저었다. 언젠가 우리 기관지를 보다가 놀랐다. 그 선배의 약력란에 "문학상 수상한 적 없음", 나는 내 눈을 의심했다. 아니 이게 작가란 말인가. 대놓고 나 문학상 좀 줘, 뭐, 이런 말 아닌가. 유용주 문학상 어때? 상금이 좀 많은디 받을 쳐? 최근 기관지에는 저서 50여 권이라고 쓰여 있었다. 책 많이 내는 걸로 문학을 인정받는다면, G와 J 같은 사람(100권을 훨씬 넘게 펴냈다)도 있다. 욕하면서 닮는다. 이건 해도 해도 너무하다. 장롱 기스 내는 책(사인해서 부쳐 오면 읽다가 던져버린다 하여 붙은 이름이다. 문집에 발표한 학생들 작품이 훨씬 뛰어나다), 아무리 책을 많이 낸들 무엇하자는 짓거리인가. 우리는 기라성 같은 선배들을 기억한다. 윤동주, 백석, 정지용, 만해, 이상, 김소월, 김영랑, 이병기, 신석정, 심훈, 이육사, 김수영, 신동엽, 박용래, 김남주…… 모두 작품으로 기억한다. 책으로 기억하지 않는다. 누구나 좋아하고 암송하는 것은, 개별 작품이다. 좋은 작품은 오래 기억한다. 뛰어난 작품을 쓴 사람은 책을 많이 안 펴냈다는 공통점이 있다. 저서 50여 권 중에 정말 좋은 작품은 얼마나 들어 있는가. 한 권이라도 똑바로 내라. 대부분, 이런 책은 쓰레기에 불과하다. 쓰레기는 땅에 묻으면 토양오염, 태우면 대기오염, 버리면 수질오염이다. 방법은 단 하나, 오염원을 줄이는 일이다. 양심과 염치가 있다면, 돈지랄 그만 떨고(기부를 많이 하고 남하고 나눠라), 나무에게 백배사죄할 일이다.

칼날 흠은 고쳐도, 말 흠은 못 고치는 법이다. 우리 충남작가회의에는 원로 작가*가 계시는데, 너무 말씀이 많다는 흠이 있다. 처음부터 끝까지 자기 자랑이다. 말 많은 집 장맛은 쓰다더니, 그 집 장맛은 달까? 시도 그렇고 산문도 마찬가지다. 우선 길다. 마이크를 뺏을 정도다. 주례사 하면 갈비탕 생각나고 교장 훈화 시작하면 아이들 픽픽 쓰러신다. 이건 병인데, 깊어져서, 고질병이다. 잘 고칠 수 없는, 불치병이다. 이분께는 이완배의 『경제의 속살 1·2』, 피터 드러커가 칼 폴라니를 만나는 장면이 들어 있는 『피터 드러커의 자서전』, 버나드 맬러머드의 『수선공』, 스피노자의 『에티카』, 오르한 파묵의 『눈』과 『시몬느 베이유』를 추천한다. 꼭 읽어보시길 바란다. 그의 부인께서 선생님인데, 남편의 책을 사서 동료 선생님들에게 돌린다. 그 책을 중고서점에서 봤다. 어떤 경우 저자가 사인한 책도 있었다. 버트런드 러셀은 아인슈타인과 함께 아흔 살에 반핵운동을 하다 체포되어 감방에 갔다.

또 한 사람의 선배가 있다. 언젠가 섬에 술 마시러 갔다. 섬에는 소설을 쓰는 30년 지기가 살고 있다. 털보는 5·18 때 광주 사는 고등학생이었다. 시위를 하러 갔다가 바로 앞에서 같은 고등학교 동기가 총에 맞아 절명하는 장면을 본 사람이다. 그 총

_____

* 원로 작가는 소설가인데 2022년 4월 사망했다.

알이 털보 가슴으로 파고들어갔다면, 친구 얼굴을 영원히 못 볼 뻔했다. 나는 털보의 눈물을 망월동 묘지에서 직접 봤다. 전해 들은 얘기가 아니다. 털보가 탄식을 한다. 털보는 아까 발기위원회부터 설거지와 청소를 같이했던 친구다. 내가 육지에 사니 선배를 만나면, 후배가 굉장히 화를 내더라고 전해달란다. 얘기를 들어봤다. 술자리에서 있었던 사소한 웃음거리였다. 친구가 화를 낸 건, 최근에 선배가 산문집을 냈는데, 거기서 하지도 않은 일을 자기가 한 양 표현했기 때문이란다. 소설이 아닌이상, 작가는 사실만 이야기할 의무가 있다. A가 한 일을 B가한 것처럼 얘기하다니! 나는 나중에 육지에서 만난 선배에게 그 얘기를 했다. 선배는 자기도 찜찜했단다. 아니, 불편한 마음을 죽는 날까지 가져가는 것보다 그냥 사실만 적으면 좋잖은가. 있는 그대로 산문집에 담으면 되지, 안 그런가.

그 선배도 장롱 기스 내는 책을 많이 냈다. 새로 산 장롱에 기스 내는 행동은 고통스러웠다. 나는 수많은 시집을 던져버렸는데 하필 새로 산 장롱이 뭇매를 맞은 적도 있다. 아아, 이건 시집도 아니다. 던진 시집들 속에는 대학교수가 펴낸 시집도 많았다. 대학교수 중에는 문예창작과 교수도 여럿 있었다. 그런 시인 중 한 명이 최근에도 책을 냈는데, 그 시인의 아내가 칭찬을 했다. 진정한 문학은 남들이 먼저 인정하고, 공정하고 객관적인 평가를 내려야 하는 거 아닌가. 백번 양보해서 남편과 아내의 사랑스러운 덕담이라고 치자. 〈작가마루〉는 충남작가회의 기관지다. 비록 시집 광고지만 아내의 덕담은 빼는 게 옳다고 본다. 덕담은 개인 문제다. 책은 한 사람이라도 독자의 자리에서 본다. 개인의 책이 아니란 말씀이다. 선배의 부인은 자칭, 문학 평론가다. 최근에는 선배가 문화재단에서 심사위원으로 활동했는데, 책 발간하는 조건으로 6백만 원을 지원하는 사업에 자기 아내를 뽑았다. 가난하다면 그래도 이해할 수 있지만 선배는 부부 교사로 둘 다 연금을 받는다. 6백만 원을 자기 아내에게 준 셈이다. 젊은 작가(선배 나이도 만만치 않지만)들도 이런데, 저 위에서 말한 원로 작가를 어떤 자격으로 비판한단 말인가. 미워하면서 닮아간다는 말이 있다. 우리가 침버캐를 튀기며 욕을 바가지로 한, 문인협회 출신 작가들, 저리 가라다. 후배들은 무엇을 보고 배우라는 말인가. 부끄러운 줄 알라.

언젠가 선배가 책을 내고 나한테 전화했다. 서울에 있는 신문사 문학 담당 기자에게 자기 얘기를 부탁했다. 나는 거절했다. 한 신문사 문화부장은(지금은 그만두었다) Y가 내 시집에 쓴 발문 때문에 호형호제하는 사이가 되었고, 또 한 신문사 기자는 2년 가까이 연재를 할 당시, 내 담당이었다. 신문사 기자들하고 친하게 보일지는 모르나, 기사는 전적으로 기자 마음이다. 자신이 꼴리는 대로 쓰는 법이다. 선배의 청을 못 이겨 들어줬다고 치자, 그 기자나 나나 욕먹는다. 요즘은 그 선배 부부가 책을 안 보낸다. 다행이다. 보내도 읽지 않을 것이다. 안 봐도 뻔하다. 아마추어와 프로의 차이는 하늘과 땅만큼 크다. 아마추어는 이것 아니고도 돼!(살 수 있어), 프로는 이것 아니면 안 돼!(살수 없어) 이거다. 두 분 모두, 처음에는 좋았는데 나이 먹어가며 변했다.

잘못된 옛날 방식을 반복한다는 것은 꼰대나 하는 짓이다. 한국방송공사 아나운서도 민경욱과 고민정이 있듯, 작가회의 안에 작가들이 모두 진보적인 인사는 아니다. 그들은 진보의 탈을 쓴 가짜다. 어쩌면 수구 꼴통들보다 더 나쁜 경우다. 슬픈 현실이지만 인정하자. 나이가 비슷한 작가 최성각 선생의 『나는 오늘도 책을 읽는다』의 한 구절을 반면교사로 들려주고 싶다. "어쩌다 글쟁이가 되었지만, 전에도 지금도 글 따위로 나는 얻을 게 없다고 생각한다. 두려운 일은 글로 인해 '나'를 잃어버리는 일일 것이다. '내'가 담기지 않는 글로 인해 만약 내 삶이 일그러진다면 그보다 어리석은 짓은 없을 것이다."

나는 충남작가회의를 탈퇴하고 말았다. 제발 초심으로 돌아가자.

똥 묻은 멍멍이가 겨 묻은 가이를 나무라는 얘기를 하자. 나는 냄새나는 똥이다. 똥이 무서워서 피하나. 내 약력을 보면, 1960년생으로 되어 있다. 그러나 원래는 1959년 음력 5월 10일이다. 내 국민학교 졸업장이나 상장(상도 받았다)을 보면,

1959년생으로 나와 있다. 언제였나, 내가 공장에서 일을 할 적에, 주민등록 갱신 기간이 있었다. 그때 동사무소에 가서 바뀐 주민등록증을 받은 기억이 선명하다. 내 잘못이 아니다. 그 뒤로 별로 신경 안 썼다. 쥐띠로 되어 있으나, 시골 우리집에서는 어머니가 음력 5월 10일만 되면, 찹쌀밥에 미역국을 끓여주었다. 생일을 잘 쇠어야 나중에 잘된다는 신념이 있었나보다. 그러거나 말거나, 우여곡절 끝에 문단에 나오자 그냥 주민등록증대로 60년생이 되고 말았다. 문단에서는 선배가 계산을 하는 아름다운 풍습이 남아 있는데, 한 살이라도 어려야 술도 얻어먹는다. 그때는 그랬다. 기분이 묘했다. 머리카락이 허옇게 변하면서 원래 내가 가지고 있던 나이를 되찾고 싶어졌다. 올해가 환갑이다. 한 바퀴 돌았다. 솔직히 이렇게 오래 살 줄 몰랐다. 앞으로 내 약력에 1959년생, 돼지띠로 또렷하게 적을 것이다.

나는 MBC 프로그램 〈느낌표〉 선정 작가였다. 살다보니 그렇게 됐다. 오래전 얘기지만 유용주가 떼돈 번 소문이 나, 가족을 포함하여 몇몇 사람들이 달려들어 돈을 내놓으라고 암묵적으로 우는소리를 했다. 출판사에서 10억을 받아가지고 미국 이민을 갔네, 터무니없는 거짓말이 떠돌았다. 어떤 출판사 사장은 수천만 원을 들고 찾아오기도 했다. 그야말로 책을 내면 먼저 주는 선인세인데, 나는 거절했다. 모두 방송의 힘이다. 거품이었다는 얘기다. 나는 잘해야 3쇄 나가는 작가다. 누구보다 자기는 자신이 먼저 알지 않는가. 권정생 선생은 〈느낌표〉 선정 작가를 거부했다. J는 이게 웬 떡이냐고 받았다. 지금까지 팩트는, 16명의 심사위원 중에 한 사람을 겨우 알아냈고, 행사 기간이 끝나고 받은 인세가 서산에서 32평형대 아파트 한 채 값이 내려온게 전부다. 그것도 글을 써서 돈을 번, 평생 한 번 만져볼까 말까 한, 큰돈이었다.

문제는 몇 년 지나자, 약발이 떨어지고 궁해지기 시작했다. '느낌표'가 '말줄임표'가 되었다는 말이다. 한 출판사에서 선인세 천만 원 줄 테니까 산문집을 내자고 했다. 얼쑤 좋다 지화자 계약했다. 〈느낌표〉 선정 작가처럼 대형 서점에서 사인회도 열었다. 베스트셀러에 이름을 올렸지만 그래도 책은 안 나갔다. 신문에 내 이름과 출판사 이름이 떴다. 사재기를 했단다. 불명예도 그런 불명예가 없었다. 서둘러 출판사 사장이 신문과 방송에 나와 사재기는 아니라고 얘기했다. 그러나 한국출판인회의는 사재기가 분명하다고 못을 박았다. 나는 근본 없이 자랐으며, 야학을 끝내고 검정고시 학원 다닐 적에는 대학생인 척했으며, 인물 콤플렉스를 가지고 있으며, 화를 자주 냈으며, 술 마시고 자면서 오줌을 벌벌 쌌으며, 방귀를 가끔 뀌었으며, 사재기를 했으며, 가까운 사람에게 돈을 꾸었다 갚았으며, 음주 운전을 했으며, 나이를 속였으며, 슬쩍슬쩍 훔쳤으며, 출신 성분이나 가방끈 짧은 사실을 과장스럽게 떠벌렸다. 누구보다 비겁했으며, 성실하지 못했다. 나는 뇌출혈로 쓰러졌으며, 이미 죽었다. 무엇보다 잡범이었다. 가진 게 없으니 잃을 것도 없었다. 내가 시골로 들어가 몇 년간 절치부심했던 이유가 여기에 있다. 노가다 출신 시인 중에 거의 나만 남았다. 그동안 자부심 하나로 살았다. 믿지 않겠지만 자기검열에는 누구보다 엄격했다는 고백을 해본다. 〈느낌표〉 외엔, 작품을 가지고 뭐가 되어본 적이 없다. 가슴에 손을 얹고 생각해보자. 베스트셀러 작가는, 사재기는, 모두 출판사 잘못인가. 작가는 몰랐다 하여 잘못이 없는가. 예술은 정직이 생명이다. 칭찬이 되었든 비난이 되었든 모두 한 몸에서 나오는 것 아닌가. 보왕삼매론寶王三昧論을 가슴에 새기며 살자. 『채근담』을 늘 실천하며 살자.

끝으로 팔불출 얘기를 한번 더 해보자. 새참도 없는 고추밭 매기에 품앗이 나선 모양새다. 젊어서 나는 갈 데가 없어 지금은 돌아가신 스승 밑에서 밥을 번 적이 있다. 스승이 마음에 들지 않았지만 굶을 수 없어 할 수 없이 일을 했다. 그 일도 몇 개월 못 가서 때려치우고 결혼해서 동가식서가숙할 때 친구를 만났다. 친구는 학교 선생으로 어엿한 시인이었다. 그런데 바람같이 지나가는 내 말에 친구는 스승에게 작품을 보냈다. 스승은 대기업 홍보팀에서 나와 시 전문 월간지의 주간 일을 하고 있었다. 친구가 보낸 원고 봉투에는 '정진규'란 이름 대신, '정진교'라고 쓰여 있었다. 친구는 당연히 작품이 실리지 않았고 편지에 이름을 들먹거린 나도 삼류 취급을 받았다. 세월이 흘렀다. 어떤 여자 시인이 첫 발간한 책을 보내왔다. 책 사인란에도, 봉투에도 "유영주 시인께", 이렇게 표기되어 있었다. 나는 그 시집을 읽지도 않고 내팽개쳤다. 바닷가를 걸을 때도, 오신 손님은 많았다. 그 가운데 간간이 시인도 끼어 있었는데, 나중에 어떤 시인이 그때를 회상하면서 시를 지어 시집을 엮었다. 거기에 내 이름도 나오는데 "유영주"였다. 아니, 이름도 모르나, 검색하면 금방 알 수 있지 않나, 한심하구나.

내 고향은 장수다. 짐승 한 마리가 귀향했단 소식을 듣고 사과농장과 수경재배로 토마토를 많이 키우는 동창 녀석이 전화를 했다. 장수문인협회에 가입해서 활동하란다. 한 해에 두어 번 작품 발표를 할 수 있고, 시 낭송회나 시화전에 초대한단다. 기분이 소태 먹은 것처럼 썼지만 웃으면서 말했다. 그것은 병장으로 만기제대를 했는데 이등병으로 다시 군대에 입대하는 것과 똑같다고.

나는 수분국민학교를 졸업했다. 장수 출신 시인이 수분령휴게소 간판에 시를 썼다. 구름도 자고 가고 바람도 쉬어 가는 수분령휴게소, 지금도 그 간판을 보면 부끄럽다. 노래 가사를 자기 작품인 양 떡하니 써서 붙였다. 강심장이다. 우리 고향 사람들은 논개를 자주 이용한다. 논개 생가는 관람객이 없어서 그렇지 잘 닦아놨다. 거기 정자에 전두환이 직접 쓴 현판이 있다.

전 장수군수가 예산 문제로 서울에 올라가서 전두환에게 큰절하고(지가 무슨 TK공고를 졸업했다고) 하사받은 이름이다. 결국 예산은 경남 진주로 돌아갔다.

소설을 쓰는 선배가 캐나다에서 돌아가신, 유명한 박상륭 선생이다. 장수문학회 회장이 한 일간지에 기고를 했다. 끝에 고향 선배를 대접한다고 주절거렸는데 유용주를 "고 유용주"로, 박상륭 선생의 데뷔작 제목 '아겔다마'를 '아겔시마'로, 연극 연출가 최창근을 "최창권"으로, 적었다. 이건 실수를 떠나 무식한 거다. 멀쩡히 살아 있는 사람을 죽은 사람으로 만들다니, 그 글도 내가 쓴 글과 또다른 사람이 쓴 글을 눈물겹게 짜깁기했다. 똑같은 글을 다른 매체에도 기고하였다. 한 편의 코미디구나. 그 사람이 정말 박상륭 선생의 훌륭한 작품을 읽었을까? 나이 들면서 청정 지역 고향땅에 묻히려고 왔는데 곳곳에 쓰레깃더미가 널려 있구나.

작가도 인간이기에 유명해지고 싶고, 잘나가고 싶고, 책이 잘 팔리고 싶어한다. 왜 그렇게 자기검열에 느슨한가. 자기에게는 한없이 부드럽다. 인간의 욕망은 한도 끝도 없다. 그러나 작가는 그것을 억제해야 아름답다. 자기검열에서 느슨하면 추해진다. 지저분해진다. 노욕이 추한 거보다 훨씬 보기 안 좋다. 문학은 자기 작업과 현장의 치열한 기록이다. 나 개인적으로는 현장에 가까울수록 작품이 더 좋고 빛난다. 실천하지 않는 문학은 가

짜에 가깝다. 그러나 작가들 모두 광장에 설 수는 없다. 그러면 적어도 거짓말은 하지 말자. 거짓으로 살지 말자. 하루 또 하루 반성하고 겸손해지자. 명천 이문구 선생은 죽음을 앞에 두고(이문구 선생은 대천 앞바다에서 나오는 생선회를 안 드셨다. 작은언니가 그곳에서 가마니에 묶여 산 채로 수장당했기 때문이다) 선생 이름으로 문학상 만들지 말 것이며, 선생 이름으로 문학비를 세우지 말라, 이렇게 말씀하셨다. 이거 어려운 약속이다. 시인이 살아 있으면서 스스로 문학비 세우는 거 많이 봐왔다. 문학상 좀 안 받으면 어떠냐. 상은 받으면 좋지만, 그것도 끼리끼리 해먹는다. 문학을 하면서 상 안 받는 것이 상 받는 거다. 오히려 상 안 받고 떳떳하게 문학하는 이들이 많다. 나는 이런 분들을 존경한다. 알아주지 않으면 할 수 없고(속으로 분을 삭인다), 알아주면 고맙고, 뭐, 그렇다. 우리 좀 초연해지자. 외로움을 재산으로 가지자. 외로움에 지면 좋은 작품 못 쓴다. 남을 위해 문학을 하지는 않잖아. 후손들을 위해 이름 없이, 아름답게 사라지자. 살아 있을 적에 미당을 꾸짖은 피천득의 말씀을 인용한다. "작가는 인격이나 인품이 먼저 되어야 합니다. 또 문학하는 사람들은 자기가 가진 물건은 다 버려도 자기를 버려서는 안 됩니다."

소설가 S에 대해선 말하고 싶지 않지만, 솔직담백했으면 좋겠다. 비겁하게 문학 속으로 숨지 말고, 그냥 표절해서 죄송하다, 다시는 하지 않겠다, 그러면 나머지는 독자가 판단한다. 구질구질하게 변명하지 말았으면 좋겠다.

덧붙이는 말: 1980년 5월 광주를 피로 진압한 악마 전두환은, 돌아가신 조비오 신부를 능멸한 혐의로, 2019년 3월 11일, 갖은 꼼수를 부린 다음, 광주지방법원에 얼굴을 드러냈다. 그는 발포 명령을 내렸냐고 묻는 기자의 질문에 "이서 왜 이래!" 왈칵 짜증을 내는 것이었다. 어디서 많이 본 모습이다. 그는 '골목성명'을 발표할 때처럼 기세등등했다. 생각하는 것도, 뻔뻔함도 아베와 일본 우익을 닮았다. 절대 사죄 안 한다. 자유한국당 민경욱 대변인도 이날, 공식 논평을 내놨다. 전두환이 법원에 출두한 계기로 세간의 의혹이 말끔히 해소되기를 바란다고. 지나가는 소가 웃을 일이다. 욕을 많이 먹으면 오래 산다? 이 말들은 정확히 어불성설이고 적반하장이다.

3월 14일, 부패와 탐욕의 대상인 자유한국당 나경원이가 한 말을 들어보자. 반민특위로 국민이 분열했던 것을 기억할 것이다. 아니, 뭐 하자는 개수작이냐. 반민족행위특별조사위원회는 일제강점기 때, 친일을 했거나 일제 앞잡이를 했던 인사들에게 부역했던 부끄러운 역사를 민족의 이름으로 반성하고 회개하라고 명령했다. 뭐가 국민을 분열시켰느냐. 너는 어느 나라 사람이냐. 반민특위를 무력화하고 해산한 사람이 이승만이었다. 나라의 독립을 위해서 하나밖에 없는 몸을 바친 사람들은 참혹한 고문을 받고, 잔혹한 성고문을 받고, 생체실험까지 받은 다음에야 죽었다. 친일을 하면 삼대가 떵떵거리고 독립운동을 하면 삼대가 쫄딱 망하는 시대를 살고 있다. 다시 한번 말한다. 누가 국민을 분열시켰느냐. 나경원이는 문제가 커지자 '반문특위'였다고 졸렬하게 궤변을 늘어놓았다. 스스로 무식한 걸 고백했구나. 한마디로 거짓말이다. 이승만, 박정희, 전두환, 노태우, 이명박, 박근혜가 정권을 잡을 때는 야만의 세월이었다. 총칼을 앞세워 정권을 탈취한 걸 알면서도 묵인, 방조했거나 투표로 뽑아준 사람들은 반성해야 한다.

같은 날 밤, JTBC 방송 〈스포트라이트〉에서, 1980년 5월 미군 정보부대에서 근무한 김용장 씨가 증언을 하였는데, 5월 21일 전두환이 헬기를 타고 광주에 내려왔다는 사실이다. 그를 맞이한 건, 육군특수전사령부 사령관 정호용과 505보안부대장 이재우 대령이었다. 이건 굉장히 중요한 사건이다. 전두환이 올라가고 나서 바로 사살 명령이 내려졌기 때문이다. 또한 국군광주통합병원에서 보일러실 소각로가 작동되었다고 한다. 이런 천인공노할 일이 있나. 어쩐지 행방불명자가 많더라. 암매장 추정 땅을 파보았지만 시신이 안 나온 이유가 증명이 되었다. 나치 히틀러와 판박이다. 전두환에게 광주는, 아우슈비츠였다. 간에 붙었다 쓸개에 붙었다 하는 미국은 얘기하지 말자. 나는 한 번도 미국을 믿은 적이 없다. 중국이나 러시아도 마찬가지다. 그때나 지금이나 광주의 오월은 현재진행형이고 여전히 통곡하고 있다.

3월 20일, 전두환이 얼마나 거짓말을 하고 있는지, 국방부 공식 문건에서 확인하였다. 80년 5월, 기관총으로 47명이 사살되었다. 그들의 입으로, 그들의 서류로, 광주 시민을 폭도로 규정하고 47명을 기관총으로 사살하였다. 또 장세동은 광주에서 일주일간 머물렀다. 전두환 똘마니들은 여전히 헛소리를 지껄이고 있다. 아니 땐 굴뚝에 연기 날까. 하늘이 알고 피해자가 알고 곁에 있는 사람이 안다. 이것만으로도 전두환은 사형감이다. 이런 사람에게 축시를 써주고 큰절을 하다니! 전두환만 보면 썩은 냄새가 진동을 한다. 그가 죽인 사람들의 냄새다.

4월 8일, 연합뉴스를 보면, 5·18 당시 공군 수송기로 시체를 옮기는 기록이 나왔다. 80년 5월 25일, 김해에서 수송기로 의약품과 수리 부속품을 광주에 내려놓고 다시 김해로 돌아가면서 시체를 싣고 간 사실이 드러났다. 보통 군 수송기가 군인 사망자를 실으면, 영현이라고 높여 부르는데, 시체라고 기록한 것은 행방불명자를 가리키는 것이 아닌가라는 분석에 무게가 실리고 있다. 5월 24일 전에 공식 행불자는 69명이었다.

전두환은 고 조비오 신부를 파렴치한 거짓말쟁이라고 한 것은 문학적인 표현이라고 말해, 모든 문학하는 사람들을 모독했다.

4월 12일, 미국 국방부에서 해제된 기밀문서를 보면, 외국에, 특히 일본 언론에 공수부대가 광주 시민을 잔인하게 폭행하는 사진이 실리자 전두환은 시민이 계엄군을 구타하는 장면이 들어간 사진을 확보하라고 명령했다. 그러나 그런 사실은 없었고 당연히 사진도 없었다.

4월 24일, JTBC 보도에 따르면, 1980년 5월 21일 국방부 상황 일지에 11공수특전여단이 광주 시민을 기관총으로 사살하는 장면이 그대로 나온다. 대대장은 시민을 사살해 시범을 보였다. 이것으로 시민군이 계엄군을 공격해 자위권 차원에서 발포했다는 말은 거짓임이 밝혀졌다. 이 사실이 드러날까 봐 두려운 나머지 삭제하기까지 했다. 전두환은 손가락으로 하늘을 가리고 거짓말을 밥 먹듯이 하고 있다.

5월 13일, 김용장과 국군보안사령부 특명부장을 지낸 허장환의 국회 기자회견을 보면, 20~30명으로 구성된 편의대便衣隊가 나온다. 편의대는 남한의 특수부대가 시민처럼 위장해서 시민군에 가담한 사람들을 말한다(부마항쟁 때 참여한 편의대 요원의 양심선언도 있었다). 북한 특수부대는 내려올 수 없는 구조였다. 다수의 공수부대원들의 양심선언에 의하면 헬기 사격이 있었으며, 장갑차가 후진하면서 계엄군이 깔려 죽은 사실도 왜곡하여, 그 탓을 시민군으로 위장하기까지 하였다. 주남마을과 송암동에서 오인 사격 끝에 공수부대원이 숨지자, 무고한 시민들을 끌고 가 사살한 사람들도 특전사 부대원들이었다.

5월 15일, 연합뉴스에 의하면, 1980년 5월 23일 진종채 2군 사령관이 충정작전(광주를 피로 진압한 작전)을 보고하자, '각하께서 굿 아이디어'라고 칭찬했다는 기록이 있다. 여기서 각하는 전두환이다.

같은 날, KBS 보도를 보면, 경기도 하남 31항공단에서 코브라 헬기 2대와 500MD 1대가 광주로 출동해 탄약 5백 발을 쐈다고 당시, 탄약 관리를 맡았던 최종호 하사가 말했다. 전쟁도 아닌 상태에서 고폭탄을 사용한 전두환, 그것도 헬기에서 자국의 국민들을 조준해 죽인 전두환, 이럴 수 있는가. 전두환은 사람이 아니다.

5월 16일, JTBC 〈뉴스룸〉 보도를 보면, 공군본부 706보안부대장 운전병 오원기가 나와 오전 일찍 전두환이 공군 헬기를 타고 어디론가 떠나는 장면을 봤다고 털어놨다. 수행원도, 경호원도 없이 혼자였다. 그렇게 기밀을, 보안을 중시했다. 열 명 안팎의 입만 봉하면 영원할 줄 알았나보다. 이 사실은, 김용장이 본, 제1전투비행장을 통해 광주에 도착한 시간과 기가 막히게 맞아떨어진다. 그 외에도 전두환이 광주에 왔다는 증언은 차고 넘친다. 또한, 김동환 국과수 총기안전실장 발언에 따르면, 전일빌딩에 헬기 사격이 있었다. 각도와 탄흔으로 볼 때, M60 기관총이 유력하다고 말했다. 이날, 광주 YMCA와 전남도청 민원실

지하에 M203 유탄발사기와 스턴 수류탄이 쓰였다. 스턴 수류탄은 국내에서 처음 사용한 신무기였다. 11공수는 시민들의 죽음을 통해 신무기 성능시험을 한 것이다.

그날 저녁, 〈스포트라이트〉에서는 편의대 역할을 증명한 은희백 중사가 나온다. 그는 특전사 출신 606부대원이었다. 가발을 쓰고, 얼굴이 새까만, 넝마주이 같은, 사람들이었다. 대부분 이십 대 중반에서 삼십 대 초반 대한민국 군인들이었다. 이런 부대원이 30~50명씩 시민군에 섞여 유언비어를 유포하고, 북한 특수군이 내려왔다고, 극렬 시위를 부추겼다. 이 외에도 장갑차 탈취조, 무기고 습격조를 운용했다. 미 대사관 무관 제임스 영 증언을 들으면, 80년 5월 당시, 북한군 동향은 특이한 점이 없었다. 헌틀리 목사 부부도 이 사실을 뒷받침한다. 모든 것이 전두환 집권을 위한, 잘 짜인 시나리오였다. 이러고도 정의구현 사회를 외칠 자격이 있는가.

1980년 5월, 광주 상무대에서 통신병으로 근무한 박수철이 2019년 5월 18일, 양심고백을 했는데, 2군사령관 진종채가 암호로 말했다. 시민군을 폭도로 규정하고 접근하면 하복부를 쏘아서 제압하라. 이건 전두환의 사살 명령에 의한 말이다.

2019년 6월 11일 MBN 보도에 따르면 "로켓포를 쏴서라도 때려라" 하는 국방부 문건이 발견되었으며, JTBC 〈뉴스룸〉을 보면, 헌혈하러 줄을 서던 시민들을 향해 헬기 사격을 가하는 전두환 계엄군이 나온다. 이건 어떻게 설명해도 말이 안 나온다.

전두환은 2019년 11월 8일 강원도 홍천에서 골프를 치다가 서대문구 구의원한테 걸렸다. 알츠하이머로 광주 법원에도 출두할 수가 없다고 한 그다. 그는 90을 바라보는 나이에도 말하는 투나 신체적 특성 또한 정정하기가 이를 데 없었다. 그는 광주학살에도, 안 낸 세금에도 오리발을 내밀었다. 전두환은 입만 열면 거짓말이다. 그런 전두환을 지만원은 영웅이라고 치켜세우고, 이종명은 광주민주화운동을 폭동이라고 한다. 김대중과 전라도 사람들은 아무 죄가 없다. 순한 게 죄냐. 어디서 많이 본 장면이다. 일본 아베와 자유한국당 수준의 인식이다. 우리는 그런 나라에서 살고 있다.

2019년 12월 12일 목요일, 전두환은 강남의 한 유명 식당에서 한 사람당 20만 원에 이르는 고급 요리로 점심을 즐겼다. 나는 환갑이 넘도록 살아오면서 샥스핀을 한 번도 먹어보지 못했다. 전두환은 와인도 마셨다. 술에 취해 있었다. 일행 중에 어떤 여자는 진실을 말하는 임한솔 씨의 입을 틀어막기도 했다. 메뉴판에 없는 특별 요리도 시켜 먹었다. 12·12쿠데타를 자축하는 자리다. 어떤 목사와(그는 진정한 목사가 아니다) 정호용, 최세창 등이 참석했다. 사람들은 40년 전, 무슨 일이 일어났는지 똑똑히 기억하고 있다. 우리는 일제에 협력한 친일 인사를 단죄하지 못했고 군사쿠데타 세력을 단죄하지 못했다. 그래서 이 모양이 꼴로 살고 있다. 대통령의 사면권은 누구를 위한 것이냐. 독일은 폴란드에 대한 사죄를 지금도 계속하고 있다. 무릎을 꿇는다. 우리는 금방 잊는다. 심지어 전두환 살인마 세력을 두둔하고 표를 주는 사람이 있다. 전두환도 그 지지자들도 우리와 똑같이 생긴 한국 사람이다. 황교안을 봐라. 김진태, 김순례, 이종명을 봐라. 김문수를 봐라. 전광훈을 봐라. 차명진을 봐라. 주옥순을 똑바로 봐라. 얼마나 불행한 일인가. 후안무치다. 이건 아니다. 아닌 것은 아닌 것이다(전두환은 2021년 11월에 아무런 사과 없이 죽었다).

　이런 시대에 백성들은 타락한, 비루하고 황폐한 작가들을 바라보고 있다. 치를 떨면서 바라보고 있다. 아인슈타인이 말했다. "이 세상에 무한한 것이 두 가지 있으니, 하나는 우주요 다른 하나는 인간의 어리석음이다." ☾

작가는 무엇으로 사는가 2

나는 2018년 1월부터 2020년 1월까지 한국작가회의 자유실 천위원장을 맡았다. 집행부에 있다보니 별별 꼴을 다 겪었는데, '웃픈' 일이다. 내가 자실위원장을 맡을 때는 문단 성폭력을 거 쳐, '미투운동'이 거센 바람을 일으키고 있었다. G, P, L, M, 모두 가 우리 작가회의 회원이었다. L은 〈현대시학〉으로 등단한 어엿 한 시인으로 주옥같은 문학평론을 써서 세인의 이목을 집중시 킨 이력이 있다. 연극으로 뜨기 전에, 이미 시인으로 문학평론 가로 유명했다. L은 회비도 안 내고, 활동한 전력도 없어 제명 하는 데 수월했다. 문제는 G였다. 상임고문인데다가 G를 옹호 하는 사람들이 여럿 있었다. G는 우리가 제명하기도 전에, 이 미 탈퇴를 하고 말았다. 그런데도 G를 제명하는 데 몇 시간이 걸렸다. G는 팔순이 한참 지난 노인이다. 노인은 사라지는 법이다. 젊은 작가들에게 양보하고 물러나야 한다. 이것이 세대교체다. 노을이 아름다운 이유가 여기 있다. 그런데 G는 문단 한가운데 있고 싶어했다. 그 욕심이 그를 이렇게 만들었다. 사라져도 작품은 남아 있지 않는가. 참노래는 사라지지 않는다. M은 징역 8년을 받았으며, G를 비판한 J는 법원에서 벌금 천만 원을 선고받았다. 간단한 일을 어렵게 처리하는 곳이 문단이다.

가서 보니 생각보다 난장판이었다. 돌아가신 명천 선생께서 "작가회의가 암덩어리여" 하신 말씀이 장난이 아니었다. 사무총장은 건배사가 "작가회의 망하자"였다. 전에 자유실천위원회를 책임졌던 사람이 전화를 했다. 자기가 책을 내는데 약력란에 자유실천위원장이라고 쓰고 싶단다. 나는 대수롭지 않게 쓰라고 했다. 그런데 위원장은 유용주 아닌가. 이상해서 사무총장에게 얘기를 했다. 사무총장은 정 쓰고 싶으면 앞에다 '(전)' 자를 넣고 사용하라고 했다. 역시, 현명하고만.

일 년에 한 번 하는 총회 때 보니까 말이 많았다. 점잖은 이시백과 홍기돈이 그렇게 크게 화내는 모습을 처음 본다. 결론은 우리도 직선제를 하잖다. 좋은 의견이다. 그동안은 사무총장도 이사장도 간선제였다. 중요한 사실은, 직선제를 하려면 정관을 바꾸어야 하는데, 정관을 바꾸려면 많은 돈이 들어간다는 데 있었다. 작가회의는 돈이 없다. 회원들의 회비로 살림살이를 한다. DJ 정권 때, 김우중이 기부한 몇억 원이 있었다. 아쉬운

대로 곶감 빼먹듯 야곰야곰 빼내어 쓰고 현재, 3억 얼마가 남았는데, 그 돈도 임대비로 헐어 써야만 하는 저간의 사정이 있었다. 임대비는 어떻게든 해결해야 한다. 3억 얼마를 주고 빌라를 사서 임대를 주자는 의견도 나왔다. 여러분도 잘 아시다시피 서울에서 3억 주고 살 빌라는 흔치 않다. 고육책이다. 임대비를 줄이려면 공짜로 써야 하는데 서울에서 공짜로 사용힐 수 있는 건물은 없다. 방법이 전혀 없는 것은 아니다. '근대문학관'으로 들어가면 된다. 그러나 근대문학관은 어디에다 지을까 장소만 확정되었지, 언제 건물이 올라가고, 언제 준공이 될지, 하세월이다. 인건비(사무처 직원들의 월급)를 빚내어 안 쓴 게 천만다행이었다. 그런데 직선제를 요구하는 사람들은 우리가(주류?) 마치 민주주의를 역행하고 있다고 생각한다. 벼룩의 간을 빼 먹지, 우리가 뻔히 알면서도 민주주의를 역행해 간선제를 했겠나.

박 모, 김 모, 다른 박 모, 이 모 회원과 이름을 처음 들어보는 여성 회원이 주장했다. 집행부가 몰래 이사장도 뽑고, 사무총장도 미리 내락해놓은 상태에서 회원들에게 통고만 한단다. 각 분과위원장이나 지회장들은 사무총장과 가까운 사람들을 포진시킨단다. 그동안은 할 수 없이 그렇게 했다. 나이순으로 봉사 정신을 강조하다보니 생긴 일이었다. 무슨 이권이나 권력이 없었다. 그러나 회원이 2천 명이 넘는 방대한 조직이다보니 말이 많았다. 위에서 들먹인 사람들이 하는 말은, 작가회의가 자신들에게 해준 게 뭐냐는 항변이었다. 해준 게 없다. 사실이다. 뭘 바라고 회원 가입 했나. 먹고살기에도 바빴다. 정의와 진실에 반대하는 정권하고 싸우는 데에도 힘이 달렸다. 작가회의는 회보와 기관지를 발행하는데 회보 필자는 20여 명, 기관지 필자는 50여 명 정도 된다. 한번 회보에 이름을 올리려면 10년 넘게 기다려야 하고, 한번 기관지에 작품을 발표하려면(기관지는 계간지다) 그 또한 10년 넘게 기다려야 한다. 그런데 무슨 권력이고 이권인가. 각종 백일장이나 심사, 모두 기부한다. 한심한지고. 집행부가 무슨 대단한 권력을 행사한다고 그러냐.

예술원 회원 문제도 그렇다. 나는 사실 예술원 회원 제도가 있고, 그렇게 많은 월급을 받는다는 사실도 몰랐다. 우리 작가회의 대선배가 얘기해서 알았다. 그 선배는 자유실천위원회가 그 문제를 제기했으면 좋겠다는 말을 했다. 선배가 예술원 회원이 마음에 들지 않으면 비판하면 될 거 아닌가. 한국작가회의 원로 회원 몇 분은 예술원 회원이다. 그들이 대한민국 예술 발전을 위해 무슨 기여를 했는지 도통 모르겠다. 나는 사무총장과 협의하여 내키지 않는 글을 썼다. 선배는 손 안 대고 코를 푼 형국이다. 내게 돌아온 것은 유명한 문학상 최종 후보에서 떨어진 사실이다. 최종 심사는 예술원 회원이 봤다.

작가회의 행사가 끝나면 뒤풀이를 하는데, 직업이 있거나 돈이 그런대로 많은 회원이 독박을 쓴다. 그것도 여의치 않으면

모자를 돌린다. 따로 뒤풀이 비용이 작가회의에는 없다는 말씀
이다. 모자를 돌릴 때에도 선배가 많이 내고 후배들은 적게 낸
다. 출판사들이 어려워 후원금도 없다. 특별회비나 기부금은 여
러 행사에 쓴다. 그러고도 항상 모자란다. 선배들이 후배에게
주는 '내일을 여는 작가상'이 있는데 그것도 돈이 없어 두 사람
주다가 한 사람으로 줄였다. 젊은작가포럼이 선배에게 주는 '아
름다운 작가상'은 상금이 없다. 지금 3억 얼마가 남아 있다는데
그것도 적은 돈이다. 돈이라면 30억 원, 3백억 원 정도 있어야
뭐 돈 좀 있는 단체라 할 것이다. 올해 자유실천위원회 예산이
3백만 원 책정되었다. 나는 그 10분의 1인 30만 원도 조심스럽
게 쓴다. 돈이 없는 작가회의를 위해 최소한도만 지출한다. 그것
도 고공농성하는 비정규직 노동자를 위한 문화제에서 가수를
초청한 금액이었다. 나머지 시 낭송은 재능기부다. 그런데 총회
에서 박 아무개가 자유실천위원회 예산이 너무 적다고 7백 올
려 최소한 천만 원은 되어야 하지 않겠냐고 선심성 발언을 하
였다. 그 사실을 김 아무개가 끄집어내며 3백을 천으로 올려주
었는데 얼마나 고마운 일이냐며 입 버캐를 튀긴다. 고마운 말
이지만 사양하겠다. 작가회의 살림을 보면 3백도 과분하다. 거
지 같은 살림에 보태주지는 못할망정, 말 인심이 그렇게 좋냐.
입보다 행동으로 책임과 의무를 다했으면 좋겠다.

한국 문단을 보면 쓰레기들이 많다. 무슨 작가냐. 청소차가

제격이다. '민족문학작가연합'이 있다. 한국작가회의 전신이 '민족문학작가회의'였다. 민족을 떼어낼 때도 얼마나 말이 많았나. '한국작가회'도 있다. 아무리 작가 단체지만 해도 해도 너무한 거 아니냐. 동네 양아치도 금도가 있는 법이다. 또 민족문학작가연합 안에 '민족문학연구회'가 최근 발족했다. 한국작가회의 안에 민족문학연구소가 버젓이 있는데도 말이다. 민족문학작가연합 소속 회원 대부분이 한국작가회의 회원들이다. 그 유명한 민족문제연구소도 활발하게 활동하고 있다. 나는 임종국 선생이 쓰신『친일문학론』을 교주본까지 구해 신줏단지 모시듯 읽고 또 읽고 있다. 이런 가이들이 버젓이 작가라는 타이틀을 걸고 살아 있는 현실이다.

민족문학작가연합 소속 선배(선배라 부르기 싫음)가 3·1운동 100주년 기념 시집을 낸다고 동참하란다. 임시정부 선생님 중에 한 분을 주제로 시를 쓰란다. 나는 그 자리에서 거절했다. 나는 단 한 번도 행사시를 써본 적이 없다. 야학 시절, 선생님이 국립대 교수로 퇴직할 당시에도 축시를 거절했으며, 잘 아는 사람 자식을 예울 때에도 모든 시 낭송을 거절했으며, 국민학교 동창이 지방공무원 퇴임할 때에도 답사를 거절했다. 왜 교장 훈화하면 아이들이 쓰러지고, 주례사 하면 갈비탕이 생각나는가. 좋은 말만 골라 하기 때문이다. 늘 남들이 쓰는 말이다. 자기 생각이 없다. 상식의 진부함이다. 3·1절 기념시를 못 쓴다

하니까 선배는 의절 운운한다. 고마운 일이다. 그 사람은 청주가 집인데, 서산 집에 오려면 꼭 본다. 강남터미널 고속버스가 서산 바로 옆에 청주이기 때문이다. 우리 작가회의 행사가 열리는 날이나, 광장에서 집회가 열리는 날이면 어김없이 신문을 보고 앉아 있는 그를 본다. 나는 한 번도 아는 척을 안 했다. 속이 좁기도 했지만, 꼭 똥 밟는 기분이다. 가능한 모든 작가들과 의절하고 싶다. 임기가 끝나면 문단 일을 끊고 살아가련다. 작가회의도 탈퇴하고 싶다. 작가라면 넌덜머리가 난다. 무엇보다 나이들면서 말보다 실천하면서 살자.

　내 꿈은 조용히 사라지는 것이다. 최근에 『장일순 평전』을 읽고 있는데, 돼지는 살이 찌는 것을 두려워해야 하고 사람은 이름나는 것을 두려워해야 한다고 쓰여 있었다. 나는 탄복을 했다. 돼지는 살이 찌면 잡아먹히고 사람은 허명에 휘둘리면 자기 자신이 없어진다. 한국작가회의를 흔드는 세력들에게 들려주고 싶은 말이다. 그 알량한 권력에, 그 하찮은 이권에 눈을 돌리다니, 부끄럽지 않으냐. 다 욕심 아니냐. 그러고도 글을 쓰는 사람이냐. 슬프구나. ☾

3부

섬으로 부치는 편지

고향 생각

장수는 안개의 고장이다. 내 고향은 장수 번암면 아랫다리골이다. 일명 '삼천'이라고 하는데 또랑이 세 개나 흐른다. 웃다리골(작년에 웃다리골 산사태로 두 분이 돌아가셨다)은 한 개. 집집마다다리를 건너야 갈 수 있어 다리골이라 했다. 이 얼마나 시적인가. '사이먼과 가펑클' 노래 〈험한 세상에 다리가 되어〉도 있잖은가. 우리 집 마당에 고라니가 뛰어놀고 멧돼지가 온다. 절대나를 안 건드린다. 문중이라고, 친척이라고. 멧돼지도 새끼 때는얼마나 이쁜지, 알록달록하다. 오소리, 너구리, 담부는 가끔 본다. 뱀과 까치, 까마귀, 다람쥐는 자주 본다. 나는 수분국민학교13회 졸업생이다. 학교림 전국 최우수학교였다. 뒷산이 신무산이고 금강이 발원하는 뜬봉샘이 있다. 내 이메일 주소가 신무산을 영어로 쓴 것이다. 수분리는 원래 '물뿌렝이마을'이었다. 물의 뿌리. 사진작가 강운구가 70년대 수분리에 홀딱 반해 마을 삼부작에 수분리를 담기도 했다. 어떤 주정뱅이가 수분리 주막에서 술을 먹고 소피가 마려워 오줌을 싸는데, 오줌 줄기 하나는 북쪽으로 흘러서 금강이 되고 하나는 남쪽으로 흘러서 섬진강이 되었다는, 수분리 전설이 내려오기도 한다. 풀어서 얘기한다면 '물 수'水에 '갈라질 분'分 자를 써서 수분리라 불렀나.

논개가 태어난 곳(논개 생가에는 '관석정'이라는 현판이 전두환 글씨로 쓰여 있는데 유 아무개를 비롯, 뜻있는 사람들이 힘을 합쳐 철거했음), 친일을 한 김은호가 그린 논개 초상이 걸려 있던 논개 사당이 있어 해마다 논개제가 열리는 곳. 이경해 열사가 멕시코 칸쿤에서 배를 갈라 자결한 사건을 기억할 것이다. 농민운동가 이경해는 열사 칭호를 얻었지만 당시 대학을 다니던 두 딸은 어떤 심정이었을까.

지독하게 추운 곳이기도 하다. 기온이 한겨울에는 영하 24도까지 내려간다. 뉴스에 자주 나온다. 나는 쓰러지기 전, 사철 반바지를 입고 다녔는데, 읍내 터미널에서 늙은 할마씨들이 두꺼운 파카를 입고 안 춥소? 물어보면, 저, 철이 없어 그래요. 할아버지들은 아따, 시원하겠다, 짐짓 눈 내리는 바깥을 쳐다보았다. 강원도 철원, 경기도 파주와 기온이 비슷하다. 내가 사는 동네는 읍내보다 2도 정도 낮다. 혹자는 "아니 아랫녘인데 왜 그래?" 할지 모르나, 팔공산이 1,100이 넘고 장안산이 1,200이 넘는다. 남장수가 1,507미터이고 향적봉은 1,614미터이다. 도로가 해발 5백이 넘는 곳이 많고, 무주에 가면 도로가 해발 8백이 넘는다. 강원도와 똑같다. 무주, 진안, 장수를 합쳐 '무진장'이라고 부른다.

특산품으로는 장수사과가 유명하다, 우리 동네도 네 가구가 사과농장을 하고 있다. 큰 일교차로 달고 맛있다. 서울 유명 백화점에서 고가로 팔린다. 어떤 교수는 장수의 공기가 다르다고 평가한다. 토마토, 한우, 오미자가 유명하다. 오미자는 문경에서 묘목을 사러 온다. 장수 홍보관은 내가 말한 특산품을 전시한다. 그중에는 박상륭 선생님 원고도(4주기 추모식은 광명에서 동명 스님 집도 아래 거행되었다. 사모님은 건강 문제로 불참하셨다. 3주기 때, 북한산 중흥사를 내려오면서 사모님께 장수군에서 원고를 달라면 "복사본을 주십시오"라고 말씀드렸다. 모든 원고와 자료는 조명 시인이 가지고 있다. 다행이다. '박상륭상'은 1년에 천만 원씩 준다. 동명 스님, 함성호, 김진수, 인하대 김진석 교수가 힘을 쏟고 있다) 있다. 선생님은 노곡리 출신이다. 장수국민학교, 장수중학교, 장수농고를 졸업하셨다. 9남매 중 막내로 태어나셨다. 조카들 중에는 원불교 교무가 다섯 명 있다고 들었다. 교무 중에 한 명인 박창선은 시인이기도 하다.

노곡리는 장안산 줄기가 병풍처럼 감싸고 있는, 전형적인 달걀노른자 형국이다. 사과 주산지다. 내가 〈경향신문〉 1면에다 한국이 노벨문학상을 탄다면, 박경리나 황석영, 고은이 아닌, 류 선생이(장수문협 고 아무개 회장이 한 지역 일간지에 독자 투고를 했다. 박상륭 선생님을 고향 선배로 생각한다, 뭐 이런 이야기다. 거기에 유 아무개를 고 유 아무개로, 내 친구 연극 연출가 최창근을 최창권으로 썼다. 편집국장에게 항의했다. 나는 멀쩡하게 살아 있다고, 그 내용이라는 것이 유 아무개 산문을 그대로 짜깁기했는데, 내용은 그렇다 쳐도, 사실을 잘 알고 써야 하지 않겠나. 고 아무개가 류 선생 작품을 읽어봤겠나. 다음 날 한 지역 일간지 독자 투고란에 똑같이 실렸다. 다시 항의했다. 이미 종이신문은 나왔으니, 인터넷판에서 수정한다나) 받아야 한다고 역설했지만, 정작 선생님 꿈은 대통령이었다. "거, 유 선생, 남자로 태어났으면 한 나라를 경영해봐야죠, 허허." 동의를 못 하지만, 선생님이 롤 모델로 존경했던 사람은 박정희였다. 지금도 가끔 문예창작과 학생들이 온다. 옛날 집과 터는 없어졌다. 안타깝게도 장수 사람들은 박상륭이 누군지 모른다. 그러니 '박상륭문학관'은 요원하다. 없어도 좋다. 책은 영원하니까. 출판사 '내일을여는책'이 송학골에 있다. 사장 김완중은 소설 쓰는 김한수 친구다.

시를 쓰는 장철문은 나하고 면面도 똑같다. 그는 노단리, 나는 교동리. 강형철 형님 말씀에 따르면 철문이 형이 보통 문인보다 훨씬 뛰어난 작가였단다. 일찍 돌아가셨다. 맹장猛將 밑에 약졸弱卒 없다고 철문이는 형의 피를 이어받아 뛰어난 시를 쓰나보다. 비행기재를 넘어 산서는 한덩치 하는 윤석정이 태어난 곳이다. 내가 젊었을 때, 한동네 불알친구 완수하고 두 시간 걸어 산서 가서 막걸리 두 되 마시고 다시 두 시간 걸어올 정도로 산서 막걸리는 유명하다. 지금도 자매반점 짬뽕은 산서의 대명사다. 왜 비행기재냐 하면 비행기 탄 것처럼 어지럽다는 이유에서다. 그만큼 높다는 것이다.

　보통 싱겁게 말을 하면 '말이여 막걸리여', 하잖는가? 걸어서 터미널 가고 있는데 군 청사에 커다랗게 플래카드가 걸려 있었다. 말 특구 지정 국비 얼마 확보, 무슨 말이여, 나도 평생 언어를 연구한 사람인디. 아하, 승마장이 있지. 장수 마사고등학교도 있다. 말馬과 막걸리가 풍성한 곳이 장수 땅이다. 계속 이어서, 안도현이 복직해서 처음으로 근무한 곳이 산서중고등학교다. 정철훈 외갓집이 산서다. 정철훈 절반은 산서 사람이다. 육십령은 요즘 한창 뜨고 있는 박일만을 배출했다. 왜 육십령이냐, 하도 산적이 많아 60명은 모여야 고개를 넘을 수 있다 하여 붙은 고개 이름이다. 육십령을 넘으면 바로 경상남도다. 명덕리에는 「똥」을 쓴 머시기가 산다. 한때 낙양의 지가를 올린, 장편소설 『단』을 쓴 김정빈도 장수농고를 나왔다. 내가 가장 싫어하는 〈조선일보〉 논설위원 이규태도 장수 사람이다. 청소년수련관에 가면 이규태가 평소에 쓴 원고, 안경, 만년필, 도장 등이 진열되어 있는데, 철거하라고 항의하자 관계자 말이 장수를 빛

낸 인물이란다. 황희 정승도 장수 황씨 시조로 농협 뒤에 동상이 있다. 황희와 장수라, 무슨 관계가 있겠냐. 장수를 홍보하려는 고육지책을 대변해준다. 문협을 빼더라도 인구 대비, 문인을 많이 배출한 곳이 장수다. 인구가 2만 조금 넘는다. 군청, 경찰서, 보건소, 교육지원청, 의료원, 전북축산물연구센터, 농업기술센터, 한농연수원, 한전, KT. 공무원들은 전주에서 출퇴근한다. 상주인구 만 8천 정도.

현대문학사를 인수한 김광수도 마찬가지. 김광수는 국정교과서로 떼돈을 벌었다. 양숙진은 김광수 며느리다. 정세균은 진안 사람이지만 장수가 고향 이상이다. 언젠가 수남에서 사과농장을 하는 친구 정철성에게 전화했다. 읍내 나가서 한잔하자고. 남원에서 정세균 국회의장하고 술 마시고 있단다. 국회의장과 너하고 무슨 상관이냐, 물었더니 압해 정씨 가문이란다. 하긴, 유 아무개도 이낙연 국무총리랑 나란히 앉아 영화를 보고 토크를 한 적이 있다. 철성인 키순으로 앉은 학교에서 3번이었다. 1번 한규동에게 이 코딱지만한 새끼야 하고 코를 흘렸지만 내가 보기엔 둘 다 도토리 키 재기다.

지금부터 자만 모드로 전환하겠다. 장수 경찰서장을 했던 중섭이(시인 주병율하고 친함)는 어려서부터 키가 컸다. 외대 독어과를 나왔다. 은퇴한 다음에 개정리 옛터에다 집을 지었다. 장수경찰서 직원들은 할일이 거의 없다. 인구가 적으니 사건이 없다. 유치장에 몇 번이나 백기가 올라갔다. 경찰서 직원들이 한적한 19번 국도 옆에 차를 대고 낮잠을 즐기고 있을 때, 삐뚤빼뚤 경운기를 몰고 가는 노인네를 발견했다.

"어르신 어디 사셔요?"

"나? 용계 살어."

"제가 모셔다드릴게요."

경찰은 경운기를 몰고, 동료는 비상 깜빡이를 켜고 뒤따르는 풍경이 아름답다. 경운기를 몰고 읍내 나온 노인은 농약을 사고 병원 들렀다가 막걸리가 과했다.

"어르신 앞으로는 절대 음주 경운기 안 돼요."

"그랴. 내가 타주는 커피 먹고 가."

경찰은 달달한 믹스커피를 마신다.

장수여관 앞에서 문방구를 하던(부모가) 털보 몽룡이는 산부인과의사다. 제일 공부를 잘했던 재신이는 서울대 문리대를 나와 박사학위를 받고 잘나가는 연구소에 취직을 했다. 마눌은 홍대를 나온 서양화가. 그럼 유 아무개 실력은 어떠했을까? 산수는 못했다. 국어는 재신이와 쌍벽을 이뤘다.

한글학회 유명한 국어학자 정인승은 계북이고 민족 대표 33인 중 한 사람인, 백용성 조사가 태어난 곳도 번암이다. 백용성 스님을 기리기 위해 만든 절이 죽림정사다. 죽림정사에 주지는 법륜 스님인데, 스님이 즉문즉설을 하면 부산, 울산, 대구, 경북에서 관광버스 수십 대가 와, 가뜩이나 좁은 번암 일대가 가득찬다. 그러면, 왜 경상도 스님이 한적한 전라도 산골에 주지가 되었냐 하면 아버지뻘 스승이 평소 존경하고 모신 스님이 백용성 스님이었다. 너는 절대 할아버지(백용성 스님)를 잊지 말거라. 역사학자 이이화 선생이 천천 장판리 폐교 터에서 몇 년간 집필을 하셨고, 안현미 시인이 처음 출가한 곳도 장수다. 앞서 얘기한 정세균은 장수가 지역구였고, 박용진은 번암 사람이다. 문재인이 대통령 될 때. 가장 높은 투표율도 장수에서 나왔다. 또한, 국카스텐 하현우도 계남 출신이다. 작년에 군청을 새로 크고 멋들어지게 지었다. 공무원보다 군 인구가 적을 날이 올 것이다. 다문화가정이 아니면 곧 소멸한다. 사람이 사라져도 산과 강, 나무들은 살아 있을 것이다. 아름다울 것이다. ☾

섬으로 부치는 편지

잘 내려갔능가? 시차 적응은 워뗘? 일 년에 잘해야 서너 번 얼에 깃을 친 골짜기를 보면서 구름에 술 스며들듯, 한 사나흘 묵지근하게 들이마시다 자네 떠나면 한동안 공황장애를 겪고는하지. 왜 그 있잖나, 알코올중독자가 정신병원 입원하면 한동안 바보처럼 멍하니 있듯, 복싱선수가 카운터펀치를 맞고 몇 초 동안 뇌가 백지상태가 되듯, 아무 생각 없이 꼭 마신 만큼 후유증에 시달리는 증세는 이미 오래되었다네. 이번에는 눈에 넣어도 아프지 않을 단하와 은서까지 데리고 왔으니, 더 아쉬운 건 말할 필요도 없겠지 그려. 아이들에게 좀더 맛있는 거 만들어주고 바다에도 데려가고 멋진 영화도 보여줄 예정이었는데, 겨우 이틀 자고 떠난다 하더니 차가 서산의료원 사거리에서 가야산 쪽으로 아주 멀어질 때까지 그냥 글썽이고만 있었네. 어쩌겠어, 저 비산비야非山非野에도 소슬바람 불고 낙엽 떨어지고 난 뒤, 헛간에 눈 내릴 때쯤 겨울방학 또한 공장 간 누이처럼 돌아오면 그때 다시 내 누옥을 찾아주길 바라는 수밖에. 술항아리 맑게 닦아놓고 모가지 길게 빼 슬픈 짐승처럼 몇 번 컹컹 짖어댈 수밖에.

사실을 말하자면, 자네가 말라카해협을 박차고 인노양을 건너 지중해를 휘둘러 암스테르담, 그 '프리덤스러운' 해방구를 향해 스콧 선장이 되어 심해어의 꿈을 꿀 때, 나, 이 흉측스러운 고릴라 한 마리도 꼭 바다만큼 넓고 깊은 작품을 써야겠다고, 돌아온 자네 풍성한 턱 밑에 고국에서도 수준 높은 작품을 쓰는 물건이 하나 있었네, 어쩌고 하면서 입 버캐를 물려고 했는데, 그건 어디까지 서투른 목수가 얼키설키 수리해놓은 낡은 집처럼 아주 작은 충격에도 금방 무너지고 말았네. 자네가 떠난 뒤 고국은 아주 짜잔한 곳이 되어버렸네. 축구는 계속 깨지고 강력범죄는 늘어나고 부동산 투기 강풍이 지나간 자리에 전세금 빼내 마이너스통장 만들어 주식과 펀드에 올인하는 폭풍이 불더니 성형 열풍과 사교육 태풍과 한미자유무역협정이 한바탕 먹구름을 만들어 급기야 장마가 시작되었네. 늘 그렇듯, 개발과 성장이 만병통치약이 돼버린 고국은 신도시니 혁신도시니 골프장 건설이니 스키장 건설이니 하면서 온 나라를 파헤친 나머지, 졸지에 휩쓸려 떠내려간 수재민들만 꿈자리 사나운 한

뎃잠을 자고 있다네.

　여기 서해 끄트머리 내 사는 곳에도 비는 한 달이 넘게 줄
기차게 쏟아져 가뜩이나 빨래 걱정에 강박증세 시달리는 전업
주부를 힘들게 했네. 방학이 되어 이 지긋지긋한 주부습진에서
풀려날까 했는데 바깥양반은 무슨 연수에다 대학원 논문까지
정신이 없어 하루도 빠지지 않고 출근을 하는 거라. 덕분에 학
력 별무인 나하고는 점점 격차가 벌어지고 있네. 왜 아니겠나,
사기 치지 않고 떠나려면 빨리 나이 먹어 저 저승꽃 찬란하게
핀 노인대학 접수하면 학력 격차가 좁아질지. 아이도 그렇지,
고등학교 들어가자 방학이 없어졌어. 남들 과외다 학원이다 신
문 방송에 오르락내리락할 때 우습게 봤는데, 어쩔 수 없더라
고. 당장 발등에 떨어진 불은 끌 수밖에. 해서 36도가 오르내
리는 좁은 전세방에서 이 한 몸 불태워 요리하고 청소하고 밥
하고 빨래하는 주부의 나날들은 계속 이어졌다네.

　자네한테만 고백이지만 연애 2년, 결혼 18년 차, 지긋지긋해.
모든 게 귀찮아. 아이만 아니라면 그냥 콩국수 하나 냉면 한 그
릇으로도 버틸 수 있을 걸세. 청소는 일주일에 두어 번 청소기
만 돌리고 설거지는 쌓이고 쌓여서 더이상 음식 담을 그릇이
없으면 마지못해 달그락거리지. 그러나 물은 끓여먹네. 숙취를
달래기 위해 식혀두어야 하거든. 매사 하루하루가 심드렁하고
재미없는 나날들일세. 요 앞 상가 아줌마들과 열무비빔밥을 양

푼에 비벼 먹고 순대 썰어 소주에다 맥주를 돌리면서 바깥양반 흉을 보고 욕을 해도, 운동을 해서 늘어진 가슴과 튀어나온 똥배를 다듬으려 땀범벅이 되어도, 집에 들어오면 후텁지근한 공기와 쌓인 빨랫감과 탑을 이루는 설거지 그릇과 먼지 뽀얗게 내려앉은 방바닥이 나를 반겨주지.

　외롭다는 말은 하지 않겠네. 하루가 달리 머리는 눈발이 날려 저승에서 온 편지가 둥지를 틀고, 눈은 흐려져 돋보기를 쓰지 않으면 신문 한 장 읽기 어려운데다가 엉덩이 근육은 흐물흐물, 눈가에는 기미와 주름이 동양화 한 폭을 근사하게 선사하고도 남는데, 밤은 덥고 끈적거리고 더디게만 흘러 갱년기를 막 지나는 전업주부의 심사를 한없이 꼬이게 만드네. 그리하여, 덥다고 한 잔, 끈적인다고 한 잔, 학원 간 아이 마중 나갈 때까지 잠들지 말자고 한 잔, 언제나 회식중인 바깥양반을 기다리면서 한 잔, 지쳤다 두 잔, 하다 보니 주부만성알코올중독자가 되어버렸네. 한마디로 장마철 물걸레 같은 인생이 되고 말았다네. 이렇게 살다 보면 누구랄 것도 없이 아이는 저 혼자 큰 듯 결혼해서 멀리 떠나버리고 경제력에서 압도하는 저 냥반에게 버림받아 그늘 깊은 비탈에 먼저 묻히고 마는 인생이 되고 말겠지. 울다가 웃다가 그냥 이 짐승스러운 몸이 한없이 부끄러워 또 한 잔, 그득 부어 두어 잔 더 하다 보면 오지 않을 것 같은 새벽도 가볍게 몸을 바꾸고 만다네.

꿈을 꾸었던가, 문밖에서 자박자박 우렁각시처럼 발소리 사뿐하게 바깥양반이 돌아와, 누구 것인지도 모를 담배 냄새와 술 냄새와 땀 냄새를 풍기고 쓰러지면, 옷 벗기고 스타킹 벗기고 끙끙거리며 들어올려 침대에 누이고, 옳다구나! 기회는 이때다 싶어 이십 년 가까이 닦고 조이고 기름 친 서러운 갱년기 주부 몸을 은근살짝 들이대면서 "오, 마이 프린세스 피오나" 주절대보는 거라. 그때, 잠들었다고 생각한 아내가 벌떡 일어나 관운장 눈을 치켜뜨며 "아니, 이 인간이, 더운 날 누구 불쾌지수 높일 일 있나, 뭐, 피오나? 내 인생 너 때문에 피 난다, 피나!" 하면서 "슈렉이니 킹콩이니 다른 영화는 대박도 잘도 터뜨리던데 저 인간은 일 년 열두 달 하냥 화려한 휴가에 지나가는 행인 역할 하나 맡지도 못한 주제에……", 파충류 보듯 발로 차버리니 그냥 '음메 기죽어' 하며, 거실로 나올 수밖에. 밖은 여전히 추적추적 비 내리고 텃밭에 심은 채소들은 녹아내려 내 인생 가을에는 쭉정이밖에 수확할 게 없으니, 왼쪽 옆구리께부터 밀물처럼 몰려드는 통증 때문에 남은 술을 몽땅 비울 수밖에 없었다네. 어쩌겠나, 낡은 선풍기를 죽부인 삼아 껴안고 말복 입추 쳐서 지나 귀뚜리 울음 깊어지는 초가을 밤을 허벅지 바늘 촘촘히 찔러가며 견딜 수밖에. 문신 문장 그려넣으며 버틸 수밖에.

어이 친구,

되돌아보면, 그래도 내 인생 반타작 넘어 한 겨. 자네 같은 사람 만나 행운이었지비. 드디어 엊그제 아이가 개학을 해서 학교까지 모셔다드리고 왔네. 벌써 들판엔 누렇게 벼가 익어가고 있더구먼. 세상 망할 때 망하더라도 저 고개 숙인 생물들 앞엔 잠시 숙연해지지 않을 수 없었네. 올가을엔 그대가 사는 바다만큼 외로운, 저 하늘만큼 가볍고 가벼운, 늘판처럼 겸손하고 겸손한 작품을 써야지, 온 인생을 다 걸고 한번 써봐야지, 반성과 다짐을 묘비명 새기듯 써넣었다네. 두툼한 원고 가슴에 품고 한달음에 달려가면, 뫼약 성님 모시고 미천과 한사 불러놓고 '장진주사' 불러가며 용맹정진, 연구 및 공부를 심화해보세나.

옴옴옴, 솬티. ☾

추억의 대전 중앙시장

아내가 영화를 좋아해서 대전에 가끔 간다. 아마 영화를 안 좋아했으면 집을 샀을 것이다. 좋은 영화를 상영하거나 시간이 맞으면 기름값을 아끼지 않고 전국을 누비니 돈, 많이 들어갔다. 아내는 연탄에 구운 가래떡과 옥수수를 좋아한다. 대전 영화관은 낡았다. 옛날 중앙극장이 있던 자리는 주차장으로 변했으나 그 골목, 그 거리는 그대로 남아 있어 다행이다. 나이 먹으면 추억의 힘으로 산다 하지 않았나. 대전역 앞, 제일은행이 있던 자리에서 조금만 더 걸으면 아내가 좋아하는, 불편한, 여름에는 덥고, 겨울에는 추운, 영화관이 나온다. 물론 영화를 보기 전에 가래떡과 옥수수를 리어카에서 사는 것을 잊지 않는다.

영화관 뒤의 골목이 내가 일하던 식당이 있던 자리다. 지금은 쪼그라든 대도레코드가 숨을 쉬는 곳이다. 대도레코드사 바로 옆 솥밥집, 그 건너편이 부산식당이었다. 대전문화재단이 구도심 살리기 일환으로 유용주가 식당 보이로 일했던 곳을 지정하여 부산식당과 경호제과가 있던 건물에 작은 표지판을 세웠다. 내게는 영광이다.

나는 대전에서 부산식당, 유림상회, 오복상회, 경호제과, 대호상회에서 일을 했다. 모두 대전 중앙시장 근처다. 부산식당에서는 여러 가지 잡일과 이층 계단과 화장실 청소를 했다. 내게는 제일 예쁜, 꽃 같은 누나는 외모가 안 된다고 주방에서 설거지를 했다. 그걸 부주방장인 이 군이 가만두질 않았다. 틈만 나면 주방장 몰래 건드렸다. 나는 조그만 꼬마였지만 마포 걸레를 들고 달려들었다. 덕분에 기절을 하여 두 번이나 병원에 실려 가기도 했다. 밤에는 이층 손님방이 잠자리였다. 여닫이문을 열면, 번듯한 방은 남자 직원들 숙소, 아래층 주방에서 올라오는 환풍기 소리가 요란한 방은 여자들 숙소였다. 나는 남자들 숙소에서 안 자고 여자들 숙소에서 누나의 젖가슴을 자장가로 삼았다. 거기서 처음으로 전화기를 보고 신기해서 카운터가 통화하는 중에 눌러보기도 했다. 솜털이 채 가시지도 않은 어린 나이였다.

유림상회는 식료품 도매상인데 안집은 삼성동 중도공고 담벼락과 붙어 있었다. 아저씨는 철도 공안, 주로 아줌마가 가게를 꾸려나갔다. 아저씨는 열흘에 한 번, 보름에 한 번 가게에 잠간 들렀다. 거기서 복수 형을 만났다. 형은 충청북도 미원 출신으로 키가 컸다. 남대문시장에서 대형면허로 이름을 떨쳤다 한다. 주로 형은 장기(계산서)를 쓰고 배달을 했다. 작은 물건은 막 자전거맛을 들인 내가 배달을 했는데, 하루는 복수 형이 쓴 장기와 식품이 차이가 많이 났다. 한마디로 장기보다 물건이 배나 많았다. 그대로 싣고 온 내가 치명적인 실수를 한 거였다. 복수 형은 그렇게 물건을 빼돌려 월급의 몇 배를 해먹었다. 본의 아니게 거짓이 들통난 복수 형은 그만뒀고, 나는 매타작을 당했다. 나를 때린 형은 옆집 대창상회 젊은 부부가 2세를 만드는 베니어판 방을 뚫어 훔쳐보며 딸딸이를 쳐댔다. 추부에서 물건을 떼러 다닌 아저씨와 바람이 난, 유림상회 아줌마는 가게를 돌보지 않았다. 곧 유림상회는 망했다.

유림상회가 망하는 바람에 오복상회로 옮겼다. 같이 배달을 하던 칠성이한테 넘어간 거였다. 딱히 갈 곳도 없었다. 지금도 중국집 가서 짜장면을 먹으면 밀가루 생각이 난다. 곰표 밀가루 강력분. 지금은 사재기가 범죄행위로 처벌받는다. 그때는 사재기가 비일비재했다. 오복상회 아저씨는 밀가루 값이 머지않아 오르리란 사실을 알고 있었다. 나와 칠성이는 하루종일 밀가루를 날랐다. 짐바리 자전거에 열 포대씩 싣고. 그런데 저녁 결산 때 한 포 모자랐다. 나는 칠성이와 월급에서 제하더라도 오복상회에서 더 있고 싶었다. 그러나 칠성이의 고자질로 쫄지에 밀가루 한 포대 절도범으로 몰려 그만두었다. 지금 정칠성은 무엇 하고 있을까. 그립고, 한번 보고 싶다.

　다음은 경호제과다. 그 힘든 빵공장에 간 것은, 오복상회에서 밀가루를 대쳤기 때문이다. 1층은 가게, 2층은 공장이었다. 공장은 빵부, '도너츠부', 생과자부로 나뉘어 있었지만, 그것은 편의상일 뿐이고, 바쁘면 우리 같은 꼬마들은 아무 곳이나 가서 일했다. 공장에는 숙소가 있었는데 가게에서 일하는 누나들 숙소는 깨끗했지만 남자들 숙소는 엉망이었다. 그곳에서 우리는 개돼지 취급을 받으며 잤다. 주로 꼬마들은 고아원을 뛰쳐 나온 아이들이 많았다. 기술자들은 달리 놀거리가 없었다. 건너편 중국집에서 연애질하는 커플들을 몰래 훔쳐보거나 동시상영 성인영화를 보거나 나팔바지를 맞추러 나가거나 꼬마들에게 피 튀기는 복싱을 시켰다. 나는 솜씨가 좋았다. 소보로빵을 잘 만들었으며, 도넛을 노릇노릇하게 튀겼으며, 생과자를 잘 쌌다. 그러니까 연탄 화덕만 빼고 어디든지 투입되었던 말이다. 서울에서 온 생과자 기술자와 붙은 것도 공장장의 숨은 의도였을 것이다. 눈치 없는 내가 동글동글하게 세 개 쌀 때, 기술자는 손바닥 지문이 드러나는 비뚤빼뚤한 생과자를 두 개도 채 못 싸는 것이었다. 나는 우쭐했다. 그날 밤 무지 맞았다. 밥을 먹지 못할 정도로 두 뺨이 부어올랐다. 기술자는 나를 때려놓고, 밤봇짐을 싸고 말았다.

마지막은 술 대리점 대호상회. 주인은 2.5톤 타이탄을 끄는 자수성가형 부자다. 그는 이미 그때, 빈병이 돈이 된다는 사실을 알았다. 대전 인근 가게는 모두 거래하면서 공짜나 다름없는 빈병을 끌어모았다. 나는 여전히 꼬마였다. 두 명의 형들이 사장과 트럭을 타고 나가면 빈병을 골랐다. 사 홉짜리는 사 홉으로, 이 홉들이는 이 홉으로, 나머지 음료수병과 샴페인병, 그리고 포도주병은 따로 모았다. 빈병 정리가 끝나면 대전 시내 단골 식당이나 술집 배달을 했다. 거기서 나도 복수 형에게 배운 절도범이 되었다. 아줌마가 시장에 가면 이 홉들이 소주 한 상자를 인근 가게에다 싸게 넘겼다. 한 달에 한두 번씩 도둑질할 때면 등허리엔 땀이 났다. 돈이 생기면 월급에 보태 시골에 부쳤다. 아저씨는 타이탄을 직접 몰고 운전을 했는데, 나이를 가장 많이 먹은 형이 그만두는 바람에 내가 따라갔다. 하루는 낮에 산내에서 점심으로 먹은 라면과 소주가 달았는지 사장이 그만 졸았다. 커브 길에서 남의 집 대문을 들이받은 거였다. 내 쪽을 받았음에도 아저씨와 조수로 따라간 중간 형은 입원을 했는데, 나만 말짱했다. 아저씨는 점점 더 부자가 되었다. 타이탄을 팔고 6.5톤 새한트럭을 샀다. 정식으로 운전기사를 고용했다. 사업을 넓혀나갔다. 주로 서울 맥주공장, 군산 소주공장을 뛰었다. 대전으로 돌아올 때는 절대 빈 차로 오지 않았다. 어떤 물건이라도 싣고 왔다. 사장은 소금이었다. 밥값, 기름값을 아끼는 것은 물론, 숙소도 여인숙이었다. 기사는 기름을 넣을 때 돈을 빼돌렸다. 빼돌린 돈으로 여관에서 잤다. 맛있는 음식을 먹었다. 긴 구두를 신은 기사는 멋있게 보였지만 내가 보기에는 주인을 속이는 사기꾼이었다. 명색이 조수였던 나는 그에게서 운전을 배웠다. 어느 날 서울 갔다 오는 길에 사장이 탔다. 그동안 쓴 돈을 추궁했다. 몸은 기사와 가까웠지만 말은 엉뚱하게 튀어나왔다. 이실직고를 한 것이다. 대전으로 온 사장은 기사를 잘랐다. 나도 그만두었다.

벌써 50여 년 전 얘기다. 영화를 보고 나서 시간이 나면 칼국수를 먹는다. 조금 더 여유가 있으면 한밭식당에 가서 설렁탕과 깍두기를 먹는다. 동백(동양백화점을 우리는 그렇게 불렀다) 뒤에 들러서 두부두루치기를 시킨다. 모두가 추억의 맛이다.

아내는 내 캐릭터가 그려진 골목을 보며 재밌어했다. 물론 유용주가 그려진 조그만 표지판이 있다는 사실을 알리지 않았다. 무슨 영화를 보겠다고 호들갑을 떠나. 그런 일은 아내가 싫어한다. 기왕 내친김에 경호제과가 있던 자리까지 자랑스레 걸었다. 지금은 팥죽집으로 바뀌었다. 추억에 젖어 주위를 둘러보고 팥죽을 시켰다. 장사는 잘되나보다. 다 먹고 저기 표지판에 인물이 나라고 넌지시 얘기했다. 주인은 깜짝 놀라며 바로 건너편에서 문방구를 하는 남편을 불렀다. 나는 마침 가지고 있던 책에 사인을 해서 드렸다. 주인은 조심스럽게 덧붙였다. 나하고 똑같은 사람이 와서 자기가 유용주라고 한단다. 그래서 막걸리도 공짜, 팥죽도 공짜로 줬단다. 며칠 전에도 왔단다. 나는 웃었다. 내가 진짜 유용주라고. 또 그 사람이 나타나서 유용주를 사칭하면 적당히 속아 넘어가라고. 막걸리와 팥죽 값은 모아놨다 진짜 유용주가 계산한다고. ☾

만덕이

정동제일교회 배움의 집 3기 친구들은 각별하다. 모두 가난한 집안에 태어나 배움을 놓치고 생활 전선에 뛰어든 역전의 용사들이다. 우리 동기는 238명에 다다른다. 각 반에 30여 명씩, 8반까지 있었던 것으로 기억한다. 동기들은 대부분 구두닦이, 신문팔이, 요꼬(니트)공장이나 가방공장 시다, 커피 배달, 양장점 시다, 식모살이를 직업으로 가지고 있었다. 나는 돈암동 보석 가게 3층 공장에서 광을 내던 꼬마였다. 종로 4가에 있는 도금공장에 자전거를 타고 심부름을 자주 했다. 공장은 하루 종일 라디오를 틀어놨다. 오전 문화방송 라디오프로그램 〈여성살롱 임국희예요〉를 듣다 정동교회에서 야학을 한다는 사실을 알았다. 즉시 사장한테 얘기하고 밤에 다니기 시작했다. 사장 동생이자 공장을 책임지고 있던 재홍이 형은 만년필을 선물로 줬다. 그 많은 야학 친구들 중에 나는 서대문파와 친하게 지냈다. 홍은동에서 작은 슈퍼를 하는 큰형을 돕던 귀곤이는 나중에 죽었고, 홍제동 단칸방에서 여러 식구들과 사는 만덕이랑 친했다. 밤새 연탄가스 냄새를 맡으며 만덕이네 부엌 다락에서 뒹굴던 기억이 생생하다. 응암동 남수는 막노동 현장에서 페인트칠을 했고(남수는 처음으로 중고 봉고차를 사서 친구들에게 드라이브를 시켜줬다) 진관내동에 살던 종근이하고 영배는 무슨 일을 했더라? 기억이 안 난다. 현재 종근이하고 남수는 미국에, 영배는 전기설비업자로 뛰고 있다.

우리는 고입 검정고시를 서대문중학교에서 봤다. 만덕이는 수학과 영어를 잘해서 따놓은 당상이었다. 점심시간에 갑자기 비가 억수로 쏟아졌다. 비를 뚫고 홍은동 가게에서 귀곤이 큰형이 도시락을 가지고 왔다. 그냥 매점에서 라면으로 점심을 때우려고 했는데, 귀곤이 덕분으로 도시락을 맛있게 먹었다. 그 고마움에 40년을 넘어 귀곤이가 어려웠을 적에 몇백만 원을 말없이 주기도 했다. 서대문파의 자칭 리더, 귀곤이는 갑자기 죽었다. 아까운 녀석. 자식, 사채업자로 잘나갈 때, 최고급 차에다 여자까지 데려와, 셋방 살던 나를 기죽게 만든 녀석. 태권도를 잘하던 녀석, 헬스로 몸매를 뽐내던 녀석, 별명이 대형면허(짐바리 자전거로 커피 배달)인 녀석, 나쁜 놈은 나뿐이라고 생각하는 놈이지만, 그립고 보고 싶다.

고입 검정고시에 합격하고 바로 대입 검정고시에 도전했다. 밤에 종로에 있는 학원을 끊고, 홍제동 단칸방에 여러 식구들과 생활하던 만덕이를 '구출'하는 게 급선무였다. 우리는 돈암동 산동네에 방을 구했다. 방값은 둘이 똑같이 냈다. 나는 다행히 돈암동에서 주유소를 두 개나 하는, 잘사는 사람을 만나 가정교사를 했다. 초등학교에 다니는 두 아들은 내 말을 잘 들었다. 우리가 얻은 방은 비뚜름했다. 그러나 버려진 탁자를 주어와 하는 공부는 일취월장이었고, 처음으로 행복했다. 주인 할아버지는 일찍 돌아가시고 할머니는 아들을 하나 두었다. 가끔 달걀프라이를 많이 하는데 전부 아들에게 주었다. 그 군침 도는 고소한 냄새를 잊지 못한다. 침을 삼키고 입맛을 다셨으나 언감생심, 달걀프라이도 마음대로 먹지 못하는 가난한 살림이었다. 간장에 마가린 넣고 비벼 먹는 수준이었다. 문간방에는 시골에서 올라와 양장점에 다니는 자매가 살고 있었다. 우리보다 사정이 좋은 자매는 김장 김치를 덜어주기도 했다. 돌도 씹어 소화시킬 정도로 위는 좋았으니 김장 김치 한 번이 성에 차겠나, 더 달라고 했으나 거절당했다. 당연한 거 아닌가. 그쪽도 우리랑 비슷한 계층이었다.

비가 오는 휴일, 공부하다 싫증이 난 우리는, 영석이를 굶려 주기로 했다. 만덕이가 연탄가스를 맡아 사경을 헤매는데 병원비가 없어 집에 누워 있다는 거짓말이었다. 효창동에 사는 영석이는 친구들 중에 가장 잘살았다. 집도 있었다. 효창동에서 돈암동까지 택시를 타고 온 영석이는 거액의 병원비도 가지고 왔다. 숨어 있던 만덕이가 나타났고 우리는 웃음 반, 농담 반, 영석이한테 맞았다. 우리는 짜장면을 앞에 놓고 급히 어머니한테 자초지종을 말한 영석이의 순진한 행동을 떠올리며 또 한 번 웃었다. 영석이는 한양대를 졸업하고 지금은 중국에서 어린이집을 운영하고 있다.*

만덕이와 나는 식사 당번을 정했는데, 아침밥은 홍대 인쇄소에서 일하는 만덕이를 위해 내가 하고, 저녁밥은 퇴근한 만덕이가 하기로 약속했다. 우리는 대입 검정고시를 위해 밤을 꼬박 새우는 일이 흔했다. 그날도 늦잠을 잔 내가 아침밥을 못 했다. 만덕이는 굶고 직장에 출근했다. 다 먹고살자고 하는 공분데, 하루이틀도 아니고, 나는 밥을 안치고 찌개를 끓였다. 밥과 찌개를 포대 자루에 넣고 산동네를 내려왔다. 홍대 가는 시내버스를 타고 인쇄소를 찾아갔다. 인쇄소 동료와 선배들이 놀랐다. 우리는 밥과 찌개를 놓고 점심을 먹었다.

그렇게 알콩달콩 대입 검정고시를 보고, 기다리는 시간에 내 고향 다리골까지 무전여행을 했다. 물론 서울에서 전주까지는 가까스로 완행기차를 타고 갔다. 거기부터는 마냥 걸었다, 마침

* 병일이는 철원에서 목사로 재직하고 있고 성철이는 잘나가다 지금은 집에서 쉬고 있다.

3부 섬으로 부치는 편지

모내기를 하던 때였다. 우리는 모내기를 도와주고 밥을 얻어먹었다.

샛거리를 얻어먹고 반쯤은 굶고 다리골에 도착했다. 바야흐로 산골 동네도 모내기철이었다. 만덕이는 우리 다랑이논을 비롯, 동네 모내기에 팔려 다녔다. 부지깽이도 필요한 시절이었다. 서투른 서울내기는 젊음 하나로 버텨냈다. 못줄도 잡고 모를 심고 참으로 나온 막걸리를 얼굴 돌리고 마셨다. 갑자기 나타난 만덕이는 동네에서 최고 가는 인기 스타가 되어 불려 다녔다. 그렇게 보름 넘게 산골 생활을 이어갔다. 마침내 모내기가 끝나고 만덕이가 서울로 올라갈 때는 차비에다 성대한 환송회까지 열어주었다. 내 시골 친구들은 만덕이와 친구가 되어 눈물을 글썽이기도 했다.

고향에서 올라와 잠깐 구두를 닦았다. 남산 3호 터널 근처에서 구두를 닦던 병한이 흉내를 냈는데, 결과는 늘 그렇듯이 실패였다. 병한이는 어렸을 적부터 구두를 닦아 빌딩이 많은 구역을 차지하고 있어, 장사가 잘되었으나 우리는 왕초보였다. 노른자위 구역은 이미 병한이 같은 부류들이 자리를 차고앉아 작은 회사 수준의 운영을 하고 있었다. 우리는 밀리고 밀려서 은평구 신사동 제법 다방이 많은 구역을 차지했으나 점심 먹고 나면 겨우 차비만 남았다. 말수가 적은 만덕이는 딱새, 나는 찍새를 했고, 짜장면도 못 먹고 라면을 주식으로 삼았다. 목구멍이 포도청이었다. 우리는 곧 망했으며 아쉽지만 흩어졌다.

어떻게 살았나, 꿈같은 세월이었다. 영어와 수학을 잘했던 만덕이는 정동 친구들도 유명 대학에 들어갈 놈이라고 굳게 믿고 있었다. 만덕이는 표준대백과사전이었다. 수학 『정석』과 『성문종합영어』를 늘 끼고 살았으니까. 믿는 도끼에 발등 많이 찍히고 살아왔지만, 만덕인 방위 생활 끝에 대학 등록을 해놓고도 그놈의 돈이 없어 포기하고 말았다. 방송통신대학교를 거쳐 사회에 나왔지만 녹록지 않았다. 안 봐도 뻔하다. 돈 없지 빽 없지 정규 학벌 없지, 야학을 나온 까만 고시 출신을 누가 덥석 받아주겠나. 별별 일을 다 거쳤다. 정수기를 팔고 전기회사를 다니고 공장 청소를 했다. 수없이 말아먹고 수없이 잘리고 수없이 퇴직금을 날렸다. 그사이 어렵사리 결혼도 하고 아이도 둘을 뒀다. 마른 수건에 물 짜듯, 생활은 좀처럼 나아지지 않았다. 그래도 악착같이 저축하며 버텼다. 아이엠에프에도 살아남았다. 가족이 도움이 되었다. 지금은 수도권 아파트에 살며 청소회사를 한다. 강원도가 고향인 아내가 든든한 조력자다. 은퇴하면 처가 동네로 들어가 노후를 보낼 예정이다. 땅도 마련했다. 인생별거 있나, 죽는 사람도 있는데, 적게 먹고 가는 똥 싸면 되지, 수줍게 웃었다. 만덕이 말년에 덕이 만리나 뻗어나가길 기원한다. ☾

목도리도마뱀

30년 전, 옛날얘기다. 폭력 행위 등 처벌에 관한 법률 위반 혐의로 집행유예 판결을 받고 나온 지 얼마 안 된 나는, 친구가 5·18 집체극을 올린다기에, 좋은 일을 하는구면, 후원금을 받으러 다니는 길에 동행했다. 호적에 뻘건 줄이 그어져 공무원도 못하고, 딱히 할일도 없어 기꺼이 같이 갔다. 그때나 지금이나 연극은 배고프고, 특히 지방에서 집체극을 올리는 일은 돈 벌기는커녕, 각자 돈을 내놓아야 가능하다. 후원금은 필수다. 보통 지방에서 돈 있는 사람들은 변호사나 의사였으니 쉽게 돈을 울궈낼 수 있는 만만한 대상이었다. 평소 친구하고 안면이 있는 그이는 성형외과 의사로 좋은 일에 자주 동참을 하는 사람이었다.

병원은 3층에 있었고, 예상했던 대로 의사는 두말없이 후원금을 내놨다. 그러면서 나를 두고 어디서 많이 봤던 인물이라고, 친구에게 뭐하는 사람이냐고 물었다. 나는 친구에게 막노동하는 사람인데, 공친 날이라 그냥 따라왔다고 대충 얘기하라 했다. 실제로 그때 현장에서 목수일을 할 시절이었다. 그런데도 의사는 고개를 갸우뚱거리며 자기 예상이 틀린 게 이상하다는 반응을 보였다. 계속 그러기에, 솔직히 신분을 밝혔다. 시 쓰는 아무개라고.

의사는 간호사를 부르더니 즉시 병원 문을 닫으라고 했다. 섬으로 의료봉사 갔다고 입구에다 써 붙이라고 했다. 어쩐지, 낯이 익더라, 그이는 중얼거리더니, 유명 출판사에서 시집을 내고, 일간지에 나오는 내 시집 광고와 기사를 본 기억을 더듬었다. 의자를 바짝 당기고 안경을 똑바로 쓰고 얼굴을 들여다보더니, "내가 명리학을 공부하지는 않았지만 평생 얼굴만 들여다보고 살아왔는데, 당신 말이야 코 밑에 있는 점을 빼는 게 좋겠어", 의사는 숫제 반말이었다. 그러더니 간호사더러 수술 준비를 하라는 것이다. 졸지에 점을 빼게 생겼다. 마취도 안 하고 수술대에 누웠다. 수술은 간단했다. 칼로 점을 도려내고 실로 꿰맨 게 전부다. 피가 좀 나왔지만 의사는 대수롭지 않게 생각했다. 인생은 전혀 예상 못했던 곳으로 흐를 수 있다. 나는 그즈음 허세와 과장으로 시궁창 인생을 경영했다. 사람들은 나더러 숨쉬는 것도 뻥이라고 했다.

수술을 끝낸 의사는, 이제 소독을 해야지 하며, 벽장문을 열었다. 거기에는 가끔 잡지 광고에 나오는 고급 양주가 도열하고 있었다. 박정희가 죽기 전에 마셨던 술도 보였다. 간호사는 기분좋은 얼굴로 퇴근을 하고 본격적인 술판이 벌어졌다. 까다롭던 친구도 귀한 양주를 보자, 무장해제를 선언했다. 그전에는 친구와 어울려 어지간히 많이도 마셔댔다. 주로 소주와 막걸리였다. 고백을 하자면 양주는 처음이었다. 큰 병으로 세 병을 마셨나, 나도 취하고 친구도 취했다. 우리는 공손하게 인사를 하고 병원을 나왔다.

그 무렵, 친구는 금방 주저앉을 것 같은, 대우 르망을 몰고 다녔다. 병원 주차장을 빠져나오다가 제법 고급차의 범퍼를 살짝 박았다. 빠르게 그 차의 차주가 내려서 범퍼를 보더니 돈을 요구했다. 친구는 운전의 귀재인데 술이 과했나보다(이래서 음주운전은 절대 하면 안 된다). 친구는 지갑을 뒤져 당시로는 큰돈인 5만 원을 내놨다. 한눈에 봐도 깍두기인 차 주인은 콧방귀를 뀌더니, 50만 원을 요구했다. 50만 원을 주지 않으면 경찰에 연락하겠다고 협박을 했다. 보다못한 내가 내렸다.

"그냥 5만 원 받아라. 빠다 바르고 뺑기칠하면 멀쩡한 밤바를 왜 그랴."

"이 사람은 누구여. 운전 안 한 사람은 빠지라고."

"너, 지금 뭐라고 했냐. 이 가이 새끼가. 줄 때 받아라."

"이 아저씨가 장난하나. 진짜, 어이 상실이네."

"야, 너하고 장난할 시간 없거든. 좋게 말할 때 5만 원 받고 끝내자."

시비가 붙었다. 덩치가 우람한 내 친구는 태권도 유단자다. 한두 명은 우습게 제압한다. 쪽수에서 열세를 느낀 차주는 커다란 핸드폰을 꺼내 어디론가 전화를 걸었다. 조금 있으니까 까만 양복으로 정장을 한 어깨들이 몰려왔다. 다섯 명. 한눈에 봐도 농고 씨름부를 나온, 그 지역 논두렁 깡패들이다. 구십 도로 인사하는 폼만 봐도 안다. 그러거나 말거나, 나는 분기탱천해서,

"오호, 이젠 인해전술로 작전 짰어? 한꺼번에 덤빌래? 다이다이로 붙을래?"

나는 웃통을 벗었다.

그때까지 차 주인과 협상하랴 나 말리랴 바빴던 친구는 내 어깨를 잡고 흔들었다.

"거기 나온 지 얼마 되었다고, 또 들어가려구 환장을 했구나, 정신 좀 차려라. 느이 마누라하구 딸내미 불쌍하지도 않냐?"

처음으로 크게 소리쳤다. 한바탕 먼지폭풍이 지나갔다. 다섯 명의 어깨들이 먼지와 함께 사라지고 사내만 남았다. 초라하게 혼자 남은 사내는,

"저, 5만 원만 주세요."

주차장엔 쓸쓸한 바람이 불었다. ☾

새벽 산책

나이들면 초저녁잠 달고 새벽잠 없어진다. 보통 새벽 두 시, 늦어도 세 시면 어김없이 눈떠진다. 내 친구처럼 담배를 피울 수도, 커피를 서너 잔 마실 수도 없어 걷는다. 후배는 약 먹을 시간이라고 놀리지만 나는 달밤에 체조를 한다. 걷는 것이다. 대부분 시멘트 포장된 농로를 걷는다. 새벽에는 사람이 거의 없어 좋다. 낮에 걸으면 자전거 탄 사람들과 부딪칠 뻔하거나, 뒤에 차가 오면 비켜줘야 한다. 언젠가는 차가 경적을 울렸다. 나는 엔진소리를 먼저 들어, 길 가생이 쪽으로 비켜줬지만 크게 경적을 울렸다. 항의했다. 여긴 차도가 아닌, 농로라고. 그리고 아저씨가 경적을 울리기 전에 엔진소리로 이미 알았다고. 긴 언쟁중에 그 사람이 나보고 오늘 똥 밟았네라고 극언을 했다. 적반하장이다. 그 이상은 생략하겠다.

새벽에 걷다보니 별과 달을 볼 수 있어 좋다. 또하나는 새벽에도 사람이 깨어 있다는 사실이다. 언젠가는 농수로가 교차하는 곳에서 낚시꾼을 만났다. 그는 모자에 하얗게 불을 달고 있었다. 나는 미리 그가 걸어가는 모습을 보고 먼저 지나가라고 걸음을 멈추었다. 그 사람은 뒤늦게 인기척을 느끼고 불을 내게 비췄다. 아니. 이 아저씨가, 불을 비추려면 다리를 향해 비추지 얼굴을 비추면 어떡합니까? 그는 나에게 사과했다.

한번은 깜깜한 새벽에 걷고 있는데 맞은편에서 여자가 오는 게 아닌가. 얼른 한쪽으로 비켜섰다. 그러자 그 여자도 내 쪽으로 비켜서는 게 아닌가. 나는 반대편으로 비켜섰다. 그러자 그 여자도 따라 했다. 비로소 머리카락이 쭈뼛 섰다. 말로만 듣던. 여자 귀신이구나. 나는 헛기침을 했다. 그 여자도 놀란 모습이다. 우리 영감인 줄 알았슈. 아니, 이렇게 '건장한' 영감도 있슈? 물어보려고 했으나, 새벽에 일찍 운동하는 어르신도 있군요, 살펴 가세요, 지나치고 고개를 갸우뚱했다. 사람 얼굴도 분간하기 어려운 새벽에는 손을 꼭 붙들고 걷지. 허허.

그 시간에 노래를 크게 부르는 사람을 보았다. 어떤 사람은 라디오 틀어놓고 걷는다. 또 어떤 사람은 라디오에서 흘러나오는 트로트를 따라 부르는 사람도 보았다. 그 사람들을 비난할 생각은 없다. 다만, 인간이란 가지가지다. 차를 대놓고 그 짓을 하는 사람도 보았다. 그건 덤이다. ☾

우리는 그렇게 달을 보며
절을 올렸다

그럴 것이었다. 인생이란 게 적은 빗물에도 골이 패고 버석거리는 마사토처럼, 아무리 밑거름 두둑이 넣고 잡풀 뽑아 비료만큼이나 땀 흘려 하루해를 업어 키운다 하더라도, 억세기가 청상과부로 평생을 늙어온 시어머니보다 더 질긴데다가 벌레 또한 제집이나 된 듯 무시로 드나들어 구멍 숭숭 뚫린 가을배추 신세라면 적금통장은 들먹일 필요도 없이 지폐보다는 떨렁거리는 동전 몇 닢으로 남을 때가 꼭 있는 법이다.

우리 셋은 그랬다. 금강 발원지인 첩첩 산골에서 작은 연못만한 하늘을 보고 자란 우리들은 깨복쟁이 친구였다. 덜렁대는 불알 두 쪽이 전 재산이라면 영락없이 불알친구 맞다. 하나는 두피를 파고들 것 같은 곱슬머리에 키가 작고 눈이 쭉 째지고 윗니 아랫니 합쳐 이가 다섯 개나 나간 삼류 건달 녀석이었는데 관절염 때문에 초등학교를 이학년 다니다 그만두고 세상 밑바닥을 2센티미터 짧은 한쪽 다리로 절뚝이며 기어 왔고, 또 하나는 허우대는 멀쩡하되 그 허우대를 유지하려고 틈만 나면 먹을 것을 찾는, 배고프면 아무에게나 화를 내고 사고를 치는, 어쩌다 라면이라도 곱빼기로 먹고 나면 별이 어떻고 나무가 어떻고 이상한 말을 주절주절 늘어놓는 걸귀였는데 그도 겨우 의무교육 마치고 군대에서 불명예제대를 한 일용직 잡부 출신이었으며, 나머지 하나는 말이 없는 고집불통이었지만 그래도 영장류에 가장 가까웠다. 같은 공장에서 사귄 비슷한 아가씨와 결혼해서 월세방을 얻어 밥은 굶지 않았으나 허구한 날 동창생이자 웬수덩어리인 두 녀석에게 시달리고 있는 중이었다. 그는 규모가 큰 유리공장에 다녔는데 재수 없이 추석 명절에 3교대 근무조에 덜컥 걸리고 말았다. 유리공장은 일 년 삼백예순 날 하고도 육칠일 동안 용광로를 끌 수가 없다.

셋이 길을 가다보면 그중 하나는 반드시 스승이기 마련이다. 결혼한 녀석은 허우대 멀쩡한 놈 사촌 형이기도 했다. 결혼 못한 두 녀석이 경부고속국도 기흥나들목 근처 공장이란 공장을 다 떠돌며 일용직 잡부 노릇을 하거나 광케이블 긴급 공사장 땅파기, 임시직 페이로다 기사, 골프장 농약 살포하기, 식품 창고 경비 서기, 반도체 회사 증설하는 데 설비 보조를 비롯해 온갖 궂은일로 목구녕에 풀칠을 하게 된 배경에는 성질 죽이고 측은

지심으로 외상값 갚아준 스승이 있었기에 가능했다.

추석 전날, 고매리의 밤은 일찍 찾아왔다. 소름 끼치도록 반복해온 밑바닥 일에 그 흔한 보너스도 받지 못하고 며칠째 굶고 있는 두 구신에게 구세주가 찾아왔다.

"나가자."

회색 작업복에는 매캐한 배합실 파유리 냄새가 났다. 그의 손에는 동네 가게에서 산 소주 대두병과 새우깡이 들려 있었다. 우리는 외국영화에서나 본 호화 전원주택이 드문드문 들어 있는 별장촌을 지나 기흥나들목 잔디밭으로 갔다. 자동차 소리가 시끄럽긴 했지만 마음껏 소리지를 수도, 누구랄 것 없이 종주먹을 들이대며 울 수 있는 유일한 공원이 두 팔 벌려 맞아주었다. 송편처럼 낙엽이 떨어졌다. 지난여름 그 오랜 장마와 태풍을 고스란히 견딘 달이 불끈 솟아올랐다. 안주 없이 소주를 나발 불자 밑뿌랭이에서 부르르 진저리가 치받혀 올라왔다.

"절하자."

이마에 환하게 불 켠 차들이 느릿느릿 내려갔다. 우리는 두 번 반, 굴을 파듯 땅속 깊숙이 고개를 묻었다. 무쇠 솥뚜껑 엎어놓고 전 부치던 어머니 손처럼 갈색으로 물든 잔디는, 그 옛날 외양간에서 맡은 마른풀 냄새였다. 흘리지 못한 우리들의 설익은 피 냄새였다.

얼마나 많은 사람들이 고향에 돌아가지 못하고 있는가. 그새

강산이 두어 번 바뀌고 국민소득 몇만 달러, 세계 10위를 넘나드는 경제력, 휴대폰과 자동차와 컴퓨터가 넘치고 흘러 가히 풍요의 절정을 누리고 있는 듯한 오늘, 얼마나 많은 사람들이 추위와 굶주림으로 죽어가고 있는지, 쓴 소주 한잔으로 망향의 한을 달래고 있는지……. 몸이 아픈 환자가 그렇고 그들을 돌보는 의사와 간호사들이 그렇고, 해외 상사 주재원, 원양어선과 컨테이너 화물선에서 고생하는 선원들, 교도소 수감자, 똑같이 감옥 생활하는 교도관, 군인, 경찰, 대중교통 운전자, 항공기 승무원들, 갑작스럽게 쫓겨난 대추리 주민들, 소년소녀가장, 독거 노인들, 장애인, 광주 나눔의 집 할머니들, 이산가족, 해외 동포, 아이엠에프 외환위기 때 왕창 말아먹은 사람들, 신용불량자들, 우루과이라운드와 자유무역협정FTA 때문에 파탄이 난 이 땅의 농민들, 지금 이 순간에도 정규직 전환을 위해 피땀 흘려 싸우고 있는 노동자들을 비롯해 치운('추운'의 옛말) 겨울을 몸 하나로 견딜 수밖에 없는 노숙자, 외국인 노동자, 기소 중지자와 지진·해일로 삶이 파탄이 난 남아시아 사람들, 아프간과 팔레스타인과 소말리아, 이라크를 비롯한 전쟁 피해자들을 생각하면, 아아, 이제는 밥도 굶지 않고, 빚도 갚아 한달음에 달려갈 수 있어도 이미 부모님 오래전에 돌아가시고 형제들 뿔뿔이 흩어져, 반쯤 무너진 빈집만이 비탈진 골짜기 때죽나무 아래 초라하게 내려앉은 무덤만이 지키고 있는 고향을 갈 수도 올 수도 없어 차례상 앞에 울먹이는 사람들을 생각하면, 그리고 이 많은 사람들 틈에 끼지도 못하는 성매매 종사자들과 유흥업소 종업원들(우리들과 똑같이 숨을 쉬는 영장류이다)을 생각하면, 차 밀린다고 짜증 내지 말자. 단 한 순간이라도 이분들을 떠올리며 마음 먼저 붉게 물들인다면 올가을 단풍만큼 세상은 조금씩 고와지리라. 순해지리라.

빈속에 소주 대두병을 다 들이붓고 기흥나들목에서 고매리 윤봉순 할머니 사글셋방까지 어떻게 걸어왔는지 기억이 나지 않는다. 소주가 되었든 막걸리가 되었든 동네 어귀 구멍가게에서 외상술을 더 들이부었을 것이다. 추석날 아침, 타는 갈증으로 눈곱 떼어내 정신 차려보니 틈 벌어진 문 앞에 쌀 봉지 하나가 주막집 어귀의 어머니처럼 홀로 흔들리고 있었다. 고향 작은집에서 올라온 걸 형수 몰래 퍼온 것이 분명했다. 다람쥐처럼 석유곤로에 심지를 올리고 시커먼 냄비를 씻어 기도하듯 밥을 했다. 하얀 쌀밥에는 드문드문 돌이 섞여 있었다. 사촌 형은 오랫동안 밥맛을 보지 못한 식도를 위해 깊은 생각을 한 모양이다. 찬물에 말아 돌이 가라앉기를 기다려 천천히 떠 넣었지만 울컥, 목부터 메어왔다. ☾

위생장갑

치사한 얘기지만, 사람은 먹지 않으면 얼마 못 버티고 곧 죽는다.

어쩌다보니 기러기 아빠 신세 비슷해졌다. 아내는 멀리 바닷가 마을에서 살고 있고 딸아이는 더 멀리 서울에서 생활한다. 아내는 보름에 한 번씩, 아이는 서너 달에 한 번씩 본다. 세 사람이 세 집 살림을 하는 셈이다. 세 집 모두 없는 것 빼고 살림에 필요한 각종 필수품을 대부분 갖추어 살고 있다. 예를 들면 세탁기, 냉장고, 밥솥 같은 것 말이다. 위생장갑도 그중 하나다.

아이는, 중학교 졸업하자마자 떨어져 살았으니 만 7년 넘게 집밥을 제대로 먹지 못했다. 별명이 '북한아이'였던 아이는 정규 고등학교의 혹독한 과정에 점점 말라갔다. 하나밖에 없는 딸내미 쓰러질까 노심초사한 우리 부부는 공부보다는 인성교육에

힘쓰는 대안학교를 찾아 편입을 시켰다. 모성은 강하고 부정은 착하다고 했나. 2주에 한 번씩 왕복 5백 킬로미터를 뛰었다. 내 인생에서 가장 힘든 시절이었다.

아내 또한 섬에서 근무할 때라 새벽 5시에 일어나서 출근을 했다. 당연히 주부였던 나는, 시장에 가서 장을 봐왔다. 외딴섬 분교에는 아이들이 적어 따로 급식을 할 수 없는 상황이었나. 공교롭게도 같이 출근하는 사람이 남자 선생이어서 나는 두 사람의 점심을 준비했다. 그때그때 계절과 날씨에 맞추어 찌개와 국을 끓였다. 김치와 밑반찬은 양쪽 집안에서 번갈아 가져왔지만, 문제는 주메뉴인 국과 찌개였다. 고민 끝에 무, 양파, 멸치, 다시마를 우려낸 육수를 기본으로 월요일은 김치찌개, 화요일은 청국장, 수요일은 미역국, 목요일은 된장찌개를 끓여 보냈다. 다행히 풍부한 해산물이 들어간 찌개와 국은 먹을 만했나보다. 동료 선생은 속풀이를 위한 과도한 음주를 자주 해서 지금도 위가 좋지 않아 고생하고 있다.

재수 없지만, 내친김에 자화자찬 꼭짓점을 한번 찍어보자.

딸아이가 초등학생 때 일이다. '찾아가는 섬 문학교실' 프로그램을 위해 일주일 동안 친구들과 울릉도에서 머문 적이 있었다. 자타가 공인하는 '딸 바보'는 슬그머니 목 길게 빼어 아이가 보고 싶었다. 한 나흘쯤 지났나, 드디어 아이에게서 전화가 왔다. 웬만한 일로 먼저 전화하지 않는 우월한 '갑'인데 말이다.

"그래, 아빠 보고 싶지? 보고 싶어서 전화했지?"

흥분한 나는 전화기에 대고 수없이 뽀뽀를 하며 호들갑을 떨었는데, 정작 아이는 심드렁하게 한마디 했다.

"아빠가 해준 밥 먹고 싶어!"

이유는 간단했다. 부엌 들어가기를 무슨 시어머니 만나는 듯 끔찍하게 생각하는 아내가 짜장면이나 김밥, 피자나 통닭을 배달시켜 대충 끼니를 해결하며 지냈던 모양이다.

음식맛은 경험에서 우러나온다.

태어나지 않았으면 지구촌 환경보전에 지대한 공헌을 했으련만 팔자 사나워서 열네 살 어린 나이에 중국집 보이로 팔려 갔으니, 솥뚜껑 운전수 노릇 어언 사십 년이 훌쩍 넘었다. 손맛이 익을 때도 된 모양이다. 주말에 아내가 오면 특별한 재료 없이 뚝딱 밥상을 차려낸다. 요즈음 주로 봄나물을 무쳐 낸다. 냉이, 달래, 쑥, 머위, 시금치, 미나리, 쪽파를 캐오거나 사다가 팔팔 끓는 물에 소금을 조금 넣고 데친 다음, 찬물에 헹구어 꼭 짜서 조물조물 무치면 끝이다. 머위는 된장, 미나리는 초고추장에 무쳐서 먹는 게 좋지만, 귀찮으면 소금과 들기름만 넣어도 그윽하다. 마늘과 깨소금을 부러 넣지 않는 때도 있다. 재료 자체의 맛을 가로막을 수 있기 때문이다. 술안주로는 묵은지볶음이나 골뱅이무침, 매생잇국이나 김국을 끓여 낸다. 아내 덕분에 모처럼 꽃 피고 새 우는 봄밤이 무르익는다.

피 한창 뜨거운 시절에는 장갑을 끼지 않았다. 젊어서 그랬다. 나이들어서 손맛보다 위생 때문에 '크린장갑'을 끼고 반찬을 만든다. 슬프다! 부지하세월不知何歲月, 벌써 군둥내 풍기는 늙다리가 되어버렸다. 위생장갑은 원재료명이 저밀도폴리에틸렌LDPE이다. 얇은 비닐장갑이다. 김치 담글 때, 음식을 조리할 때, 세차 및 정비할 때, 청소와 오염물 취급할 때, 염색할 때, 각송 화학용품 취급할 때 주로 쓴다.

우리 부부는 이십삼 년 전, 결혼할 적에 한바탕 전쟁을 치렀다. 줄여 보고하면 처가 쪽은 장례식이었고, 신랑측과 우리 둘만 결혼식이었으니, 아이를 임신해서 겨우 통과했다는 말이다. 그렇지 않았다면 아이 없이 알콩달콩 여행이나 하면서 살았을지도 모른다. 우리는 아이 하나도 버거웠다. 해서 철저하게 피임을 했는데 그날 밤따라 콘돔이 떨어졌다. 아뿔싸! 이런 대재앙이 있나.

대부분 수컷들이 그러하듯, 달콤한 꿀단지에 빠진 나는 그야말로 화살 맞은 회색 곰처럼 씩씩대던 불학무식한 놈이었다. 하늘을 향해 발기한 거대한 우주선을 어찌해보지 못하고 집안 서랍을 전부 뒤졌지만 콘돔은 없었다. 그때 번개처럼 스쳐 지나간 아이디어! 주부로 살지 않았다면 절대로 상상할 수 없는 기발한 생각이 떠올랐다. 처음에는 고무장갑. 이건 구멍이 작은데다가 가위로 잘라 쓰려 해도(찰나가 아쉬운데) 신축성이 없어 끼울 수가 없었다. 앗싸! 위생장갑이 있었지. 그러나 위생장갑 또한 몇 초를 못 견디고 처참하게 찢겨 나갔다. 어떻게 되었느냐고? 뻔히 알면서 그걸 왜 물어?

지금 이 시간에도 세계 각국에서 이런 실패작들이 무럭무럭 자라나고 있을 터이니 세상은 당분간 망하지 않을 듯싶다. 그러니 삼천대천세계의 유정들이여, 어떤 물건이 되었건 그 물건을 만든 공장에서 권장한 용도로만 사용하자. ☾

흔들릴 때마다 한잔

폭설이다. 세상에 공짜로 오는 것은 하나도 없다는 사실은 일찍이 경험을 통해서 알고 있지만 이건 해도 해도 너무한다. 보름 전 토요일 오후, 소나무숲 사이로 소리 없이 첫눈이 내릴 때 바다를 끼고 있는 서해안의 작은 도시 학생들은 강아지처럼 뛰어다녔다. 아이들의 볼은 늦가을 햇볕에 무르익은 사과같이 붉게 빛났다. 대낮에도 불을 환히 켜고 기말고사를 치르는 내내 눈은 내렸다가 녹고, 녹았다가 다시 쌓여 두껍게 구들장을 만들었다. 저 구들장 밑으로 수많은 생명이 꿈을 꾸고 물이 오르고, 움을 틔워 축복인 듯 봄은 오리라, 다가오는 성탄과 새해는 더없이 따뜻하리라 예상했던 어른들은 일주일이 넘게 눈이 내리자, 깨진 연탄처럼 어두워졌다. 얼어붙은 양어장에 허옇게 죽어 떠오른 물고기들 앞에서, 무너진 집과 축사와 비닐하우스 앞에서, 끊긴 도로 앞에서, 그 뒤로 산더미처럼 몰려오는 세계화의 높은 파도 앞에서, 속절없이 허물어지는 고향을 보았기 때문이다. 소주 대신 농약을 털어넣는가 하면 차가운 아스팔트 위에서 절명시絶命詩를 써놓고 쓰러진 아버지, 어머니의 눈물을 보았기 때문이다. 더 나은 내일을 위한 겨울잠 자기가, 다 함께 누리지는 못해도 검소한 차림으로 성탄과 새해를 맞이하기가 이렇게 힘들 줄이야, 이렇게 많은 대가를 지불해야만 해가 바뀌고 진정, 따스한 봄이 온단 말인가?

저분들 앞에서 글을 쓰는 행위는 사치다, 중얼거리면서 나는 천천히 소주 한 잔을 따라 마셨다. 돌이켜보면 소주잔에도 많은 세월이 흘렀다. 소주처럼 맑고 무서운 문학을 하고 싶었다. 값은 싸지만 깨끗한 사람이 되고 싶었다. 미끄러지면서 넘어지면서 여기까지 왔지만, 신문 연재와 방송 프로그램에 책이 선정된 일은 내게 커다란 기쁨과 슬픔을 동시에 가져다주었다.

기쁜 일은 순식간에 지나가고 슬픈 일은 오래 남는다. 그사이에 그리워하면서 존경했던 몇몇 분들을 잃었다. 말 때문에 생긴 상처가 칼로 찌르는 아픔보다 깊다는 사실을 새삼 깨달았다. 순전히 공부가 짧고 덕이 모자란 내 탓이다. 다시는 이분들과 옛날같이 좋은 관계로 돌아갈 수 없다는 생각을 하면 식도가 타들어간다. 어쩌다 이 지경까지 이르렀는지. 이제는 거품도 사라졌고 맨 처음 그대로, 아니 훨씬 늙고 추한 몰골로 오도카니 남았다. 그러나 안주 먹기 전에 간신히 한말씀 드린다면, 좋은 문학은 꼭 그만큼의 삶에서 우러나온다는 것.

처음이란 말이 나와서 하는 얘기지만, 한없이 가난하기만 했던, 지금 내 나이에 가장 활발하게 작품을 쓰신 박상륭, 이문구, 찰스 부코스키. 마루야마 겐지 같은 스승들이 보인다. 나는 이 분들의 작품을 신줏단지 아끼듯 책상 위에 모셔놓고 아침저녁으로 공양 지어 예불을 올렸으나 밥보다 싼 소주 한 잔 없었다. 참 지독한 사람들이었다. 내가 좋아하는 선배들은 다 이런 식이다. 냉수에 얼음을 넣어 마셔도 기가 질리게 매웠다. 한 소식 얻기가 이렇게 힘들구나, 폭설보다 두꺼운 업장을 짊어지고 걸을 수밖에. 걷다보면 저 눈길을 따라 아주 떠난 사람도 있었고 (박남준, 「눈길」), 비탈에 묻힌 사람도 있었고(윤중호, 「영목에서」), 끝까지 갔다가 되돌아온 사람도 있었다.

이분들 앞에서 글을 쓴다는 것은 참 한심한 일이구나, 웅얼거리면서 다시 소주 한 잔을 따라 단숨에 털어 마신다. 약간 용기가 생긴다. 바닥을 치는 게 소주잔이다. 이제 더이상 내리막길은 없다. 소주 한잔은 메이저리그에 대항해 '맞짱'뜰 수 있는 마이너리그의 유일한 무기이자, 중심의 권위를 해체하려는 변방의 치열한 몸부림이다. 그래서 소주 한 병이 가장 무섭다. 한 사람을 죽일 수도, 살릴 수도 있기 때문이다.

그리하여 우리는 시장 바닥에서, 지하 수천 미터 막장에서,

수심 5,000미터 인도양 한복판에서, 중동 사막에서, 포장마차에서, 최전방 철책선에서, 눈 내리는 막노동판에서, 치운 겨울바다 고기잡이배 위에서, 몸 하나가 방이자 이불인 서울역 지하도 노숙자들과 함께, 폭설에 무너지고 찢긴 고향 땅 어르신들과 함께 한잔의 소주로 희망의 불씨를 되살려보는 것이다. 소주와 눈물과 바다와 하늘은 같은 색깔이다. 피를 나눈 형제들이다.

힘 있는 자들은 결국 사라지겠지만 힘없는 우리들은, 없음이 유일한 재산인 우리들은, 그 없음으로 인해 끝까지 살아남아 이 땅을 증명할 것이다. 현기영 선생님 말씀을 빌리자면 눈물은 아래로 떨어지지만 어떠한 경우에도 소주잔은 위로 올라간다. 눈물 섞인 소주잔은 눈 녹은 물이 섞인 삶의 탕약이다. 쓰지만 마실 수밖에 없는 희망의 잔, 용기의 잔, 다시 일어서는 잔, 온 힘을 다해 지금 이곳을 견디는, 다시 태어나는 불의 잔이다.

보름이 넘게 퍼붓던 눈이 그친 오늘 새벽, 신문을 가져오려고 현관문을 열자 눈 그친 하늘에 소주잔 닮은 달 떠 있다. 그 주위에는 수많은 별들이 안주처럼 반짝거린다. 차가운 공기가 전신으로 퍼지면서 휘청, 넘어질 뻔했다. 숫눈같이 부드러운 그분께서 어느덧 다가와 힘껏 어깨를 부여잡는다. "자, 흔들릴 때마다 한잔!" ☾

방아를 잘 찧어야 애국자

준이는 깨복쟁이 친구다. 키가 훤칠하고 입이 크고 눈이 째졌으며 코는 길게 늘어졌다. 볼과 이마에는 굵은 주름이 있어 빠진 이를 드러내며 크게 웃으면 어린아이들이 지레 겁먹고 울음보를 터트리기도 한다. 한마디로 팔성사(전북 장수에 있는 사찰) 입구의 사천왕처럼 생겼다고 봐도 크게 어긋나지 않을 관상이다.

사방이 거악들로 둘러싸인 장수에서 태어난 준이는 어렸을 때 큰 사고를 당했다. 오른쪽 발이 버스 뒷바퀴에 치어 뒤틀렸다.

그래도 경중거리며 운동회에 참석했으며 학교도 빠지지 않고 잘 졸업했다. 때마침 이농과 산업화 바람이 불어 준이는 의무교육만 마치고 서울로 올라갔다.

그뒤는 그야말로 풍찬노숙風餐露宿. 사람이 해서는 안 될 일은 안 했지만, 사람의 탈을 쓰고 할 수 있는 일이라면 무엇이든 할 수밖에 없었다. 신문 배달, 껌팔이, 막노동, 구두닦이, 식당 보이, 피 팔기까지, 세상 가장 밑바닥을 온몸으로 체험했다.

준이에게 대도시는 냉혹했다. 어느 누구보다 열심히 뛰었지만 성하지 못한 몸으로 견디기에는 무리였다.

결국 영양결핍과 알코올중독을 등에 지고 고향땅으로 내려왔다. 가난했지만 부모 형제 친구가 있는 고향은 그런대로 살맛이 났다. 이런저런 봇짐장수를 거쳐 나이 50대 중반에 자활센터에서 고물팀장으로 열심히 뛰고 있다. 남이 버린 고물이 준이에게는 보물이 된 셈이다.

그리고 밥보다 더 좋아하던 술을 끊었다. 세계 7대 불가사의보다 더 기록적인 사건이었다. 해답은 바로 장가에 있었다. 40대 중반에 20대 초반의 베트남 신부를 맞이하는 날, 준이의 큰 입은 귀를 지나 뒤꼭지에 닿아 있었다.

우리 동창들은 축하하면서도 내심 부러운 표정을 감출 수 없었다. 이미 결혼생활 20년이 넘어 부부 사이가 빚보증 선 처사촌보다도 덤덤하게 보일 나이였으니, 침을 꼴깍 넘기는 친구도 있었다. 역시 인생은 살 만한 것이었다

한데 늦복이 터져도 로또 대박이 터졌다. 술도 끊고 착실하게 돈 모으며 살아가는 줄 알았던 준이가 한 3~4년 연락을 안하더니, 어느 날 느닷없이 청첩장을 보냈다. 그사이 경제문제와

문화 차이로 다투다가 첫번째 부인과 헤어지고 두번째 부인을 맞이한다는 소식이었다.

이런 제길! 남들은 한 번도 제대로 못 하는 결혼을 두 번씩이나 하다니! 친구들 중에는 자녀를 결혼시켜 할배 할매가 된 이들도 있었다. 아무리 지자체가 지원한다 해도 이건 무슨 비밀스러운 무기가 있지 않을까. 오래전부터 각방을 쓰는 친구들은 그저 담배를 빼 물고 헛기침만 해댔다.

그러거나 말거나 준이는 1톤 트럭을 몰고 장수 구석구석을 청소하고 다닌다. 청정구역 장수를 위해 무한 봉사를 하고 있다.

요즘도 군청 앞이나 김밥집 근처에서 준이를 자주 만난다. 비가 온 뒤에 날씨가 쌀쌀해져 물었다.

"준아, 타작은 했냐?"

"얌마, 타작한 지가 언젠디. 방아까지 찧어다 놨다."

부럽다. 아무리 생각해도 준이는 방아 찧는 쪽으로는 선수인가 보다.

준이는 예쁜 공주님 둘을 낳았고 하나 더 낳을까 고민중이란다. 준이는 누구보다 애국자다. ☾

노래는 힘이 세다

장수 산골에는 늦게 봄이 온다. 가장 늦게 잎을 틔우는 감나무와 대추나무가 파란 정충들의 꼬리를 흔들자 오동나무가 퉁소를 불었다. 뻐꾸기와 소쩍새가 앞뒤 산에서 화답을 했다. 고된 농사철이 시작된 거다.

저기 저 앞산 딱따구리는
없는 구녁도 잘 뚫는디
우리집 서방님은
있는 구녁도 못 뚫는구나

_〈진도아리랑〉 가사 중

별을 보고 일어나 별이 뜨는 저녁까지, 농사일은 해도 해도 끝이 없다. 얼마나 힘들었으면 뚫린 구녁도 어쩌지 못하고 잠이 들었을까. 씻지도 못하고 코 고는 서방님을 바라보는 아낙네의 한숨소리가 자못 안타깝기만 하다.

지금은 시절이 좋아 산골 삿갓배미도 기계로 모를 심지만, 옛날 어렸을 적엔 온 마을 사람들이 품앗이로 모를 심었다. 얼마나 손이 바빴으면 지겟작대기라도 놉(일꾼)으로 쓰고 싶었을까.

새벽 찬 이슬을 털고 모를 쪘다. 모쟁이가 찐 모를 바지게로 져다 논으로 날랐다. 아침을 먹고 본격적인 모내기를 시작한다. 양쪽에서 못줄을 잡는 두 명의 센스와 탄력이 모심기의 시간을 줄일 수도 있고 늘릴 수도 있다. 단 한 순간 실수와 오차도 용납하지 않는 숙달된 모심기는 허리가 끊어지는 아픔을 수반한다. 일어서서 허리를 펴는 순간, 못줄은 이미 넘어와 있다.

이건 누구에게 대신 꽂아달라고 할 수 없는 문제다. 자기 인생은 자기만이 책임질 수밖에 없는 것이다. 그리하여 저 안동에 사는 안상학 시인은 이렇게 노래했다.

철도 들기 전 어느 늦봄 다랑논

아배는 모를 심으며

막판 힘에 부쳐 끙끙댔던가

나란히 모를 꽂던 반장댁 할매 옳다구나 싶어

쫘악하니 허리 퉁겨 젖히며

– 아, 여보소, 무슨 큰 심 쓴다꼬 그클 끙끙대긴 끙끙대노
그 말 날름 받아든 아배 짐짓 낮고 다급한 목소리로
– 어허, 아 깬다마는

_안상학, 「한식」 부분

'왜 그리 끙끙대냐'는 말에 '밤일 중 얘기하면 아이 깨니까 조용히 하라' 맞받아친 것이다. 이 말이 끝나기가 무섭게 품앗이를 하던 온 두레꾼들이 한바탕 배꼽 잡고 웃었단다. 그 웃음 먹고 지금 다랑논 벼 포기들 옴쑥옴쑥 잘도 자란다. 푸른 파도를 타고 넘나든다. 핏줄 도드라진 정맥 속 푸른 피들이 훤히 들여다보인다.

노래는 힘든 육체노동을 풀어주는 원기회복제였다. 안동에 버금가는 우리 동네 모심기 노래 한 자락 더 들어보자.

여기도 꽂고 저기도 꽂고 쥔네 마누라 거기도 꽂고
그 골짝도 농사라고 지리산 중놈이 동냥 왔네

난감하다. 탁발 오신 스님께 쌀이나 보리 대신 마누라를 내놓을 수도 없고, 그냥 한바탕 웃고 넘어가자는 거다. 그렇게 웃고 울면서 세월의 능선을 넘어오신 우리 동네 어르신들, 이제 기역 자로 구부러졌다. 점점 땅에 가까워지신다.

열 가구 남짓 남은 다리골에서 쉰 중반인 내가 가장 젊다. 저 어르신들도, 나도, 언젠가는 부드러운 흙 어머니 골짝에 꽂힌 몸이 될 거다. 꽂혀 부르르 떨 때 온 산과 들, 꽃이란 꽃 화들짝 놀라며 꽃 피워 올릴 것이다. 야무진 이마, 튼튼한 가을 열매들 문 활짝 열고 튀어나올 것이다. 노래는 세상에서 가장 힘이 세나. ☽

나의 마지막 수트

보통 중국집에서 배달일을 하면 짱깨 또는 철가방이라고 부른다. 빵공장에서 일하면 빵쟁이(교도소를 다녀온 사람은 보통 빵잽이라고 부른다), 금은보석을 다루면 땜쟁이라고 한다. 유 아무개는 바다 수영을 잘한다거나 소주를 많이 마시는 버릇은 알려져 있지만, 영화를 즐겨 본다는 사실은 알려져 있지 않다. 나는 영화광이다. 좋은 영화를 위해 전국을 누빈다. 영화를 보지 않았다면 집을 사고도 남았을 것이다. 성노예로 일본에 끌려가 젊음을 빼앗긴 할머니들의 영화와 제주 4·3, 광주 5·18, 세월호 관련 다큐는 거의 다 봤다. 아랍 영화제와 스웨덴 영화제는 아침부터 줄을 섰다. 체력 고갈을 느끼면서 하루 네 편(아침부터 다음날 새벽까지)을 보기도 했으며, 보통 세 편, 두 편은 무난하다. 차비가 아까워서 한번 가면 뽕을 빼고 온다.

내 머릿속에는 수백 편의 영화 장면이 스쳐지나가지만, 〈아무르〉(감독 미하엘 하네케, 2012)와 〈나의 마지막 수트〉(감독 파블로 솔라르스, 2017)를 놓고 잠깐 고민을 했다. 그래, 베개로 치매에 걸린 부인을 누른(나는 연명치료를 거부한다) 남편보다야 고집 센, 할배 얘기가 더 낫지.

아흔을 코앞에 둔 할아버지는 아르헨티나에서 재단사로 일하며 나름 행복한 노년을 보낸다. 결혼한 딸들 앞으로 집을 내놓는 넉넉함도 가지고 있다. 그러나 그는 폴란드 우치Łódź 출신 유대인이다. 폴란드는 할아버지에게 금기어다. 영화를 많이 본 사람은 눈치챘을 것이다. 그는 아우슈비츠에서 가까스로 살아남았다. 여든여덟이 된 그는 요양원에 들어가기 전날, 집을 '탈출'한다. 친구에게 한 약속을 지키기 위해서. 과거 나치 치하에서 친구는 할아버지 집을 가로챈 자신의 아버지를 주먹으로 때려눕히고 할아버지를 지하실에서 간병한다. 친구의 아버지는 할아버지 집에 고용된 재단사였다. 친구는 자기 아버지를 때리면서 "인간이 왜 그래요" 하며 할아버지 편을 든다. 우리는 짐승들이 사는 시대를 지나고 있다.

할아버지는 수용소에서 끔찍한 고문으로 망가져 '추리스tzuris'라는 별명이 붙은 오른쪽 다리를 끌고 온갖 유머와 술수를 동원해 마드리드에 도착한다. 호텔에서 잠깐 한눈을 파는 사이, 전 재산을 잃고 만다. 절도를 당한 것이다. 할 수 없이, 인연을 끊고 사는 막내딸을 찾아간다. 거기서 중요한 사실을 발견한다. 언니들이 동생에게 집을 물려주었다는 것. 또하나는, 아버지 왼팔에 새겨 있는 수인 번호(남한산성에서 헌병들은 우리를 '감자'라고 불렀다. '수감자'에서 앞에 '수' 자를 뺀), 딸은 팔에 문신을 하고 있었다. 피를 나눈 사이에도 생각과 행동은 이렇게 다르다. 우여곡절 끝에 최소한의 차비를 뜯어낸 다음, 여정을 계속한다. 문제는 프랑스를 거쳐, 폴란드에 가려면 독일을 거쳐야 한다는 것. 비행깃값이 없어 기차를 이용할 수밖에 없다는 것. 역에서 도와주는 인류학자가 하필 독일인이었다. 할아버지의 야박한 인정에도 굴하지 않고 보듬는 사람, 할아버지는 역에서 기차가 고장나 늦게 출발하는 사이에도 더러운 독일 땅을 밟지 않으려고 자기 옷을 깔고, 가방 위에 발을 올려놓는다. 얼마나 독일에 대해 치를 떨었으면 그럴까.

그에게는 재단사, 교사였던 부모님이 있었다. 슬기로운 형과 이야기를 잘하는 여동생이 있었다. 또한 자애로운 외삼촌이 있었다. 모두들 아우슈비츠에서 죽었다. 아버지의 죄목은 아코디언을 가진 죄, 삼촌은 바이올린을 가지고 있던 죄. 사랑하는 여동생은 노동을 시킬 수 있는 나이에서 한 달이 모자란 죄였다. 머리에 총알이 박히는 광경을 할아버지는 직접 봤다. 인류학자의 헌신적인 인내로 마침내 할아버지는 독일 땅을 밟는다. 그러나 기차 안에서 쓰러진다. 꿈을 꾼 것이다. 꿈속에서 자기를 비웃는 독일 군인들과 사랑하는 가족을 본다. 간신히 살아남은 할아버지는 그를 간호한 폴란드 간호사와 고향까지 간다. 거기서 죽마고우를 만나 약속했던 수트를 전해준다. 늙은 친구는 살아 있었다.

나는 작년에 아우슈비츠에 관련된 책을 스무 권 넘게 읽었다. 눈물을 흘리면서 봤다. 그러면서 드는 부끄러운 생각, 왜 그 고통을 당한 유대인이 미국을 등에 업고 팔레스타인 땅을 빼앗고 사람을 죽이는가. 왜 유럽은 식민지 시절에 대해, 원주민에게 사과하지 않는가. 왜 일본은 한국을 비롯해, 아시아 사람들에게 반성과 사죄를 안 하는가. 왜 한국은 베트남에게 머리를 조아리지 않는가. 왜 욕하면서 닮아가는가.

나의 마지막 수트는 누가 전달해줄 것인가. ☾

오늘도 걷는다

내가 걷는 이유는 여러 가지 있다. 술을 깨는 것이다. 체중을 줄이는 것이다. 92킬로그램 나가던 몸무게가 82킬로그램 나간다. 홀쭉해졌다. 약을 먹고 있지만 정상 혈압이다(나는 본태고혈압이다. 어머이도, 큰형도 혈압으로 돌아가셨다. 누나도, 동생도 혈압이 높다). 또하나는 생각이 가지런해진다. 좋은 문장이 불쑥 떠오르기도 한다.

작년부터 방화댐 윗길을 걷는다. 왕복 12킬로미터 정도. 원래는 방화동 가족 휴양소 수려한 산길을(물소리 요란한) 걷는데, 코로나 시국이라 갈 때마다 이름을 적는다. 귀찮았다. 소장이 국민학교 동창이라 편했는데 이미 정년을 채웠고. 댐은 그런 게 없다. 사람도 없어 한적하다. 늘 혼자 걷는다. 한번은 돌아오려는 길에 늙은 부부를 만났다. 아는 척 안 하려는데 그쪽에서 먼저 인사를 했다. 황급히 고개를 숙였다. 그 길은 사람 만나기가 하늘의 별 따기와 같은 심심산골이다. 자기는 하동마을 산단다. 노부부에게 장난치기가 뭣해, 다리골에 사는 유 아무개라고 했더니, 아, 시인이군요, 어떻게 저를 아세요, 우리 동네 정창근 씨한테 들었어요. 그렇구나. 부부는 광주 사람으로, 바깥양반은 대기업에서 반도체 연구를 했고 부인은 초등학교 선생님 출신이었다. 장수가 마음에 들어 정년퇴직을 하자마자 귀촌을 했단다. 자, 그러면 내가 정창근 씨를 어떻게 만났나? 번암우체국 갔다 우연히 만났다.

정창근 : 혹시, 유 아무개 선생 아니세요?
유 아무개 : 아닌데요.
정창근 : 내가 사람을 잘못 봤나? 분명히 모지방(용모)이 유
        아무개 시인인데……
유 아무개 : 사람 잘못 봤습니다. 동명이인도 있구요.

정창근 씨는 유종화, 안도현과 친한 사람이다. 두 분은 하동마을에 와서 자고 가기도 했다. 정창근 씨는 번암우체국에서 바로 유종화 형께 전화를 걸어 바꿔줬다. 인연 따라 정창근 씨네 집에서 막걸리를 마시고 앵두와 파리똥(보리수)을 먹었다. 앞서, 귀촌한 부부에게 읍내에서 융숭한 식사 대접을 받았다. 귀

한 분들이다.

한여름과 겨울에는 서산 A지구를 두 시간가량 걷는다. 여름에는 새벽 3시에. 장수는 에어컨이 없다. 아무리 여름이래도 새벽 3시면 캄캄하다. 보통 이 시간에는 사람이 없고, 간혹 낚시꾼을 만난다. 한번은 넓은 농로 교차로에서 낚시꾼을 만났는데, 낚시꾼은 흡사 광부처럼 이마에 등을 밝히고(안동에 사는 안 모 시인이 마빡에 불 밝히고 어쩌고저쩌고하는 시를 쓴 적이 있다) 걸어가다가 나를 발견한 거다. 상대가 화들짝 놀랐다. 저, 아저씨, 그런다고 얼굴에 불 밝히면 어쩌란 말입니까? 죄송합니다, 죄송합니다. 사내는 그렇게 지나갔다. 하루는 아무 생각 없이 걷는데, 꼭 나만한 개가 달려든다. 얼마나 놀랐겠나, 하도 비명을 크게 질러 멀리 마을이 있는 개들까지 짖었다. 내 큰 비명소리에 개가 멈칫하고, 개 주인이 죄송합니다를 연발하고 반대편으로 사라졌다. 오늘은 일진이 사나운 날이군, 그냥 집으로 돌아가자. 짧은 코스로 집에 오는데 아까 그 개를 또 만났다. 이런, 다시 돌아가자, 원래 코스로 걸어 돌아오는데, 또다시 개를 만났다. 개 주인 말한다. 저도 처음 걷는 길인데요, 내일부터 여기 안 오겠습니다, 내일부터 편하게 걸으세요, 개 목덜미를 꼭 잡는다. 어느 날 내가 걷는 코스 다리난간에 플래카드가 걸렸다. "외출 시에 반려견 목줄과 인식표를 착용해주세요. 동물보호법 위반으로 과태료 50만 원에 처할 수 있습니다. 서산시."

3부 섬으로 부치는 편지

또 한번은 집으로 오는 길에 여자를 만났다. 여자는 언제 봐도 무섭다. 그런데 캄캄한 농로에서 만난 거다. 이리 피하면 이리 오고 저리 피하면 저리 온다. 농로는 제법 넓어 차가 한 대지나가고도 남는다. 세상 별것을 다 보고 살아왔는데도 머리카락이 쭈뼛 섰다. 아 귀신이구나, 이렇게 죽는구나, 그동안 삶이 영화처럼 지나갔다. 좀더 착하게 살걸, 후회가 밀려왔다.

"우리 영감인 줄 알았슈."

아니, 할아버지랑 따로 걷나보다.

비가 와도 우산 받치고 걷고 눈이 와도 걷는다. 오늘도 걷는다. ☾

4부

내 인생의 음악

외로운 길

인생은 두 갈래 길이 있다고 배웠다. 하나는 사람들이 많이 다니는 넓은 길이고, 또하나는 사람들이 잘 다니지 않는 좁은 길이다. 좁은 길을 걷는 사람은 외롭다. 길을 내면서 길을 걷는다. 그 사람이 김병섭이다. 김병섭은 서산에서 사귄 오랜 친구다. 친구가 세 개 있는데 하나는 유명한 소설가가 되었고, 하나는 어디 가서 무얼 하는지 모르고, 마지막 남은 녀석이 시인이 되었다. 그것도 시골에서 아무도 알아주지 않는 시를 쓰고 산다. 돈은 병원에 나가는 바깥양반이 벌어다 주는 눈치고, 가끔 아이들을 가르치는 훈장 노릇도 하는 걸로 안다. 더군다나 그는 시장 봐오고 빨래하고 청소하는 틈틈이 자기 이름을 걸고 사전을 낸다. 서산과 태안 말을 수집한다. 토박이의 말이다. 김병섭이 쳐놓은 토박이의 말을 따라가다보면 시 내용을 잊어버린다.

무슨 말을 했을까, 고개를 갸우뚱거리고 다시 읽어보면 금방 현장 말이 뒤따른다. 악순환의 고리다. 어떻게 읽을까. 그냥 막 읽으면 된다. 여러 번 되풀이해서 읽으면 된다. 소리 내어 읽으면 된다. 그러고도 안 들어오면 할 수 없다.

김병섭의 시집 제복이기도 한 '암나뚜마'는 아무 말도 하지 말라는 서산·태안 말로 일하는 사람들이 실제로 쓰는 말이다. 농사를 짓거나 현장에서 일하는 사람들이 밥 먹듯이 하는 말이다. 김병섭은 체질적으로 현장 일을 하는 사람들을 아낀다. 요즘 젊은 사람들은 소위 말하는 사투리를 안 쓴다. 예쁜 서울 말을 쓴다. 누가 구닥다리 토박이의 말을 쓰겠는가. 대학 생활이나 취업에 하등 도움이 안 된다. 그러니 팔리겠는가. 애초에 돈하고는 인연이 없다. 돈하고 문학하고는 상극이다. 돈을 따르면 문학이 없다. 삶이 어려우면 어려울수록 작품이 좋다. 이 아이러니를 어떻게 설명해야 하나. 그러니 포기는 일찍 하는 것이 편하다. 슬하의 아이들은 각자 생존이다. 다행히 아이들은 똑똑하고 명민하여 과외비가 안 들어간단다. 그 흔한 선행학습 한 번 안 받고 명문 학교에 쑥쑥 들어갔다. 둘 다 인물이 장난이 아니다.

내 아이는 나를 쏙 빼닮았다. 다른 건 빼빼 말랐다는 것이다.

별명이 '북한아이'다. 아이는 손목 힘이 없어 삼겹살집이나 곱돌냄비가 나오는 식당에서는 알바를 못한다. 사우나에서 수건을 나누어 주거나 커피 전문점을 전전했다. 수학을 가장 못하는데 학원에서 수학 선생 노릇을 했다. 모두가 돈 때문이었다. 옛날에 이런 일이 있었다. 친한 선생님이 둘째 아들을 법원행정처 웨딩홀에서 장가보냈다. 어차피 축의금 내는 것, 딸아이한테 점심이나 먹으라고 했다. 공교롭게도 아이와 함께 로비에서 성형외과를 하는 선배를 만났다. 선배는 아이를 보자 농담을 했다. 견적 많이 나오겠어, 언제 시간 나면 병원 한번 내원해서 아빠 얘기를 혀, 그러면 50프로 깎아줄 팅게. 아이는 원래 앞트임, 뒤트임, 쌍까풀, 코를 높이는 수술까지 염두에 두고 있었다. 아빠는 미안한 마음에 돈을 들여서라도 감당을 해야지 하고 각오를 다지고 있는 중이었다. 후에 아이는 "아빠 절대 성형은 안 해", 나는 미안한 마음에 웃고 말았다. 평소 술과 담배에 찌든 나는 자식도 이렇게 평범하다. 공부가 취미였어요, 그런 생각을 가진 동료를 내 아이는 증오한다. 십 리에 한 걸음 오 리에 한 걸음 내 딸.

박경리는 『토지 인물 사전』이 있고 이문구는 『이문구 소설어 사전』이 있고, 대흥 사람으로 내포 지방 말을 애용하는 김성동은 지난해 여름에 『국수사전』을 펴냈다. 예산에 가면 예산 말

사전에 온 힘을 기울이는 이명재가 있고 서산과 태안 고유의 말을 쓰는 김병섭이 있다. 김병섭은 서산과 태안 말로 이루어진 세 권짜리 두툼한 사전을 펴냈다. 사전은 아무나 내나. 김병섭은 시를 쓰다보니 그렇게 됐다고 겸손을 떨었지만, 고집이 있어야 낸다. 아무도 알아주지 않는 자기 혼자만의 길을 묵묵히 가고 있나. 사전 만드는 직업은 외로운 일이다. 아무도 알아주지 않는다. 그는 틈틈이 시장을 봐온다. 빨래를 한다. 청소를 한다. 꼼꼼히 한다. 강박이 있는 거 아닌가. 하긴, 시인은 모두 어떤 식으로든 강박증을 가지고 있다. 좋은 말로 강박증이라고는 하지만 정신병이다. 시간 맞추어 약을 먹어야 한다. 사전 만드는 일은 정신병이 들지 않으면 어렵다. 시는 책장에 붙여놓고 자주 들여다본다. 자주 고친다. 인생 전체를 고쳐야 하지 않는가.

김병섭은 변하지 않는 사람이다. 처음하고 변한 게 머리카락과 나이밖에 없다. 보통 사람들은 조금씩 변한다. 나도 서산에서 신문 배달을 거쳐 목수일을 하다 우유보급소 소장, 카페 사장을 했다. 그건 직업상 어쩔 수 없는 일이었다. 그러나 김병섭은 초지일관이다. 겨우 서산 '글마당사람들'을 하다 '노동자문학회'로 갔을 뿐이다. 그때는 따로 살림을 차려 나가는 김병섭이 조금 섭섭했다. 젊었을 적 일이다. 유용주는 얼마나 잘못을 저질렀던가. 세월이 흘러 우리는 모두 냄새나는 고약한 할배가 되었다. 혈기 방장할 무렵, 광주에 간 적이 있다. 광주 5·18 묘역을 둘러보고 오는 길이었다. 큰 관광버스를 대절해 마음먹고 다녀오는 길이었다. 대부분 나를 포함한 서산 지역 예술가들이 었는데 김병섭에게 혼쭐이 났다. 망월동 묘역을 둘러보고 오는 버스 안에서 술을 마셨다는 거였다. 음복이 길었다. 일부는 술에 취했다. 서산 1호 광장에 내려 남의 자동차 지붕에 올라가 큰 소리로 구호를 외치기도 했다. 김병섭이 보기엔 얼마나 꼴불견이었겠나. 한마디로 *꼬장꼬장*하다. *꼬장꼬장*한 마음에 남에게도 이런 것을 원하나? 첫 시집 『봄눈』의 석류 같은 사람이다. '보치성 옰는' 사람이다. 살이 안 찌는 이유가 있다. 물론 체질이지만.

김병섭의 시 「을멕이」(『암마뚜마』)를 보다가 여수떡 생각을 했다. 어머이는 손이 칼칼해서 마을 대소사에 늘 광을 봤다. 그만큼 엄정했다는 말이다. 광은 어머이와 솜씨가 비슷한 서너 명이 봤는데 우리 어린이들은 풀방구리 드나들듯 하였다. 늘 손에는 적이나 떡이 들려 있기 마련이었다. 어머이는 자식에게도 엄격했다. 무서웠다. 뭐 하나 더 준다고 광이 비지는 않는다. 그리고 어차피 경조사비는 아부지가 내지 않았나. 하긴 누구 집 모내기를 하면 온 가족이 하루종일 거기 가서 살았다.

그런데 말이다. 가족관계는 좋은가보다. 우리 큰형, 형수는 뗏장 이불을 덮었는데, 살아 있을 때 유용수가 말한 적이 있다. 동기간은 안 보면 보고 싶고 보면 이 갈리는 사이라고. 나 닮은 얼굴을 거울에서 봐봐라, 구역질 난다. 시를 읽어보면 김병섭은 누나와 사이가 좋은가보다. 사촌이 땅을 사면 배가 아프다는 옛말이 있다. 형제간도 질투가 있다. 나는 형들은 죽었고, 누나와는 의절하고 산다. 의절하기 전에는 우리집에 가끔 왔다.

부처님 오신 날, 비빔밥 한 그릇 얻어먹다 교통사고가 나는 바람에 비빔밥 열 그릇도 넘게 물어줬다. 예수님 오신 날은 너무 추워서 집안에 있었다. 망월동, 봉하마을은 여러 번 가봤다. 망월동은 '오월문학제'에 충남 대표로 뽑혀 나갔다. 말이 좋아 충남 대표지, 할일 없고 직업 변변치 않은 사람에게 늘 주어지는 관례. 봉하마을은 셀 수 없이 많이 갔다. 거기 매장에서 수건, 우산, 책을 샀으며 심지어는 양말도 봉하 양말만 신고 다녔다. 최근에는 양말을 납품하는 업체에서 수익성이 없다고 더이상 양말을 팔지 않는다. 눈물을 머금고 시장을 향한다.

지방선거와 국회의원은 4년에 한 번, 대통령은 5년에 한 번 찍는다. 나는 비교적 진보 인사에게 투표를 하는데, 국회의원은 당선된 적이 없다. 최근에 시장이, 대통령은 다행히 세 번 당선

되었다. 선거할 때다. 나는 내가 원하는 사람을 찍고, 비례대표
는 일하는 사람을 표방하는 정당을 지지했다. 주민등록을 같이
쓰는 사람은, 그러면 표가 갈린단다. 이혼을 하려면 그렇게 찍
으란다. 아니, 투표할 자유도 없나, 무서운 협박이다.

소나기는 내리구요, 꼴짐은 삐그러지구요, 허리띠는 풀리구
요, 설사는 나구요, 여름 손님은 샛서방도 호랭이보다 무섭다.
꼭 똥인지 된장인지 찍어 먹어봐야 아남?

최근에 큰처남이 죽었다. 교통사고였다. 제2의 윤창호를 생각
하면 된다. 장인어른이 방광암이다. 일 년 넘게 병원으로 모셨
다. 암이 전이가 되어 폐암 말기다. 병원에서도 포기했다. 인생
은 거꾸로구나. 소식을 들은 많은 사람들은 장인어른이 죽었다
고 착각을 했다. 장례를 치르고 납골당에 모신 다음, 정신을 차
려보니 장모는 돈타령이다. 생각은 이해하나, 아들이 죽었다. 돈
문제로 며느리가 어떻게 울었는지 모른다. 며느리를 의심한다.
그러면 남은 조카들은 뭐냐. 남의 자식 귀한 줄 알아야 자기
자식 귀한 줄 안다. 남의 자식도 그 누구에겐 귀한 아들딸들이
다. 워째 그런지 몰라, 안타까운 사실이다.

경준이는 수분국민학교 내 동창이다. 3남 4녀의 장남, 어려

서 버스 뒷바퀴에 치여 다리가 불편하다. 절뚝절뚝 걷는다. 발길 한번 잘못 돌려 가수에서 농사꾼이 되었다. 그의 어머니는 여든네 살로 마을회관에 다녀오다 눈길에 미끄러져 엉덩이뼈가 나가고 손목뼈는 절단되어 깁스를 했다. 서울에 있는 딸들이 어머니가 입원하자 사위와 아이들까지 부대를 만들어 내려왔다. 소작이지만, 철철이 쌀을 올려보내던 녀석이 여동생들이 내려오자 병원비는 한시름 놓았다. 읍내 고깃집에서 밥을 먹은 동생들이 우리는 오빠만 믿어, 그것도 뚫린 입이라고 덕담인 줄 알았다. 밥값은 20만 원 훨씬 넘게 나왔다. 사나흘 굶은 집에도 도둑이 든다. 안해(베트남 출신이다)도 연식이 오래되어 자주 고장이 난다. 자신도 무릎 아래가 화끈거려 겨울에도 찬물에 담근 적이 많다. 온몸이 마비가 오고 숨을 못 쉬어 이러다가 죽는구나, 대학병원에 연락하고 짐을 싸는데 마누라가 입을 감싸고 돈다. 이번에는 어금니를 빼야 한단다. 치과에 내려주고 도청소재지까지 올라갔다. 불행 중 다행이랄까, 신경과에서는 입원 대신 약을 한 보따리 처방받았다. 약은 쓰고 먹기만 하면 졸렸다. 동창들도 술병 감추는 마누라 편들랴 정신없는 녀석을 업고 숱하게 응급실 들락날락했다.

녀석은 친구를 두 개 두었는데, 인근 면에서 식당 주방일을 하는 친구와 멀리 막일꾼으로 복무하는 놈이 전부다. 세 놈 모두 가는귀가 먹어 전화기에 대고 고함을 질러야 한다. 별명은 '루꾸상'이다. 앞에 '후' 자를 뺀 친구들은 미혼이다.

안구건조증에 시달리는 녀석은 자주 윙크를 한다. 아버지 피를 이어받아 알코올중독자에 머리카락은 무덤 닮았다. 담배와 커피를 달고 산다. 남동생 하나는 술을 너무 많이 마셔 먼저 나무 옷을 입었다. 평소 술버릇이 얼마나 대단했는지 읍내에 소문이 좍 돌았다. 돈이 없는 녀석은 꾀를 냈다. 주인이 술을 먹으려면 돈부터 보여줘야 하면, 술값도 없이 술 먹는 사람 봤어, 큰소리를 탕탕 쳤다. 소주를 큰 잔에 따라 먹고 김치 쪼가리를 우물거리면서 유유히 식당을 빠져나오자, 주인이 돈 주고 가야지, 돈! 동창은 심드렁하게 한마디 내뱉었다. "달아놔!"

경찰은 기동순찰차를 길가에 대놓고 낮잠을 즐기고 있었다. 112에 신고 전화가 왔다. 웬 주정뱅이가 터미널에 쓰러져 오줌을 벌벌 싸고 있다는 전화였다. 경찰은 하품을 하며 주정뱅이를 접수하여 마을까지 데려다줬다. 이 버러지 같은 놈을 뒷좌석에 모시려고 뼈빠지게 공무원 시험을 본 겨? 한 대 줘패도 시원치 않을 노인네 하곤. 술에 뻗어 있던 녀석은 고래고래 의자를 걷어찼다. 경찰이 하는 일이 뭐가 있어, 나처럼 술을 사랑하는 인간 실어다 주라고 경찰이 존재하는 거 아녀, 뭐 치고 싶다고? 어디 한번 쳐봐, 새파란 잎사귀는 코웃음을 쳤다. 아저씨 술을 좀 작작 처마셔, 술 속에 돈이 들었어, 쌀이 들었어, 허구한 날 주구장창, 이런 것도 사람이라고, 흐이구 살려놓으니 보따리 내놓으라고 지랄 엠병을 한다니께.

경준이는 기초수급자다. 농한기에는 고물을 주우러 다닌다. 늙은 어머니와 망가진 마누라와 농자금으로, 긴급생활안정자금(이 돈은 이자가 안 붙는다) 대출받아 쓴 돈이 불어나 이미 야반도주하기는 글렀다. 올해 상추와 호박, 오이 농사는 누가 지을꼬. 결산을 아무리 해봐도 뻔하다. 아무리 돼지 거시기처럼 인생이 꼬였다 치더라도, 영판 심난한데 죽은 자식 부랄 만지기지 뭐. 어떻게든 함 해봐.

다시 없을 아홉 살 여름날, 웃다리골로 자두 서리를 갔다. 자두나무가 많은 동창 용현이네 집이다. 나무를 잘 타던 완수가 제일 높은 가지에 올라갔다. 밑에 있는 코흘리개들은 난닝구에 자두 넣느라 정신이 없었다. 새벽잠이 없는 판동이 양반의 거 누구냐는 벼락같은 고함소리에 완수는 오줌독에 빠져 물귀신이 될 뻔했다. 용현이는 사대를 졸업해, 고등학교에서 국어를 가르쳤는데 정년이 내일모레고, 완수는 머리카락이 허연 막노동 인생이다.

매미가 한창 난리를 피울 때, 우리는 부모 몰래 아이스케키를 사 먹었다. 얼음과자는 달달했다. 콧방귀나 뀐 깨복쟁이들은 쌀을 퍼내어 바꿔 먹고, 가난한 아이들은 보리쌀이나 마늘을 가지고 왔다. 엿장수도 마찬가지였다.

개심사를 옆집 마실 가듯 자주 갔다. 꽃도 보고 연못도 보고 잔뜩 휘어진 기둥도 보고 기와도 봤지만, 누구처럼 불상을 보고 치성은 못 드렸다. 닭백숙은 먹은 적 있다. 환갑이 지난 아직까지 마음을 씻은 적 없다. 그러니 여즉, 불목하니 신세 못 면한다.

갯반닥 근너온 말 한마디 하자. 나는 블랙리스트다. 자랑할 것도 미안할 것도 없다. 지난 10년간 아무것도 된 게 없다. 국립대 강연도 교육청 특강도 강연 날짜 확정되고 원고까지 줬으나 아무런 이유 없이 취소되었다. 이명박, 박근혜 정권에서 구박을 받았다. 아르코 창작지원금이 꼭 필요해 응모했으나, 떨어졌다. 몇 번 떨어지자 아는 사람이, "거 작품에 질이 떨어지는 거 아녀?" 한다. 나는 문학을 보는 눈이, 세상을 보는 눈이 다른 건 줄 알았다. 치사하게 아무런 힘이 없는 시인에게 이런 대우를 하다니, 너무 야박한 거 아닌가. 본격적으로 변호사를 선임하고 소송을 벌이고 있다. 충북민예총은 개인당, 천5백만 원을 받아

냈다. 판례가 생긴 거다. 이기면 한잔 먹자.

아부지는 말년에 시사답을 지었다. 배가들 뫼뿔은 넓었다. 그
야말로 종처럼 살았다. 논에 가면 나락보다 피가 많았다. 아부
지는 피를 뽑을 생각을 안 했다(주낫두 넘덜이 삼백 가락 놓으면
아버지는 꼭 육백 가락 놓ㅓ). 주믹에서 살다시피 했다. 외상값이
나락 널보다 높았다. 어머이는 먼 친척이 중매를 서, 함진애비
가 왔을 때, 양반이라고 해서 물어보지도 않았단다. 무슨 얼어
죽을 양반이여, 그 나이에, 그 얼골, 그 가난에 어머이는 가셨
다. 말레도 읎는 집이었다. 가난만이 풍년이었다.

어떤 사람은 가난할 때를 돌아보며 그때 먹었던 음식을 입에
도 안 댄다. 라면과 보리가 주인공이다. 나는 잘 먹는다. 보리를
아시(애벌) 삶아 댕댕이 소쿠리에 담아두면, 여름에 쉰다. 쉰 보
리를 찬물에 빨아 다시 먹었다. 그래도 간장에 우린 쑥보다 훨
씬 낫지 아니한가. 라면도 그렇다. 한창 세상 밑바닥을 전전할
때 한 달 넘게 라면 신세를 진 적 있다. 그야말로 밀가루 냄새
가 풀풀 날 때도 있었다. 환갑이 넘은 나이인데도 나는, 보리밥
과 라면, 즐겨 먹는다.

'시' 자 들어가는 것을 싫어한다. 시금치도 안 먹는다. 시내버

스도 안 탄다. 시계도 안 찬다. '시월드'는 이겨서 빨아서 널어서 풀해서 두드려야 제맛이다.

부잣집 모내기하면, 새벽부터 한 여섯 끼 먹는다. 캄캄한 새벽부터 모를 찐다. 어린 우리 또래들은 주로 못줄을 잡는다. 못밥이 얼마나 맛있나. 지게 바작에다 밥에다, 반찬에다, 국에다, 막걸리까지, 흐흐, 머우 대궁이에 들깻가루 풀어서…… 아직도 눈에 선혀. 흰 삼베를 씌우고 똬리 튼 광주리를 이구 들구 논 옆으로 오는 우리 어머이들.

국민학교에는 기성회비라는 것이 있는데, 학교 갈 적에 달라고 했다가 아부지 지겟작대기로 맞은 적이 한두 번이 아니다. 도망가다 돌에 맞아 뒤꿈치에 피 흘린 적 많았다. 나는 수학여행을 못 간 학생이었다. 차라리 맹물 먹고 꾀를 파는 게 나았다.

서산, 태안은 집집마다 생강굴이 있다. 도시 사는 사람들이 대나무인 줄 안다는 생강은 마늘과 함께 중요한 돈이다. 생강굴은 가스가 가득차서 심심찮게 농사꾼들이 죽어나가기도 했다. 게꾹지, 어리굴젓, 간장게장, 우럭젓국, 실치……, 여기서 즐겨 먹는 음식이다.

논은 세벌김을 매주어야 되고, 보리농사는 바빠야 건질 수 있다. 조금 게으름을 피우면 탕 난다. 밭고랑은 잡풀로 뒤엉킨다. 왜 그렇게 잡풀은 거름을 안 주어도 잘 크는지. 뼈마디가 녹고, 허리가 굽고, 관절이 다 닳을 때까지 농사꾼들은 일을 한다. 일을 하는 사람이 하느님이다.

김병섭이 모든 걸 봤다. 모든 것을 기억한다. 그때 말을 한다. 시로 기록한다. 사전은 더 두툼해질 것이다. 말속의 말은 많으면 많을수록 좋다. 다양하면 다양할수록 좋다. 현장을 중요하게 여기고 한평생 말씀을 공부해온 나도, 김병섭의 『암마뚜마』 (도서출판b, 2019)를 앞에 놓고 반성을 한다. 대단하다. 김병섭만이 할 수 있는 일이다. 그동안 어떻게 살아왔는가. 외로움을 참아내면 좋은 작품을 오래 쓸 수 있다. ☾

내 영혼을 뒤흔든 한 편의 시

남들 대학생 나이에 중학교 과정을 배웠다. 나는 정동제일교회 배움의 집 3기 출신이다. 일찍 세상을 버린 이영훈이 가사를 쓰고 곡을 붙인, 얼굴이 긴 가수가 부른 우리 교가, 〈광화문 연가〉에서는 눈 덮인 작은 교회당이 나오는데, 정동교회는 큰 교회다. 독재자 이승만이 교회 신자였으며, 유관순 열사 장례식이 거행된 곳이다(이화여고는 담 너머에 있는데, 벧엘예배당이 서울시 사적으로 지정되고 신축 예배당이 지어질 동안 이화여고 심슨홀에서 공부를 한 적도 있다). 중국집과 부산식당, 잡화점을 거쳐 도매로 주류 판매하는 대호상회를 지나 빵공장에서 기술자들 빤스를 빨아준 끝에, 서울로 올라와 보석세공공장에서 광을 내고 잔심부름을 할 때였다. 입학식 날이 떠오른다. 시절은 가을밤, 얼큰하게 술이 오른 야학 교감선생이(나중에 교감선생은 무섭게 공부한 끝에, 국립교육대학에서 국어교육과 교수로 정년퇴임 한다. 인연이 묘하다고나 할까, 아내는 충청도 시골에서 고등학교를 다녔는데, 음악 담당 교사가 교감 선생 부인이었다) 칠판을 두 개 잇대어놓은 교회당에 윤동주의 서시를 적어놓고, 느낌을 말하라는 것이었다. 처음 보는 시다. 무조건 좋았다. 몇몇이 손을 들고 뭐라 했다. 나도 손을 들고 말을 했는데 기억나지 않는다. 나중에 윤동주가 연희전문을 나왔고 일본 유학을 했으며 후쿠오카감옥에서 요절했다는 사실을 알게 되었다. 악독한 일본 놈들이 생체실험을 했다는 말도 들린다. 또한 「별 헤는 밤」 「참회록」 「자화상」을 비롯해, 수많은 명시가 있다는 사실을 알았다. 나는 결심했다. 시인이 될 거라고, 윤동주보다 더 멋진 시를 쓰는 시인이 될 거라고.

그러나 시인이 되는 일은 요원했다. 세월은 강물같이 흘러, 술집 웨이터와 불명예제대와 각종 식당 주방을 전전했다. 신춘문예는 물심양면으로 떨어졌고 잡지 투고도 족족 물 말아 먹었다. 신문사 문화센터 시 창작 교실에 기울인 끝에, 스승이 주간으로 재직하던 시전문잡지에서 온갖 잡일을 한 것도 사실이다. 사무실이 관훈미술관 2층에 있었다. 그때, 인사동 바로 옆, 심야영화관에서 기형도가 죽었다. 눈이 풀린 채 정신없이 인사동 거리를 헤매고 다니던 황인숙이 떠오른다. 가끔 기형도의 「엄마생각」과 오탁번의 「하관」을 외우며 고향에 남아 있는 어머니를 떠올리기도 했다. 어머니 돌아가시고, 동탄 유리공장 다닐 때는 매일 밤 야근을 하면서 기흥 고매리까지 자책하며 울면서 걸었다. 그래도 시인은 멀기만 했다. 하도 응모에 떨어지기만 해서, 시인이 되는 것은 능력 밖의 일이라 포기하고 경양식당 지배인이 되었다. 되는대로 살았다. 월급을 모두 쏟아넣고 술을 마셨다. 언제 죽어도 좋았다. 그때 만난 사람이 지금의 아내다.

아내와는 2년 동안 연애를 했다. 구구절절한 속사정은 생략하겠다. 그래도 문청 실력은 남아 있어, 술에 취하면, 정일근의 「유배지에서 보내는 김정희의 편지」, 곽재구의 「사평역에서」, 황동규의 「즐거운 편지」, 정호승의 「이별노래」를 낭송하고 노래도 불렀다. 다행히 아내는 내 재롱 잔치를 잘도 참아주었다.

결혼하고 한동안은 시를 돌아볼 수 없었다. 막노동은, 별을 보며 일을 나가 별을 보고 셋방으로 돌아오는 것이었다. 가끔 비가 오면 시를 생각하고 끄적거리기도 했다. 겨울이 왔다. 단칸방에서 밥상을 책상 삼아 문학을 공부하고 글을 썼다. 그때처럼 치열하게 산 적이 없다. 그 사실을 알아줬나, 겨우 등단을 했다. 한동안은 이성복의 시와 산문에 취해 살았다. 특히 시 「그날」이 좋았다. 이성복의 시집을 수십 번 암송하고 필사했다.

점점 넓혀나가, 당돌한, 젊은 나이에 능구렁이 한 마리를 품고 있는 허수경의 시집 『슬픔만 한 거름이 어디 있으랴』를 주제로 합평과 토론을 했으며 「폐병쟁이 내 사내」를 통째로 외웠다.

최승자의 시니컬한 「즐거운 일기」를 막걸리와 함께 흥얼거렸다. 김수영의 「풀」과 「폭포」는 부드러우면서도 날카롭고 신동엽의 『금강』은 장쾌했다. 김신용과 이면우를 알게 된 것도 그즈음이다. 어떤 시인보다도 강렬했다. 바로 존경하게 되었다. 김신용은 지게꾼 출신이며 마흔네 살에 무크지로 데뷔했다. 「양동시편」 연작은 대단했다. 특히 「뼉나귀집」은 눈에 선하다. 그만큼 이미지로 그림을 잘 그리는 시인도 드물다. 남대문시장에서 배달을 한 나로서는 생생한 그림이다. 이면우는 보일러공이다. 쉬지 않는 김칫독을 개발했다. 지금의 김치냉장고 전신이다. 그는 노가다를 하면서 시를 썼는데, 사장이 조그만 인쇄소에서 시집 『저 석양』을 내줬다. 나는 친구의 도움으로 시집을 받아봤다. 충격이었다. 기존 시인들과 비교가 안 되었다. 아, 이런 시인이 숨어 있었구나. 그의 「생의 북쪽」 「벚꽃 단장」 「거미」 「조선문 창호지」 는 한국 문단에 길이길이 빛나는 절창이다.

가끔 처가에 간다. 처가는 논산에 있다. 장인은 2남 2녀를 두었는데 아내가 장녀다. 아내와 처제는 처삼촌을 닮아 술을 잘 마시는데 장인과 처남들은 체질적으로 못 마신다. 추석이나 설 명절에는 자고 오기도 하는데 문제는 화장실이다. 물론 아파트고 34평형이니 화장실이 두 개나 있다. 하지만 소리가 나잖아. 술도 못 먹고. 나는 꾀를 냈다. 아파트 근처에는 논산공설운동장이 있다. 화장실 가는 척하고 술 마시고 오기 딱이었다.

나는 소주와 맥주를 사가지고 운동장 뒤로 갔다. 어두컴컴하고 조용하고 술 먹기에는 좋은 곳이었다. 똥 누러 갔다가 알밤 주웠다. 시비가 있었다. 돌을 반달처럼 깎아 만든 시비였다. 김관식과 박용래. 내가 좋아하는 박용래가 거기 있었다. 오죽하면 북에는 소월, 남에는 용래라고 했을까. 나는 술 먹기 전에 「居山好」와 「저녁눈」 앞에 술을 그득 따라놓고 절을 했다. 가난했지만 배짱 하나는 누구보다 뛰어난 김관식(민의원 선거에서 장면 총리하고 붙었던 그는 서정주를 서 君, 월탄 박종화를 박 君이라 부르면서도 유일하게 박용래를 형님이라 인정했다)과 눈물의 시인 박용래가 같이 술을 마셔주었다. 달이 떠올랐다.

지천명이 넘어 고향땅에다 조그맣게 집을 지었다. 쓸데없이 연구 및 공부를 많이 하다보니 스님들의 평균 공부방 통계를 내보았는데, 4평 남짓이었다. 경허도 그렇고 만공도 그랬다. 천장암 경허 공부방에는 누워보기도 했다. 내 공부방도 거기에 벗어나지 않는다. 옛터에 집을 짓고 몇 년 동안, 매일 읍내까지 걸어다녔다. 어떤 동네 아낙네는 내가 지나가는 시각에 맞춰 아침밥을 짓기도 했다. 강 따라 걸으면 두 시간, 산 따라 걸으면 네 시간이 넘게 걸렸다. 산 따라 걷다가 용계리에서 안향마을로 접어들었다. 커다란 표지판이 나왔다. 시골치고 족보 있는 큰 절이었다. 절로 들어가서 바위 아래 물을 마시고 있는데 주지 스님이 나타났다. 할머니 스님이었고, 전체가 비구니 절이라는 사실을 알았다. 그러거나 말거나 배낭 속에서 사과즙을 꺼내드렸다. 주지 스님이 얘기했다.

"저기, 절벽에 공부방 보이지?"

절벽에는 함석으로 엮은 가건물이 보였다.

"머리 깎아, 저기서 공부하고."

"스님, 저, 결혼했구요, 자식도 있어요."

"상관없어. 승복 준비해놨어."

친구가 늦게 결혼했다. 친구보다 더 가까운 선배가 주례를 봤다. 결혼식장은 갑사 근처 작은 암자였다. 늘 그렇듯이, 가장 먼 곳에 사는 사람이 제일 먼저 도착한다. 일찍 도착한 나는 암자 여기저기를 둘러봤다. 보면서도 어떤 눈길이 따라온다는 것을 느꼈다. 이리 훑어보고 저리 훑어보고, 동물원 원숭이도 아니고, 눈길의 임자는 암자 주인이었다. 기분이 엄청 나빴다.

"오호라, 물건이로고."

"스님, 저는 곡괭이나 삽자루나 망치가 아니거든요, 사람이에요, 사람. 스님도 세숫대야가 장난이 아니네요."

스님은 달마 선사를 닮았다.

"허허, 저기 말이야, 내가 2년 동안 미얀마에서 공부하게 되었거든, 그동안 절을 맡아줄 수 없어?"

업장이 깊은, 장작 패기 달인은 완강하게 거절했다.

여승女僧은 합장合掌하고 절을 했다

가지취의 내음새가 났다

쓸쓸한 낯이 옛날같이 늙었다

나는 불경佛經처럼 서러웠다

평안도平安道의 어느 산 깊은 금점판

나는 파리한 여인女人에게서 옥수수를 샀다

여인女人은 나어린 딸아이를 때리며 가을밤같이 차게 울었다

섶벌같이 나아간 지아비 기다려 십 년十年이 갔다

지아비는 돌아오지 않고

어린 딸은 도라지꽃이 좋아 돌무덤으로 갔다

산山꿩도 섧게 울은 슬픈 날이 있었다

산山절의 마당귀에 여인女人의 머리오리가 눈물방울과 같이
떨어진 날이 있었다

_백석, 「여승女僧」 전문

내 인생의 음악

'정금양행'은 돈암시장 입구에 있었다. 뒤에 '정은장'으로 바뀐 정금양행은 1층은 가게, 2층은 살림집, 3층은 공장으로 이루어진 보석 가게다. 나는 거기서 십 대 청춘을 보냈다. 야학을 다녔으며 몽정을 경험했으며 짝사랑을 했으며 짝사랑 닮은 술집 여자에게 동정을 바쳤으며 선수용 자전거를 잘 탔으며 기술을 배웠다. 나는 가게에서 잤는데, 야간 통행금지 시간에 수방사 탱크가 도로를 지나갈 때는 부르르부르르 가게 전체가 흔들렸다. 야전침대가 흔들렸다. 침낭까지 흔들렸다. 아저씨(사장을 그렇게 불렀다)는 갓 결혼을 했고, 재홍이 형은 공장을 책임지고, 용수 형은 동국대에, 호영이 형은 가게를 봤다. 아저씨 큰형 재호 씨는 나중에 동국대 부총장까지 올라갔고, 우영이는 혜화동에 자리잡고 있던 경신고등학교를 다녔다. 이 외에도 여자 형제가 두 명 더 있었다. 이 다복한 집안에 꼬마가 한 명 더 늘었는데 그게 나였다.

내가 거기에 들어간 이유는 근처에서 식모 살던 누나 덕이었다. 누나가 식모 살던 집은 중소 건설회사 사장 집이었는데 문간방에 세 들어 살던 남자가 가스 배달을 했다. 공장에 가스와 산소통을 대주는 사람 입김으로 찬란한 보석 가게에 들어간 거였다. 나는 백금으로 나무줄기나 잎사귀를 만들었다. 바이스에서 뽑은 철사(금)로 줄기나 잎을 만들어 물을 주면 언제나 살아 싱싱했다. 그러면 수원이 형이나 재홍이 형이 꽃을 피웠다. 보통 우리는 반지나 귀걸이나 팔찌를 만드는데, 화룡점정이라고 보석을 맨 나중에 끼우는 작업을 난을 심는다고 말한다. 그게 꽃을 피우는 작업이다. 내 인생에서 봄을 맞아 꽃을 피우던 유일한 시절이었다. 재홍이 형은 185센티에 이르는 거구로 아주 잘생겼다. 탤런트나 영화배우 뺨치게 잘났다. 형은 못하는 것이 없었다. 세공 기술도 내가 보기엔 최고였고 산이면 산, 자전거면 자전거, 요리면 요리, 술이면 술(형은 이미 그때 포도주를 좋아했고 취미가 오래 익은 포도주를 모으는 거였다), 야구를 미친 듯이 좋아해 일요일마다 중앙정보부 사택 공터에서 고등학생을 대상으로 시합을 열 정도였다. 번듯한 야구복을 맞추어 입고 등뒤에는 정금양행이라고 큼지막하게 인쇄해 넣었다. 그러나 뭐니 뭐니 해도 음악을 좋아했다. 당시 형은 독수리표 전축에,

엘피판을 천5백 장 넘게 소장하고 있는 음악 애호가(70년대 공장을 상상해보라)였다. 베토벤, 모차르트, 시벨리우스, 리스트, 멘델스존, 스메타나, 바흐, 쇼팽, 슈베르트, 그리그, 비발디, 차이콥스키, 하이든, 요한 슈트라우스, 헨델, 드보르자크, 〈지붕 위의 바이올린〉 OST를 비롯해 비틀스, 비지스, 산타나, 이글스, 캔자스, 스콜피언스, 존 넬버, 엘튼 존, 아비, 톰 존스, 앤디 윌리엄스, 레드 제플린(퀸은 나중에 나왔다), 스모키, 롤링 스톤즈, 딥 퍼플, 에릭 클랩튼, 블랙사바스, 플리트우드 맥, 주다스 프리스트, 모리스 앨버트, 맷 먼로, 닐 다이아몬드, 밀바, 존 바에즈, 호세 펠리치아노, 레이프 가렛, 클리프 리차드, 멜라니 사프카, 폴 앵카, 프레디 아길라, 지미 오즈몬드, 훌리오 이글레시아스, 마마스 앤 파파스, 애니멀스의 〈해 뜨는 집〉, 레이더스의 〈인디언 보호구역〉, 메리 홉킨스, 보니 타일러, 무디 블루스, 스페인 출신 여성 댄싱 듀오 바카라, 인 더 이어 2525, 바브라 스트라이샌드, 영화 〈해바라기〉, 〈부베의 연인〉 OST, 카사블랑카, 〈블루 라이트 요코하마〉의 이시다 아유미, 진추하와 아비, 엔니오 모리코네, 프랑시스 레이, 프랑크 푸르셀, 폴 모리아, 헨리 맨시니, 만토바니, 제임스 라스트, 〈철새는 날아가고〉, 〈알람브라 궁전의 추억〉, 김민기의 〈친구〉, 가게에서 걸어갈 정도로 가까운 경동고를 나온, 막 알려지기 시작한 조용필의 〈돌아와요 부산항에〉, 각종 상송과 칸초네, 수많은 가곡(나는 〈수선화〉를 잘 부른다), 남미 음악, 유럽 음악들을 마구 들었다. 차인태, 황인용, 이종환, 박원웅, 김광한, 김기덕을 알았으며 〈밤의 플랫폼〉인가? 김세원을 좋아했다. 아저씨가 호영이 형과 안집으로 퇴근하고 수원이 형도 홍제동 집으로 가고 나면 2층에 형하고 나만 남았다. 형은 늘 음악을 틀어놨다. 장님 문고리 잡듯, 고막이 호강하는 시절이었다.

서당 개 3년이면 라면도 끓인다고 하지 않았나. 나는 공장에서 온갖 음악을 만났다. 재홍이 형이 지리산 종주를 간다거나 친구 집에서 술 먹고 자고 오면, 전축은 온통 내 차지였다. 그중에서도 내가 가장 좋아하는 곡은 킹 크림슨의 〈에피타프〉였다. 〈에피타프〉는 프로그레시브 록의 뿌리였다. 9분에 가까운 대작이자 명곡이었다. 1969년 가을, 비틀스를 꺾고 영국 차트 1위를 기록할 만큼 뛰어난 음악이었다. 아무 이유가 없었다. 무조건 좋았다. 나중에 가사를 쓴 사람이 시인이라는 사실을 알았지만, 가사도 전혀 몰랐다. 그냥 느낌이 나를 강하게 끌어당겼다. 그뒤로 한번 꽂히면 강박에 가까울 정도로 집착하는 마음 따라 숱하게 들었다. 석 달 넘게 〈에피타프〉만 들었다. 너무 들어 늘어지면 전축 바늘을 바꾸거나 판에 흠집이 나면, 황학동 벼룩시장에 가서 똑같은 판을 사 와서 반복해서 들었다. 가게 옆에 있던 성북경찰서에 두 번 끌려갔다. 아무리 문을 닫았다 해도 탱크 소리보다 큰 스피커 소리를 순찰 돌던 경찰은 가만두지 않았다. 사장이 와서 신원보증을 하고 훈방으로 풀려났다.

그때 버릇이 여든까지 가나? 음악은 무조건 크게 들어야 제맛이 난다. 최근에는 가는귀까지 먹었지만 〈에피타프〉를 즐겨 듣는다.

꼬마는 광을 내거나 공장 밑바닥 일을 하거나 종로에 있는 조각공장을 다녀오거나 청소를 했다. 코미디언 구봉서가 자가용으로 출근하는 모습을 매일 보았으며 영화배우 긴회라는 건너에서 다방을 운영하기도 했다. 하루는 뽀빠이 이상용이, 동아방송 교통리포터였는데, 바깥 청소를 하고 가게에 들어오자 우리 전화기로 방송사와 통화를 하고 있었다. 기분이 나빴다. 아무리 꼬마지만 허락을 받아야 하지 않겠는가. 급해서 먼저 썼다고 치자, 그러면 나중에 자초지종을 설명해야 하지 않을까. 이상용은 아무 말도 하지 않고 나갔다. 지금까지 이상용이 나오는 프로그램을 보지 않는다.

나는 1974년부터 1981년까지 돈암동에 살았다. 거기서 검정고시로 중학교 과정, 고등학교 과정, 대학입시까지 준비했다. 말이 준비지 그냥 놀았다고 보면 된다. 돈암초등학교 앞에 있던 율곡독서실을 잊지 못한다. 독서실 주인은 MBC 보도본부장 아무개라는 설이 있었으나 코빼기도 못 보고, 대신, 영달이 형은 매일 출근했다. 영달이 형은 가수 매니저였는데 한쪽 눈동자가 없었다. 진짜 조폭이었으며, 늘 검은 선글라스를 썼다. 그러니까 독서실 총무가 앉던 자리는 영달이 형 사무실이었던 셈이다. 영달이 형 밑에는 함중아, 인순이, 박일준, 임주리 들이 있었고, 콧수염을 기른, 롯데 우유 광고로 유명한 형이 가끔 와서 짜장면을 시켜 먹었다. 나는 함중아(중아 형이 부산에서 죽었을 때 나는 울었다. 하루종일 술을 마셨다)랑 유달리 친했다. 굉장히 서민적이었으며 커피와 라면을 잘 먹었다. 영달이 형 심부름을 가면, 삼선교 친형 집에서, 고른 치열을 반짝이며 반가이 맞아주었다. 그의 옆에는 피아노가 있어 언제든 작곡할 준비가 되어 있었다. 실제로 오선지와 콩나물 대가리하고 친하게 놀았다. 나는 서울대나 육사를 점찍어두었지만 그것은 공염불에 불과했고 트럭 운전사나 복싱선수를 지나쳐, 악기를 잘 다루는 드러머가 되는 게 당시 꿈이었다. 그대로 컸으면 가수는 그렇고, 로드매니저는 되었을 텐데, 발길 한번 잘못 돌려 글 쓰는 사람이 되고 말았다.

어느 해, 크리스마스이브에는 음악다방에서 〈수요일의 아이〉를 불러(원어로 어설프게) 3등에 입상하기도 했다. 부상은 엘피판이었다. 공부는 뒷전이었고, 정동체육관(공교롭게도 교회 이웃에 있었다)을 뻔질나게 드나들었다. 샌드 페블즈나 피버스, 활주로의 라이브 공연을 보기 위해서였다. 영달이 형은 무료 티켓을 많이 가지고 있었다. 신선놀음에 도낏자루 썩는 줄 몰랐던 시절이었다.

자, 이제 오늘의 주인공, 멸종위기의 남자, 종민이 형님을 불러보자. 형은 영문학을 전공한 학자다. 백낙청 선생이 스승이다. 음악과 책과 술을 사랑하는 김정환 형과 동문이다. 워낙 음악을 좋아해서 몇 년 전에는 음악 관련 책을 낼 정도다. 동전을 모아서 기부하는 데 앞장섰다. 선배 J시인이, 내 자동차에서 동전을 싹쓸이하는 이유가 종민이 형이 동전을 모으기 때문이다. 나는 종민이 형님 덕분에 전주에 들러 가끔 막걸리 마신다. 종민이 형님은 어떤 술자리든 아름답게 취한다. 중요한 사실은 귄데, 사이비 명리학의 대가 유용주 입장에서 보자면 귀는 관운과 장수를 상징한다. 그는 관운으로 볼 때, 올라갈 때까지 올라갔다. 그러면서도 불면, 훅 하고 날아갈 것 같은 작은 차를 타고 다닌다. 나하고 차가 똑같다. 나는 차가 밀리면, 옛날에는 앞에 차를, 지게차가 되어 떠서 넘기고 달렸는데, 지금은 두 바퀴로 달리는 신공을 보여준다. 그나마 차 속에 음향기기가 달려 있어 다행이다. 내 차는 '람보르기니 스파크'다. 이종민의 귀는 크고 선하다. 왜 입은 하나이고 귀는 두 개나 달렸나. 말하는 것보다 잘 들으라는 것이다. 그중에 음악도 포함된다. 청각은 숨이 끊어진 뒤에도 한동안 살아 있다. 인간은 끝까지 배워야 한다. 죽어도 학생부군신위 아닌가. 나이가 들수록 입은 닫고 지갑은 열라는 말이 있다. 그것을 실천하는 사람이 형이다. 할말은(나는 형님을 존경하지만 형수님을 더 좋아한다) 많지만 생략하기로 한다.

울울창창한 청춘은 대학입시에 낙방했으니, 서울대도 육사도 당연히 못 들어가고 군대에 끌려가게 생겼다. 고민 끝에 바다에 뛰어들었다. 짝사랑하던 여자가 대학생이었다. 미리 버지니아 울프를 알았더라면, 주머니에 돌을 넣었을 텐데, 짠물만 실컷 마시고 민박집 주인 등에 업혀 나오고 말았다. 산골에서 자랐으니 바다 수영은 못 배웠다.

공부와 자살에 실패한 청년은, 원래, 1981년 5월에 입대 예정이었으나, 병으로는 죽어도 안 끌려간다고 고집을 부려(무식하면 용감하다), 공수특전 하사관 시험을 봤다. 합격했다. 하사관도 병 기본 훈련을 4주간 받아야 한다. 그해 9월 논산으로 갔다. 신체검사에서 탈락했다. 법정감염병 옴이었다. 1981년 12월 1일, 강제 징집되는 대학생들 틈에 끼여 20사단에 입대했다. 직속상관이자, 사진까지 걸어놓고, 아침저녁 외우는 물건은 최세창. 그는 공수여단장 출신인데 광주를 피로 진압한 '혁혁한' 공으로 별 두 개를 달았다. 그뒤로 박준병, 이종구가 후임 사단장이었다. 모두 살인 악마 전두환 오른팔이다. 내가 속한 61연대 4대대는 신병교육대대였다. 대대장은 육사를 나온, 나중에 보안사령관까지 오른 김익성 중령. 그는 김준성(김준성문학상을 받은 작가들이 많다)의 동생이다. 그리고, 20사단 61연대(연대장은 함덕선 대령)는 광주 투입 병력이었다.

노태우* 아들은 병원 생활하는 아버지를 대신해, 광주 5·18 민주 묘소에서 무릎 꿇고 사죄했다. 뒤늦었지만 사필귀정이다. 1980년대에, 내 육촌 조카는 고등학교를 졸업하고, 해병대에 자원입대해서, 백령도에 근무했다. 동기 중에, 완전 고문관이 한 명 있었는데, 그가, 유명 소설가 S다. 어디서 구했는지, 항상 실탄 두 개를 만지작거려 중대장도 건들지 못했단다. 머리가 좋은 건지, 진짜 돌아이인지, 편하게 해병대 생활을 했다는 것이다. 소총병인 나는, 양평에서 3년 동안, 듣기 싫은, 군가를 억지로, 지겹도록 들어야 했다.

인간은 모두 사라진다. 자연의 섭리다. 40년 만에 고향에 돌아왔다. 음악을 들으면서 귀가 커졌다. 키는 줄었다. 옷이 점점 커진다. 모든 게 뻣뻣해지는데, 한 군데만 부드러워졌다. 젊었을 때는, 모든 신체 기관이 부드러웠지만, 오직 한 군데만 뻣뻣했다 (이건 이정록 시인이 말했다). 몸에 열이 많아 사계절 내내 반바지 차림이라 철없는 놈이 되었다. 세월이 흘러 마을회관 경로당에 출입하는, 머리카락이 허연 노인네가 되어서도, 〈팬텀싱어〉〈신지혜의 영화음악〉(음악만큼 영화를 좋아한다. 〈아무르〉〈더 와이프〉〈보리밭을 흔드는 바람〉〈나, 다니엘 블레이크〉〈가버나움〉〈나의 마지막 수트〉〈미안해요, 리키〉)〈전기현의 세상의 모든 음악〉을 듣고

---

* 노태우는 2021년 10월 26일에 죽었다.

산다. 니나 시몬, 빌리 홀리데이, 메르세데스 소사, 밀젠코 마티 예비치, 뇌종양으로 세상을 뜬 〈백학〉의 드미트리 흐 보로스톱스키, 스페인 영화 〈그녀에게〉 테마곡, 〈여인의 향기〉 주제곡인 탱고(춤을 추고 싶다), 〈나의 마지막 수트〉 첫번째 장면에 흐르는 곡, 〈시크릿 가든〉(아일랜드 출신 뮤지션들은 얼마나 시적인가), 전인권과 이동원, 장사익, 김수철, 강허달님과 정수연(정수연은 〈보이스 퀸〉에서 1등 먹은 사람. 그리고 보니 정수년의 〈그 저물 무렵부터 새벽이 오기까지〉도 자주 듣는다)을 즐겨 듣는다.

한때 〈나는 가수다〉 〈슈퍼밴드〉 〈불후의 명곡〉 〈복면가왕〉을 열심히 봤는데 작업실에는 텔레비전이 없다. 그래서 지리산에서 사는 선배한테 부탁해 음악을 녹음해왔다. 섬에 사는 친구에게도 마찬가지 부탁을 했다. 특히, 지리산에 사는 선배는, 세 번에 걸쳐 천 곡이 넘는 명곡을 녹음해줬다. 글을 쓰면서, 운전하면서 녹음해준 음악을 듣는다. 주민등록등본에 같이 나오는 사람한테는 숨이 넘어갈 때 〈에피타프〉를 틀어달라고 부탁했다. 술과 음악이 주어진다면 죽음도 괜찮은 흐름이 아닐까. 다량의 모르핀이 필요할지 모른다. 물론 묘비명은 필요 없다. 명곡은 세월하고 아무 상관이 없다. 오히려 세월이 흐를수록 더 새롭다. 나는 짐승이었으나 음악을 들으면서 인간이 되었다. 흉터 많은 인생을 살아오면서 음악을 들어 영혼이 맑아졌다고나 할까. 귀가 순해지는 나이다. ☾

아부지 생각

누구도 핍박해본 적 없는 자의
빈 호주머니여

언제나 우리는 고향에 돌아가
그간의 일들을
울며 아버님께 여쭐 것인가

_김사인, 「코스모스」 전문

보통 '아버님'은 며느리가 시아버지를 부를 때나 사위가 장인어른을 호칭하는 말이다. 자기를 낳아준 부모를 그렇게 부르진 않는다. 김사인이 얘기하는 "아버님"은 누굴까. 이름은 중요하기도 하고 중요하지 않기도 하다. 아마 시인은 호칭의 보편성을 드러내고자 이런 표현을 하지 않았을까. "누구도 핍박해본 적 없는 자"는 누굴까. 나는 성경 말씀을 떠올렸다. 그분은 늘 빈 호주머니였지만 세상에 제일가는 부자였다. 오병이어의 기적은 연달아 기부하는 것을 말한다. 나누면 나눌수록 더 불어난다. 우리말에도 콩 반쪽을 여러 명이 나눠 먹었다는 옛날얘기가 전해 내려오고 있다. 김사인이 얘기하는 아버님은 절대자를 말하는 것 아닐까. 하느님 말이다.

어쨌든 여기서는 엉뚱하게 고향에 남아 있는(남아 있을) 우리 아버지 얘기를 해야겠다. 시는 전혀 색다른 해석(억지 혹은 유식한 말로 오독)이 가능한 장르다.

우리 아부진 반거충이였다. 명색이 농사짓는 사람이 지게를 맞출 줄도 몰랐고 쟁기질이 서툴렀다. 쇠스랑과 고무래도 몰랐다. 써레질하는 것을 한 번도 못 봤다. 손바닥만한 논일을 하는 데도 놉을 얻었다. 그나마 모내기가 끝나면 나락보다 피가 더 많았다. 동네 사람들이 아, 유새완은 피 농사를 지었군, 놀려댔다. 아부지를 폄하하는 게 아니다. 그냥 있는 그대로 사실을 얘기하는 것뿐이다. 할아부지는 독자였고 부자(믿지 않지만)여서 머슴을 두 명이나 부렸다고 한다. 아부진 면 소재지에서 마을까지 오는 버스를 타도, 강 쪽으로 안 타고 산 쪽 의자에 앉아왔다. 강 쪽에는 제법 넓은 논이 많은데, 다 우리 논(엄격하게 말하면 조상 땅)이었다고 한다. 할아부지는 술을 못했지만 사람이 좋아 보증을 잘 섰고, 논은 보증을 선 사람에게 넘어갔다는 슬픈 얘기다. 아부진 할아부지한테 장남이었으니 선생을 불러 독공부를 시켰다. 아부지가 한문을 잘하는 것은 그때 실력이 남아 있기 때문이다. 먼 친척인 면사무소 호적계장이 어려운 한자를 물어오면 척척 알려주는 것을 어렸을 때부터 보면서 자랐다. 우리는 시골에서도 몇 번 이사를 했는데 고리짝에 어려운 한자로 쓰인 문집이 많았다. 조금 과장을 하자면, 실패한 지식인의 초상, 그 모습이 아부지였다.

어머이는 아부지한테 두번째 부인이었다. 첫번째 부인은 아이를 낳다 아이와 함께 숨졌다. 나는 몰랐는데(어머이와 나이 차가 많이 나서 늘 수상하게 여겼다) 아부지 돌아가신 다음, 어머이가 말을 해줘서 알았다. 어머이는 여수 바닷가 사람인데, 구장이 중신을 넣고, 아부지가 양반이라서 얼굴도 안 보고 결혼했다 한다. 그놈의 얼어죽을 양반, 나는 믿지 않는다. 어쨌든 아부지는 일본을 두 번 다녀왔다. 젊었을 때는 보국대로 끌려갔고 나중에는 일부러 살러 갔다. 술 취하면 일본 노래를 흥얼거렸고 일본말도 유창하게 했다. 한국보다 문명이 발달한 일본은 아부지가 보기엔 이점이 컸다. 신혼 초에는 아오모리에서 노무자 생활을 하며 달콤한 세월을 보냈다. 그런데 할매가(아부지한테는 어머니) 일본에 가서 장남이 고국에 안 돌아가면, 거기서 죽는다고 떼를 쓰는 바람에 할 수 없이 들어왔단다. 자식들도 잘하면 재일동포가 되었을 운명이었다. 어머이는 슬하에 4남 1녀를 두었다. 그중 아들로 셋째가 나다.

아부지 입장에서 보자면 인생이 거기서부터 꼬이기 시작했다. 관부연락선을 타고 고국에 내렸지만 할일이 없었다. 부산에서 처가살이를 시작했다. 전포동 산동네 셋집에서는 임시로 내려온 육군형무소가 훤히 내려다보였다. 아부지는 영국군 부대에 노무자로 나갔다. 일은 들쑥날쑥했다. 일 나가는 날보다 수제비 끓이는 날이 많았다. 너무 크게 넣어 설익고 밀가루 냄새가 나는 수제비를 먹었던 기억이 아직도 생생하다. 그러니 빚만 쌓이지. 아부지는 빚과 생활은 방직공장에 나가는 어머이에게 맡기고 원적지로 올라온다. 지푸라기 들 정도 힘이 있으면, 처가살이 안 한다는 굳은 심정이 아부지 머리를 감싸고 돌았다. 큰형은 아부지가 무서워 도망을 갔고(아부지의 전근대식 선행학습은 유명하다. 큰형도 초등학교 들어가기 전에 『사자소학』 『동몽선습』 같은 책을 뗐다는 사실이다. 큰형은 똘똘했다. 나도 초등학교 들어가기 전, 구구단을 베개 위에서 회초리를 맞아가며 모두 외운 기억이 있다), 누나와 작은형과 나는 대한금속을 타고 남원에서 내려 장수 가는 완행버스에 올랐다. 아무리 어린애라고 하지만 대한민국 제2의 도시에 산 우리가 숨이 막히는, 하늘이 연못처럼 동그랗게 떠 있는, 그것도 '원시인'들이 살아가는 시골로 왔으니, 퇴행이었다. 우리는 전차를 타봤으며 택시를 타봤으며 눈깔사

탕을 먹고 냄비에다 밥을 했으며 연탄을 갈아넣을 줄 알았다. 그런데 상투를 튼 사람과, 머리카락을 길게 땋아 내린 청년들과 대부분 옷을 입지 않았거나, 신발을 신지 않은 사람과 코를 길게 늘어뜨리는 어린애들이 뒤섞여 있었으니 말이다.

우리는 똥구녁이 찢어지게 가난했다. 처음에 막내 작은집에서 몸을 뉘었지만 곧 움막을 지어 분가했다. 나는 아부지 젖꼭지를 만지며 잠이 들었다. 지금도 정강이뼈에 흉터가 남아 있을 정도로 낫질에 서툴렀다. 생활은 초근목피였다. 하도 풀뿌리만 많이 먹어 작은형은 부황이 나서 골골했다. 흙도 파먹었다. 별들과 달님도 노랬다. 강물은 푸짐하게 흘렀다. 매미가 울었고 미루나무가 바람에 살랑댔다. 그러거나 말거나 아부지는 늘 술에 젖어 살았다. 우리 동네는 19번 국도 옆이었는데 장꾼들이 이용하거나 소장수들이 들르는 주막이 세 개나 있었다. 맨 위에 있는 주막이 동훈(국민학교 2년 후배, 벌써 술로 뗏장 이불을 덮었다)네 주막이었다. 동창 옥순이가 막걸리를 떠주었다. 소주는 칠성사이다 병에 따라 팔았다. 중간에는 욕 잘하는 예쁘네 할머니가 운영하는 예쁘네 주막. 세번째는 두부를 만들어 파는 관옥이네 주막. 이 세 주막에서 외상값이 제일 많은 사람이 아부지, 즉 여수 양반이었다. 주막마다 서투른 언어로 치부책을 '바를 정正' 자로 표기했는데 여수 양반이 제일 길었다. 아부지는 가뭄에 콩 나듯, 현금이 생기면 당연히 읍내 술집에 갔고 꼭, 외상술은 우리를 시켰다. 죽기보다 더 싫은 외상술 심부름. 안 가면 회초리나 작은 돌이 뒤꿈치를 때렸다. 외상술은 집 문서 잡혀놓고 먹는다 하지 않는가. 그러니 불을 보듯 뻔하지 뭘. 누나는 초등학교 2학년을 끝으로 식모살이 떠나고 작은형은 국민학교 졸업하자마자 도시로 떠났다. 나도 마찬가지였다. 우리 살아온 얘기는 다른 책에서 많이 다루었으니 여기서는 생략하겠다.

아부지는 늘 술에 취해 있었으며 생활은 젬병이었다. 얼마나 술을 좋아했냐면, 술 하면 자다가도 벌떡 일어났고, 작은형이 군대 휴가를 나오면서 소주 댓 병을 사 왔을 때는 밤새 깨끗하게 비웠으며, 친척이 오랜만에 찾아올 때에도 술 안 사 왔다고 두고두고 욕을 할 정도였다. 농사하고는 맞지 않았다. 어느 "누구도 핍박해본 적 없는" 사람은 어머이다. 내가 고향에 돌아가 그간의 일들을 울며 고한 사람도 어머이였다. 이런 점에서 나는 탕아가 분명하다. 가장으로 아부지는 무능력자였다. 겨울에 땔 감이 떨어져 눈은 허벅지까지 쌓여가는데 술에 취해 쿨쿨 잠이 들었고, 작은형과 나를 물거리라도 구해 오라고 동네 뒷산에 보낸 사람이 아부지다. 우리는 눈 속에서 가시쟁이를 꺾으며 울었다. 다른 집들은 허청에 둥거지나 삭다리가 그득 쌓였는데 말이다. 그런 아부지가 셋째 아들이 검정고시로 대학입시에 도전하자 도시에 나가 리어카로 배추라도 팔아야지, 어쩌고저쩌고

하였다. 웃기는 짬뽕이 따로 없군, 장사는 아무나 하나. 결국 아부지는 술을 너무 사랑한 나머지 간경화로 나무 옷을 입으셨다. 돌아가실 때까지 소주 4홉들이 두 병씩 마셨다. 물론 극심한 고통을 줄이기 위해서였다. 돌아가실 때 임종을 지킨 사촌형에게 나는 구학문을 배워 이 모양 이 꼴이 되었다, 너희들은 신학문을 배워 가문을 일으키거라, 유언을 했다는데, 웃기는 얘기다. 신학문, 구학문은 그렇다 치자, 그런데 가문은 뭐냐, 불손하게 말한다면 가소롭기 그지없다. 안 보면 그립고, 보면 이 갈리는 아부지다.

김사인의 「코스모스」(『가만히 좋아하는』, 창비, 2006)를 읽으면 무릎 꿇고 용서를 빌고 싶어진다. 착하고 선하다. 김사인의 성정이 그런 것이다. 문학에 있어서, 아직까지는 콩 심은 데 콩 나고 팥 심은 데 팥 난다. 바람결에 의하면 그의 아버님이 고향에서 약방을 운영하셨다 한다. 한마디로 '금수저'였다는 얘기인데 (그의 학력을 보면 금수저 맞다) 가난하고 힘없는 사람들 편에 섰다는 게 신기하다. 평생을 '흙수저' 옆에서 살았다. 또 들리는 말로는 그이가 관여하는 출판사에서 유명한 문학상을 준다고 했을 때, 단호하게 거부했다는 사실이다. 그거 힘든 일이다. 나같이 밥상과 술상을 많이 받아온 사람으로는 꿈도 못 꿀 얘기다. 어떤 진보 진영을 자처하는 시인은, 한국문인협회 문학상도 주면, 받을 각오가 되어 있다고 말했다는 게 현실인데 말이다.

각설하고, 나는 그와 32년 전, "빈 호주머니"로 동가식서가숙할 때, 함께 밤을 새운 적 있다. 그때는 몰랐지만 하 많은 세월, 오랫동안 인연을 이어올 줄 몰랐고, 같이 시인으로 활동할 줄도 몰랐다. 그도 늙었고 나도 늙었다. 부러운 것은 한결같은 그의 마음이다. 어떻게, 그렇게, 곡진하게 시를 쓸 수 있나. 나는 코스모스 하면, 국민학교를 떠올린다. 4학년 때인가, 국가 시책으로 신작로가에 코스모스를 심었는데 해찰 부린다고 담임 황금철 선생에게 괭이자루로 맞았다. 두들겨 맞으면서 컸다. 작품으로는, 코스모스 그 여리고 가냘픈, 지금은 없어진 직행버스 안내양을 노래한 적이 있는데, 김사인은 코스모스 하나로 삶의 한복판으로 곧바로 쳐들어간다. 그의 곡비가 보는 사람으로 하여금 눈물 흘리게 한다. 눈물은 사람을 맑게 하는 힘이 있다. 캄캄했으나 울고 나면 환해지는 눈물. ☾

이루어질 수 없는 사랑

『국수國手』(솔, 2018)가 27년 만에 완간됐다고 난리다. 대통령이 여름휴가에서 봤다고 떠들어댄다. 진짜, 끝까지 다 봤을까? 문학 하는 사람도 독해하기 힘든 우리말을 알고 넘어갔을까? 좋다. 끝까지 안 봤어도 좋다. 순우리말을 이해하기 힘들었을 거다. 대통령이 우리 문학, 장편소설을 읽었다는 게 중요하다. 후배의 한 사람으로 우리나라 사람들이 김성동을 읽었으면 좋겠다. 나는 완간됐다고는 안 본다. 그렇다고 『국수』가 차지하는 한국문학 내 위치를 끌어내리자는 얘기가 아니다. 그냥 중간보고 하는 자리라고 할까. 1부 노을 편을 끝내는 데 27년이 걸렸으니, 2부 밤길과, 3부 새벽까지 완간하려면 얼마나 기다려야 할까. 사랑은 기다려야 온다는데, 너무 오래 걸린다. 김성동의 저력을 믿어본다.

『국수』의 탄생, 장소, 역사적 배경, 등장인물, 줄거리, 문체, 이야기를 끌어가는 힘, 모두 중요하다. 『국수』 다섯 권의 전체 주제는 단 한 마디다. 가사를 벗고 밖에 나가면 한가락 하고도 남을, 철산화상이 도령 석규(김옥균에 항렬을 따라 원래 이름은 석균이다)에게 한 말, "밥이야 있지. 다만 나눠 먹지 않으려고 하니까 그렇지"(1권 32쪽).

대략 120년에서 130년 전쯤 일을 다루고 있지만, 지금하고 똑같다. 삼성 이건희(최근 주윤발을 봐라. 이건희는 홍콩 출신 영화배우에게 배워야 한다)가 대표 인물이다. 서울 강남에는 20억 원, 30억 원 나가는 아파트가 엄청 많다. 보통 사람들은 1, 2억 원 모으기도 어렵다. 도둑이나 강도가 아닌 바에야 그렇게 큰돈을 모을 수 있을까. 아파트가 아니라 몇백억씩 하는 단독주택 얘기를 하자면 어안이 벙벙해진다. 자기 집을 고치면서 회삿돈을 개인 돈처럼 펑펑 쓴, 항공사 회장 손버릇을 강 건너 불구경하자는 얘기가 아니다. 평소에는 삼성을 비난하다가 자기 자식이 삼성에 입사하면 입이 귀에 걸리는 이중성을 무슨 말로 설명할까. 99개 가진 사람이 1개를 더 채워 100개를 이루려고 한다.

> 무릇 큰 고기는 중간치 고기를 잡아먹고 중간치 고기는 작은 고기를 잡아먹고 사는 이치로 아전배들 위에서 더 큰 작간질을 하는 것은 군수라고 하였다.(4권 272쪽)

4부 내 인생의 음악

철산화상 같은 사람이 많이 나와야 한다. 더군다나, 우리 문단은 단편이 주를 이루고 장편이 대우를 못 받는 한심한 지경에 이르렀는데, 김성동은 대단한 일을 해냈다. 부디, 『임꺽정』과 『토지』를 뛰어넘는 작품으로 거듭 태어나길 바란다. 이 글에서는 남들이 보통 건너뛰는 사랑 이야기를 다루어봤다.

첫번째는, 일패 기생 일매홍과 김병윤의 사랑이다. 책 광고에서는 김옥균의 정인으로 나오는 일매홍이지만, 나는 소설에서 김병윤의 정인으로 읽었다. 김병윤은 과거에 급제해(처음 여섯 살 때, 시를 지은 천재였다. '화락천지홍花落天地紅'. 아버지 김사과는 '떨어질 락落' 자가 거슬렸다. '落' 자 대신 '필 발發'을 넣었으면 안 죽었을까) 아산 현감을 지냈다. 키도 훤칠하고 똑 부러지게 생겼다. 비록 요절했지만, 박영효나 김옥균, 홍영식 등 개화파에서 아끼는 인물이었다. 그런 김병윤이 일패 기생 일매홍한테 쏠린 마음을 어떻게 해석해야 할까. 김병윤은 가정을 가진 사나이다. 아내는 신심 깊은 일색이고 아들 석규(석규는 리 처사 딸, 은수에게 마음이 가 있다. 바둑을 핑계로 리평진이 집에 자주 들른다)는 아비를 닮아 깎아놓은 밤 같고, 바둑을 아주 잘 두는, 할아버지 김사과에게 '경자사집經子史集'을 배워, 어렸을 때부터 뛰어난 아이였다. 김병윤은 목민관으로서 다산에까지는 미치지 못하지만 감사, 관찰사, 임금을 가까이에서 보필하는 자리까지 영전할 가능성이 농후한 재목이었다. 그런 그가 아전의 농간으로 파직당

했다는 사실을 어떻게 넘어갈까. 일매홍 편지 하나에 득달같이 서울로 달려간 김병윤 마음은 뭘까. 나는 두 가지로 주판알을 튕겼다. 하나는 일매홍 속마음이다. 김병윤 같은 개화파와 가까이하면 출세는 따놓은 당상이고 권력과 돈이 막 들어온다. 봐라, 일매홍이 경영하는 다방골에서 권력을 가진 사람들의 자제들하고 논다. 그들은 나들이할 때, 영상 대감이나 쓰는 '합하', '행차시오', '물렀거라', 어쩌구저쩌구 큰소리치지 않았는가. 나 이런 사람들과 친해, 나 함부로 대하면 다쳐. 싫지만, 뿌리치기 힘든 유혹이다. 한편 김병윤은 개화파와 줄이 닿아야 승진할 수 있다. 소위 말해서 권력욕이다. 없다고 항변할 텐가. 권력과 돈, 명예가 인간의 내면에 똬리 튼, 저저금 욕심 아닌가. 물론, 순수하게 김병윤이 일매홍을 사랑할 수 있다. 일매홍이 김병윤 건강까지 신경쓰는 대목이 나온다. 아내가 못 가진 것을 일매홍이 가지고 있을 수도 있다. 또한 그때는 공식적으로 첩을 둘 수 있는 사회였다. 엄한 양반집 아내보다 자유로운 영혼을 가진 기생에게 마음이 쏠릴 수 있다.

두번째는, 머슴 만동이의 인선이(아전 홀태질로 돈을 모은 윤 동지가 양반을 사들이고, 온호방을 앞세워 인선이를 첩으로 두려 한다. 이것을 미끼로 온호방은 거금을 뜯어낸다)에 대한 사랑이다. 노비 아들이 양반집("양 반인가 두냥 반인가. 돝 팔아 한냥 개 팔아 닷 돈 허니 양 반인가", 3권 279쪽) 규수를 사랑한다? 지금은 어떨지 몰라도 그때는 엄격했다. 만동이는 힘이 장사다. 대흥고을뿐 아니라 조선 땅에 유명짜하다. 씨름판에서 우승을 해서 황소를 타오기도 했다. 황소보다야 체중이 적게 나가지만, 황소를 거꾸러뜨리는 대호를 맨손으로 때려잡는 힘을 가지고 태어났다. 나중에 자신이 잡은 호랑이를 가로채려는 포수들을 우습게 제압하지만, 마음은 비단결처럼 곱다. 그런 만동이를 같은 노비 출신인 덕금이가 좋아한다. 환장할 노릇이다. 만동이가 장선전(장선전은 과거에 급제한 무관으로, 소설에서는 빚이 많은 늙은이로 나오지만, 병마절제사나 통제사 자리도 소화해낼 만큼 출중한 무예를 지닌 양반이다) 딸인 인선이한테 마음이 가 있는 걸 덕금이도 안다. 인선이는 만동이를 노비로 생각하지 않는다. 세월을 잘못 타고 태어나서 그렇지, 대장부에다 한 나라를 경영하고도 남을 지혜와 덕목을 가진 인간으로 대한다. 항시 좋은 말을 하며 언젠가 때를 만나면 글공부도 그렇고 무예 또한 출중하니 크게 한번 이름을 떨치리라 믿고 있다. 만동이가 새로운 세상을 그리며 화적패 당수(만동이가 서장옥 다음으로 동학 우두머리가 되는 것은 필연이리라)가 되는 것도, 인선이 아버지 장선전을 파옥시키고 부녀를 구출하면서 시작된다. 온갖 어려움을 겪고도(친아버지 천 서방을 김사과 댁에 두고 야반도주도 서슴없이 행한다) 장선전과 인선이 옆에 붙어 있으며 지켜준다.

생각 같아서는 인선아기씨 하나만 달랑 꿰어차고 어디 만
경창파 머나먼 바닷속 섬으로라도 들어가 살고 싶지만,
안되. 다시 또 힘껏 도머리를 쳐 보는 것이었으니, 장슨전
나으리는 워쩌 되시구 아부지는 또 워쩌 되시며 뭣버담두
그러구 애기씨께서 날 따러가 주실랑가. 예까지는 오셨다
지면 그거야 어마지두에 그렇게 된 것이것구, 그렇긔까지
헤주시것냐 말여.(5권 360쪽)

그러나 사랑은 물처럼 흐르는 것이다. 만동이와 덕금이가 헤
어지는 대목에서 목이 멘다.

아부지 뫼시고 잘 있어.
⋯⋯.
다시 올 테니께.
그게 원제랴?
그제서야 덕금이는 고개를 치켜들어 만동이 얼굴을 바라
보는데, 눈물이 앞을 가려 그 사내 얼굴이 두 개로도 보
이고 세 개로도 보이었다. 이히힝! 이힝! 철총이가 투레질
하는 소리가 들려왔고, 만동이가 다시 말하였다.
원제구 반다시 다시 온다니께.
지축을 울리는 소리를 내며 서둘러 철총이 쪽으로 가던

만동이는 잠깐 그 여자를 돌아보았다. 달빛 아래 두 사람 눈이 마주쳤다. 골짜기를 훑으며 내려오는 밤바람이 그 여자 금박 물린 자주댕기자락을 흩날리게 하고 있었다. 만동이가 소리쳤다.

다시 만나게 될 겨!(3권 407~408쪽)

그런 사연이 있는 줄도 모르고 덕금이를 몽득이가 좋아한다. 몽득이는 만동이하고 동갑이다. 머슴이면서 사람도 좋다. 덕금이가 자기한테 시집오면 뭐든지 할 자신이 있다. 그런데도 덕금이는 애오라지 만동이만 사랑한다. 오오, 짝사랑의 순수함이여! 슬픔이여!

마지막으로 갈꽃이와 쌀돌이의 사랑이다. 갈꽃이의 원래 이름은 언년이였다. 소경 아버지를 모시고 밥 빌어먹고 살았는데, 눈먼 봉사 친아버지가 죽었다. 마음 좋은 손이득(짐승도 존중하는 성실한 농군 손이득을 보고 '불문문장不文文章'이라고 부른다)이 동네 사람들과 함께 묻어준다. 어린 언년이는 손문장 수양딸로 새 삶을 살아간다. 법 없이도 살아갈 손문장은 당연히 가난했다. 손문장은 동학을 했다고 겁박하는 색차지 말에 갈꽃이를 순 사또 영감 첩으로 넘긴다. 살수청드리는 짓을 죽은 중 매질하듯 용인하는 것이다. 쌀돌이는 윤 초시 댁 곁머슴이다. 쌀돌이는 동학을 공부한다고 밤마다 손문장 돌쩌귀가 불이 나게 드

나들었다. 사실은 갈꽃이가 보고 싶은 거였다. 갈 때마다 갈꽃
이는 말한다.

> 장부루 한시상 태났다면 글 배서 급제허구 활 쏴서 출신
> 혀서 장부에 쾌헌 이름을 후세에 냉겨야 헐 게 아니냔 말
> 여, 내말은.
> (…)
> 글 배구 활 쏘넌 게 똑 급제 바레구 출신 바레서 허넌 건
> 감.(4권 338~339쪽)

쌀돌이도 잘 안다. 하지만 신분제에 꽉 막혀 있다. 빨간 상놈
주제에 감히 어쩌란 말이냐. 어느 장단에 춤을 추란 말이냐. 갈
꽃이도 쌀돌이를 좋아한다. 기방에 오르기 전, 도시락을 싸들
고 쌀돌이를 만난다. 귀한 삶은 달걀과 온갖 나물과 질옹두루
미 마개를 따며 한 소리 한다.

> 츤츤히 먹어. 목 맥히잖게 입 먼저 칙이구.(4권 346쪽)

나는 이 대목에서 울었다.

소설 『국수』는 평등 세상을 말한다. 굳이 수운과 해월을 들
먹이지 않아도 사람이 하늘이다. '사인여천事人如天'. 증산이나 율

려를 얘기하지 않아도 밥이 하늘이다. 이것이 『국수』를 통해 김 성동이 하고 싶은 말이다. 제사를 모신다면 살아 있는 사람 앞으로 상을 놔라, 이것이 고루살이다. 예부터 전해 내려오는 말에, 수운인가 해월인가가 관군에게 쫓길 때, 어느 시골 제자 집에서 묶었다. 아침에 길 떠나는 스승보고 농투산이가 인사를 했다. "그래, 넉분에 질 잤다. 근데, 밤새 베 짜는 소리가 들리던데 누구인가?" "네, 제 며늘아기입니다." "그래, 그분이 곧 한울님일세. 잘 모시게." 일하는 사람이 하느님이다.

나의 아내는 충청남도 사람이다. 당연히 충청도 말을 한다. 나는 스무 해 넘게 서산에서 살아서 내포 지방 말을 알아들을 수 있다. 이오덕 선생이 펴낸 책을 몇 번이고 반복해서 읽은 적이 있다. 그리고 평생 연구와 공부를 하는, 시절 같은, 개갈 안 나는 사람이다. 그런데도 김성동의 내포 말은 어렵다. 솔직히 절반도 이해하지 못했다. 이 기회에 공부 많이 하고 갈고닦아 아름다운 우리말을 넓혀나가는 데 힘을 쏟아야겠다.

내가 아는 동료들 몇은 붓글씨를 잘 쓴다. 그러나 한자를 비롯하여 김성동만큼(이문구 선생님도 할아버지 앞에서 글씨와 한자를 배웠다. 살아계신다면 만만치 않을 것인데) 붓글씨를 잘 쓰는 사람을 못 봤다. 만약에 소설과 붓글씨로 나라에서 국수를 삼는다면, 김성동은 국수하고도 남을 사람이다. 과언이 아니다.

국수(절에서는 승소라 부른다. 국수가 나온다면 스님들도 저절로

웃는다는)를 좋아해, 국수 근이나 끊어 먹은 글 쓰는 사람이, 가끔 찾는 우리 동네 방화동계곡 윗용소(아랫용소는 이태의 『남부군』을 정지영 감독이 영화로 찍은 곳 중 하나로 널리 알려져 있다)에는, 너럭바위에 바둑판이 새겨져 있다. 어떤 신선이 있어, 깊은 산과 나무를 쳐다보며 바람소리, 물소리를 벗삼아 바둑을 즐기겠나. 돌이 사라지면 바둑판도 사라진다. 글이 사라지면 인간도 사라진다. ☾

* 김성동 선생님께서는 2022년 9월 25일 돌아가셨다.

어머니 마음, 농사짓는 마음*

냇물이 좋아 늘 냇가에서 빨래하는데

하루 한두 번썩 여름 내내여서인지

남방과 러닝이 군데군데 해졌다

아내는 버리지 않는다고 눈치를 주고

아들놈 근천 떤다 웃으며 말하지만

제 몸에 걸쳤던 것을 해지도록 입어 보지 않은 사람은

버리지 못하는 마음을 알 수 없으리라

옛날처럼 옷이 없어서도 아닌 것

그렇다고 그게 입고 빨기 편해서도 아닌 것

옷도 신발도 한 철 같이 땀 흘리다 보면

---

* 이 글은 박형진 시집 『내 왼쪽 가슴속의 밥』(천년의시작, 2022)에 해설로 실은
글이다.

한 몸이 된다는 것을 몰라서 그런 것이다

버린다는 것은 부정한다는 것이기도 할 터인데

먼 길을 함께 달려온 고물 자동차 같은 것이라면 더더욱

버리기 쉽지 않은 그런 순간들

있지 않았던가

사람도 나이 들면 해지는 것이라

버리고 떠남도 스스로

낡은 옷을 아궁이 불에 넣는 것과

다르지는 않으리라

「해지는 것들」 전문

　연식이 오래되면 고장이 자주 납니다. 닦고 조이고 기름 쳐주고 부품 갈아 끼워야 운행할 수 있습니다. 사람도 마찬가지입니다. 나이가 들면 아픈 곳이 많이 생기죠. 온갖 부위가 다 아픕니다. 특히 박형진 같은 농사꾼은 관절이 안 좋아요. 우리 동네 선배도 두 무릎에 인공관절을 심었습니다. 동네 사람들은 일중독이 불러온 참사였다고 말합니다. 지팡이를 짚고 사과밭에서 일을 하고 경운기를 몹니다. 누가 말리겠습니까. 타고나길 그렇게 타고난걸요. 농사꾼 머리맡에는 약봉지만 쌓입니다.

　그리고 농사짓는 사람은 태생적으로 버리지 못합니다. 저도

박형진과 같은 연배이고 가난해서 한 가지 옷을 16년 동안 입었어요. 하도 기워 입자 주민등록을 같이 쓰는 사람이 근천 떤다고 몰래 버렸죠. 그래, 버려야 또 생기지요. 서산에서 이사를 대여섯 번 했는데, 그때마다 책을 5백, 6백 권씩 버렸어요. 잡지는 무조건 버렸습니다. 차마 사인을 한 단행본은 버리지 못해 기지고 있는데 문학이 점점 위축되어가는 시국에 누가 있어 볼 것인가요. 제가 자신을 버릴 때, 국가가 운영하는 도서관도 대학도 사후 기증을 귀찮아하는 꼴을 보면 골치 아픕니다. 아마 고물로 처리할 게 뻔합니다. 결국 인간 고물이 책 고물을 버려야 끝나는 거죠.

박형진의 시집 『내 왼쪽 가슴속의 밭』은 크게 보아 어머니 마음과 농사꾼 마음입니다. 이 두 가지는 공통점이 있죠. 밑지는 장사지만 계속한다는 데 이유가 있습니다. 손해, 이익 안 따진다는 것입니다. 어머니는 그렇다 치고 농사는 지으면 지을수록 밑지는 장사이지요. 그 마음을 헤아려보도록 하겠습니다. 우선 어머니 마음을 들여다보겠습니다.

하나씩 하나씩 어떤 색깔이 없어져
지금은 어머니처럼 하얗게 되는 것 같다

신성하다는 것은 무엇일까

깊은 곳에 가라앉아 마지막

숨 한 방울까지 까맣게 졸아붙고 나서야

그 몸에 그 마음에 그 눈에

차오르는 순백의 절실함 같은 것

티끌 한 방울 허락지 않아야 하는 칠흑 장물

모든 것을 받아안는 흰 무명 적삼 같은

「장독대 앞에」 부분

시인은 틈만 나면 장항아리를 들여다봅니다. 오랜 버릇이죠. 그래서 음식을 잘 만드는지도 모릅니다. 장맛이 좋으면 뭐든지 맛있습니다. 우리 어머니는 돌아가신 지 35년이 넘었는데 어제 돌아가신 듯합니다.

텃밭에 상추 씨앗을 뿌리고

가만히 들여다보았다

꼭 바늘 끝만 한 하얀 씨

흙을 덮고 손을 얹고

잠시 눈을 감으면

그새 뿌리를 내리는 것만 같다

내 왼쪽 가슴속의 밭

겨울을 건너온 어떤 한 사람은

내가 가슴을 다 열어 보이기도 전에

노오란 꽃 한 송이만을 간직한 채

잠 못 이루던 간밤 새벽

어디론가 훌쩍 떠나갔다

서로에게 스며드는 것

잠을 자고 꿈을 꾸는 것

마음의 남루를 벗듯

한 잎 한 잎 뜯어 버리면서도

긴 꽃대궁을 오랫동안

함께 밀어 올리는 것

뿌리를 내린다는 것은 이런 것일까

씨앗 하나를 다시 생각했다

_「씨를 뿌리는 마음」 전문

씨를 뿌리는 마음이 어머니 마음입니다.

내가 죽도록 아파하면서야

당신이 아팠던 것이 기억납니다

내가 추위와 배고픔에 떨면서야

당신도 그랬던 것을 생각합니다

_「겨울 전지」 부분

읍참마속泣斬馬謖이라, 가장 마음에 드는 것을 먼저 잘라내
라, 그래야 큰 것을 얻습니다. 박형진은 일하면서 그 사실을 압
니다.

나는 그만

어머니처럼 서글퍼집니다

_「추석」 부분

코로나 시국이라 '불효자는 옵니다'라는 '웃픈' 현실이지만 참
치 캔이나 소고기 한 칼 사 들고 낡은 봉고차 몰고 동네 어귀에
들어오는 자식을 기다리는 명절 풍경이 눈에 선합니다.

어미 몰래 와

훔쳐보던 그 한나절

네 숲을 가져라

네 그늘을 지어라

새들이 둥지를 틀고
뭇 것들이 새끼를 치게 하라,

_「숲」부분

하물며 짐승도 이런데 인간은 말해서 무엇 합니까. 입만 아
프지요.

그리하여 이제 떠나간다
애초에 옷이 있었던 것이 아니었듯이
지렁이처럼 미끌 빠져나와서
저 풀과 곡식 사이를
거기서 죽었던 내 어머니의 자궁 사이를
그러나 심해에서처럼 유영해야 하는 것이다
누군들 무엇을 보았든가 어차피
캄캄하기 짝이 없을 뿐이다
그리하여 나는 더듬더듬
더듬더듬 어린아이의 걸음마처럼 아
캄캄하기 짝이 없을 뿐이다
그러므로 여위어야 한다 사랑의
덧없음을 시간의 순응을 거역해야 한다
낡아 보이는 것이 새롭다는 것은 이미

나에게 지극한 것이 아니어서

눈도 없고 코도 없이 오히려 미끈거리는 점액질만으로

이제는 슬슬

이 희디흰 풀밭의 심해를 빠져나가야 하는 것이다

여위어서

_「여위어 가다 2」 전문

그래서 세상 모든 어머니들은 말랐나봅니다. 희디흰 슬픔을 속으로 삭이니까 그렇지요. 옛말로 복장이 다 타는 마음이 어머니 마음입니다.

두번째는 농사꾼 마음입니다.

감자 한 골 묻어 두고

싹 나기 기다리고

_「바람」 부분

감자밭에 북부터 줘야지

마늘 양파밭 풀부터 매야지

지금 당장

곰취 상추밭에 물부터 줘야 하지

_「미루다」 부분

4부 내 인생의 음악

가짜 농사꾼인 저도 조그만 텃밭을 가꾸는데 물을 잘 안 줍니다. 알아서 크든 말든 신경 안 씁니다. 태평농법이라 이름 짓고 베짱이로 살고 있습니다. 풀이 곡식보다 커서 예초기로 베었습니다. 보다못한 동네 선배가 제가 없는 틈을 타 풀약을 뿌리고 풀이 자라지 못하게 비닐까지 덮어주고 갑니다. 이 나무 저 나무 가지를 잘라줘야 한답니다. 술값을 하겠다 이거지요. 저는 고래고래 고함을 칩니다. 나도 나이를 먹어 환갑을 넘긴 지 오래되었다, 내 마음대로 하겠다, 제발 참견하지 말아달라, 했더니 요즈음은 삐꿨는지(우리 동네는 삐치는 걸 이렇게 표현합니다) 안 올라옵니다. 덕분에 냉장고에 술만 썩어납니다.

야—

이것 참 이쁘기도 하구나

대파 모 한 판

심고 남은 사람이 있어서

텃밭에 심으라고 아내에게 얻어다 줬더니

이게 웬 떡이냐 하는 듯

호미 들고 나서는 저 모습 보아라

한구석에 도래도래

대강 꽂아 놓아도 되련만

두 줄 잡아서 간격 맞추려고 뼘으로 재 가며

심어 가는 모습 보아라 행여

옆구리로 틀어질세라 장비처럼 눈을 부릅뜨고

앞줄도 틀어질세라 앞산 봉우리 깃대 삼으며

어두운 세상 헤쳐 가듯 엄숙하기도 하다

이마에 맺힌 땀은 어느덧 방울방울

지나온 줄 틀어졌을세라 돌아보기도 하는데

마지막 한 포기 숨 한번 고르고는

다 심었다 자알 심었다 물을 주누나

마른 뿌리에 물을 주누나 물도 주려면 흠뻑 줘야지

한 초롱 한 초롱 하얀 흙이 검게 적셔진다.

부드럽게 적셔진다 적셔져 되살아난다 아—

화단의 꽃이 이보다 더 이쁘랴

아름다워라

우리 생의 저 단정한 파밭이여

「어떤 파밭」 전문

비 온다지 오늘 밤부터 내일까지

감자 묻으려고 오래전에

군데군데 내 놓은 거름 더미를

펴야겠다 하지만 왠지 몸이 무거워

쉬엄쉬엄 한 무더기 펴고 쉬엄쉬엄

거름 더미처럼 땅에 펴지고 싶다 쉬엄쉬엄

자주색 거름 물처럼 스미고 싶다 쉬엄쉬엄

젊어서부터 이날 이때껏

그러리라고 그러리라고 생각했는데

더미로만 남았지 이때껏

_「쉬엄쉬엄」 전문

마음이랄 것도 없는 마음이지만

어디다 잠깐 잃어버렸다

그대로 사흘만 두면

풀밭이 되어 버릴 것 같은 마늘밭을 매면서다

그 옆에 심은

고구마밭을 보면서다

이 천지간의 셀 수도 없는 풀 하나를

모래알 세듯 세고 있다는 것

언제나 그러했듯이

서푼어치도 되지 않을 것들을

사나흘씩 붙들고 있다는 것

붙들고 세고 붙들고 세다가는

스르륵 잠에 빠져든 듯

세는 것을 잃어버렸다

본시 나비였을까

풀을 매는 저 사람

가끔씩

생각이랄 것도 없는 생각을

고구마 줄기처럼 늘여 가기도 하는 저 사람

_「꾀꼬리 우는 철에」 전문

기어이

굼벵이의 초식을 펼쳐야 했다

고구마밭 풀에 걸리고 또 걸려서

몸으로 땅을 밀어 갔다

언제였던가

지팡이를 던져 두고

앉은걸음으로 텃밭을 매던

친구의 늙은 어머니

땅에 더 가까운 것이

참 아름다웠던

한 이십 년 흘렀나 보다

초심이라고들 하지

정치인들이 자주 써서 가벼워진 말

그러나 농부가 쓰면 조금 날라

이른 봄 땅에 씨앗을 묻는 첫 마음

싹이 나오는 것을 지켜보는 푸른 마음

논둑 밭둑 머리의 고단한 몸은

소박한 꿈을 간직해 보기도 하지만

이런 마음이야 늘 만만하기만 해서

어쩔거나 비바람에 또 쓰러진다

초심이라고들 하지

해마다 이 짓을 되풀이하는 게 초심이다

깨어지고 상처 날 것을 뻐언히 알면서도

어언간 봄이 되고 여름이 다가오면

그렇지 무엇에 씌고 등 떠밀린 것처럼

내남없이 흙밭에 뒹구는 게 초심이다

까마득히 잊었다가 그제야 생각난 듯

다시 돌아가겠다고 맹세들은 하더라만

끝까지 근본 된 자리에 있는 것이 초심이다

거창한 구호나 이념은 몰라도

해녀가 깊은 물속에 들어가기 위해

허리에 차는 납덩이와도 같은 것

농부라는 짐은 한량없이 무겁기에

더더욱 벗지 않는 것이 초심인 것이다

「초심」 전문

말하건데 나는

농부는 아니다

그저 농사를 짓고 사는 '꾼'에 지나지 않아

깨 쓰러지고 옥수수 넘어가도

줄 한번 더 매주는걸 귀찮아한다

그러나

깨 한 톨이라도 온전히 지어 내기 위해서는

헤량할 수 없는 무위가 깃들어야 하는 것

하여 나는

차라리 그 깨나 옥수수 같은 것이 되고 싶은 것이다

저 비스듬한 그대로 말이다 그러다가

땅에 가 닿으면

썩어 가는 것이다 거름이나마 되는 것이다

멈추지는 않는 것이다

_「게으르게나마」 전문

엎드려 밭매는 일로

반생을 보냈는데

겨우내

그나마 남은 무릎이 닳아 없어져

땅에 더 가까워졌다

청명 좋은 날에

마늘밭에 무릎 꿇고 한 손 짚고

이 풀에서 저 풀 위로

자벌레가 된 것이다

_「자벌레처럼」 부분

　　사실 박형진은 손해나고 몸만 아픈 농사지만 잘 짓는 사람입니다. 농사꾼은 고개를 숙이는 사람이죠. 씨를 뿌릴 때에도 열매를 맺어 거두어들일 때에도 고개를 숙이지 않으면 어렵습니다. 고개를 뻣뻣이 드는 사람은 쭉정이일 따름이지요. 여러 농사 중에 자식 농사는 월등합니다. 어떤 문인도 못 따라갑니다.

호박나물이 먹고 싶다는

셋째딸애의 전화를 받고

푸른 하늘이 그대로 내려와 박힌 듯한

찬 이슬 맺힌 서리 애호박 한 덩이

가지 몇 개 양파 몇 알 함께 싸면서

시장에서 사면

택배 삯만도 못할 것들……

그래도 흙냄새 풀 냄새

고향집 쿰쿰한 된장 냄새 같은 것은 싸지겠거니

딸들아 내 딸들아 객지 생활 힘들수록

밥 꼭꼭 챙겨 먹어라 마음도 싸졌을까

보내고 돌아서니 떠가는 흰 구름

_「택배」 전문

흔히 모성은 강하고 부성은 착하다고 했지요. 그림이 그려집니다.

저 아랫녘

머언 한 점 섬으로부터 몰아오는

울렁이는 파도입니다

터질 듯

부서질 듯

차라리 한바탕 울음으로나

되어지면 좋을 것을

어쩌려고

어쩌라고

_「벚꽃 아래서」 부분

    박형진 시인과 만남은, 세월호 단원고 아이들을 위해, 53일 동안 인천 연안부두에서 팽목항까지 해안선을 따라 걸을 때, 처음이었습니다. 전에는 책으로 만났지요. 우리나라에서 가장 아름다운 길, 변산마실길이 있습니다. 군인들 초소를 없애고 초소 가는 길을, 원래 주인인 민간에 돌려주었지요. 일행과 걷고 있는데, 새참 먹어야지, 박형진 시인이 직접 담근 막걸리를 내놨습니다. 일행과 떨어져서 먹는 막걸리는 꿀맛이었습니다. 그날 저녁, 박형진이 흙벽돌로 지은 모항 도청리 집에서 전북작가회의 친구들과 늦게까지 음복을 했지요. 다음에는, 전주에서 했던 제 시화전에 그 유명한 막걸리를 가지고 왔습니다. 저는 시화전은 내팽개치고 박두규, 김영춘, 박형진과 낮술에, 없는 땅문서를 잡히고 들이부었습니다. 낮술은 집문서 잡혀놓고 먹을 정도로 맛있습니다. 하도 박형진표 막걸리가 맛나다보니, 우리 동네 이장은 한잔 마시고 뻗은 적도 있습니다. 박형진 시인은 술만 잘 담그는 게 아니라 뛰어난 셰프이기도 합니다. 이미 몸으로 익혀 안 배워도 기가 막히게 잘합니다. 「머위」 「여위어 가다 1」 「말복」 「동지 2」에서 여지없이 드러납니다. 음식과 시는 창의성이 있어야 합니다. 재료가 변변찮을 때 빛나는 법이죠. 박형진은 시도 맛있고 산문도 맛있습니다. 우리나라 문단에서 희귀한 존재입니다.

　보통 가방끈이 짧은 사람들 콤플렉스가 미친듯이 책을 본다는 것입니다. 간서치看書癡이기도 합니다. 누구는 칸트의 『순수 이성비판』을 읽고 시를 썼으며 누구는 고승 대덕들의 삶을 산문으로 풀어낸 적이 있으며 보일러공으로 유명한 이면우 시인은 대학원까지 졸업했습니다. 나 이런 책도 읽었다, 자랑질이 대단합니다. 그러나 박형진은 잘난 체를 안 합니다. 유식한 티를 안 냅니다. 그냥 담담합니다. 담담함이 당당함으로 읽혀 좋습니다. 그러기 참 어려운데 말입니다.

　이제 사랑하는 일만 남았습니다. 이번 시집에 사랑이 열아홉 번 나오는 것이 그걸 증명합니다. 박형진 시인도 늙었고, 저도 늙어 죽을 겁니다. 다 죽어도 사랑만은 남겠죠. ☾

약력이 길어지면 본문이 부실해진다. 김수영과 비교하는 것은 우습지만, 책을 두 권만 내려고 했다. 시집 한 권, 산문집 한 권. 그런데 이건 뭐냐. 비겁하게 변명하자면, 살다보니 이렇게 됐다. 모두, 그, 알량한 공명심 때문이다. 끊임없이 쓰레기를 배출하는, 끊임없이 오물을 버리는 삶. 한심하구나. 다행히 까탈스럽게 자기검열을 한다.

말년에 이렇게 참담한 시간이 지나갈 줄 몰랐다. 멀리 갈 필요 없이, 세월호 참사를 겪고 난 뒤에도 더러운 역사의 반복을 목격할 줄이야! 옛날로 퇴보한 이 짐승같은 시간을 어떻게 버텨내야 할까. 이민을 가자니 아내와 아이가 눈에 밟히고(돈도 없음), 투표를 할 수 있는 2세를 낳자니 이미 충분히 늦었으며, 생각하는 것 자체가 견딜 수 없는 치욕이다.

어른이 되었다고 책을 읽지 않고 공부를 안 하는 무지한 사람들과 약을 먹지 않고 똥고집을 부리는 환자들을 가끔 본다. 나이를 헛먹은 것이다. 문제는 대통령이란 자가 그런 부류에 속한다는 데 있다. 무식하고 무능한 데는 약이 없다. 슬픈 현실인데, 그렇다고 무기력에 빠지거나 자포자기하지 말자. 정신 바짝 차리고 다시 한번 살아보자. 결코, 과거로 되돌아갈 수 없다.

작품을 싣도록 허락해준 시인들께 감사드린다.

장수 다리골에서

유용주

우리는 그렇게 달을 보며
절을 올렸다

초판 1쇄 인쇄 2022년 10월 21일
초판 1쇄 발행 2022년 11월 1일

지은이 유용주

편집 정소리 이경숙 이희연 디자인 이보람 마케팅 배희주 김선진
브랜딩 함유지 함근아 김희숙 고보미 박민재 박진희 정승민
저작권 박지영 형소진 이영은 김하림
제작 강신은 김동욱 임현식 제작처 상지사

펴낸곳 (주)교유당 펴낸이 신정민
출판등록 2019년 5월 24일 제406-2019-000052호

주소 10881 경기도 파주시 회동길 210
전화 031-955-8891(마케팅) 031-955-2680(편집) 031-955-8855(팩스)
전자우편 gyoyudang@munhak.com

인스타그램 @gyoyu_books 트위터 @gyoyu_books 페이스북 @gyoyubooks

ISBN 979-11-92247-54-0 03810